Minu D. Tizabi
Revolution morgen 12 Uhr

LESEEXEMPLAR

Liebe Kolleginnen und Kollegen
in Sortiment und Presse,

gern überreichen wir Ihnen dieses Leseexemplar und wünschen Ihnen eine anregende Lektüre. Über Ihre Rückmeldung an *leserstimmen@aufbau-verlag.de* würden wir uns freuen.
Rezensionen bitten wir Sie hinsichtlich des geplanten Erscheinungstermins **Mitte Juli 2021** nicht vor dem **19. Juli 2021** zu veröffentlichen.

Mit freundlichen Grüßen
Ihr Aufbau Verlag

Blümenbar

MINU D. TIZABI

REVOLUTION MORGEN 12 UHR

ROMAN

LESEEXEMPLAR

Blümenbar

ISBN 978-3-351-05080-1

Blumenbar ist eine Marke der
Aufbau Verlag GmbH & Co. KG

1. Auflage 2021
© Aufbau Verlag GmbH & Co. KG, Berlin 2021
© Minu Dietlinde Tizabi 2021
Einbandgestaltung und Gestaltung Vor- und
Nachsatz zero-media.net, München
Satz Greiner & Reichel, Köln
Druck und Binden CPI books GmbH, Leck, Germany
Printed in Germany

www.aufbau-verlag.de
www.blumenbar.de

Für meine Oma
&
Für Nickel und Öhrchen
&
Für alle, die mit psychischen
Erkrankungen zu kämpfen haben

INHALT

Reprise	9
Prolog	11
1. Tropfendes Gold	12
2. Infinitesimalproblem	25
3. Die Klinik auf dem Berg	35
4. Schiefe Ebenen	46
5. Punkt Punkt Komma Strich	57
6. Monotonieverhalten	65
7. In alle Richtungen fliegen	75
8. Verdichtung	84
9. Versuchung	89
10. Veränderung	95
11. Eine Erscheinung	110
12. Was sich in den Straßen verbirgt	117
13. Die Verknüpfung zweier Fäden	129
14. Impulserhalt	140
15. Singularitas	155
16. Flüchtige Verbindungen	163
17. Querschläger	177
18. Traum aus Staub, Meer aus Flammen	187
19. Die sechste Republik	197
20. Scherbenlese	202
21. Der letzte Beweis	213
Epilog	221

REPRISE

Erstens: durch jede zwei beliebigen Punkte im Raum kann man eine Gerade legen.

Zweitens: durch jeden beliebigen Punkt im Raum laufen unendlich viele Geraden.

Und immer, wenn man lang genug über diese beiden Tatsachen nachdenkt, kommt man unvermeidlich zu ein und derselben Schlussfolgerung:

Alles hängt mit allem zusammen.

Wir schreiben den 14. Juni. In genau einem Monat werden meine französischen Brüder bei der Begehung ihres Nationalfeiertages ihre Flagge falsch in den Himmel malen. Einen Tag später werden sie die Fußballweltmeisterschaft gewinnen, und noch einen Tag später erneut die Tricolore fliegen, dabei werden sie dann keinen Fehler mehr machen. Am Abend des Sieges werden wir auf den Champs-Élysées feiern, und dann wird es nicht einmal Minuten dauern, bis alles umschlägt in einen Sommerregen von Tränengas auf heißes Pflaster.

Aber das alles weiß ich zu diesem Zeitpunkt noch nicht. Ebenso wenig, dass ich in einigen Minuten eine heftige Panikattacke bekommen werde.

Im Nachhinein sieht man die Dinge natürlich viel klarer, als sie gegenwärtig jemals hätten sein können. Im Nachhinein sehe ich, dass die ersten Risse schon deutlich früher aufgetreten sind. Die Flugangst im Februar. Die schier unendliche Gereiztheit, die mein Leben in den letzten Monaten geprägt hat. Die Schwindelanfälle und vor allem dieser Druck, dieser Druck im Kopf. Das Leben hing damals schon längst schief in seinem

Rahmen, aber es hing noch, und die Leute bestaunten es und sagten, also Herr Christophe, was für ein tadelloses Bild.

In der Nacht liege ich in meinem Zimmer und stelle mir die Mona Lisa vor. Wie sie tagein, tagaus von unbarmherzigen Touristenhorden fotografiert wird, immerzu vor sich hin lächelnd, als ob nichts sei. Und beim einhundertmilliardsten Schuss, denke ich, würde sie plötzlich aufhören zu lächeln. Einfach so. Und dann würden sich Wissenschaftler und Kunstexperten aus aller Welt auf sie stürzen und nach dreimonatigen Untersuchungen erklären, dass die Mona Lisa in Wirklichkeit nie gelächelt hat. Dass alles ein Trugbild war, unser kollektives Lächeln tausend- und abertausendfach gespiegelt und gebrochen in den Lichtstrahlen, die den unüberwindbaren Raum ausfüllen zwischen uns und ihr.

Mit diesem beruhigenden Gedanken schlafe ich schließlich ein.

PROLOG

Es ist Anfang Mai, und nichts geht mehr. Das weiß ich.

Und ich weiß nicht besonders viel, außer, dass ich in irgendeinem Paralleluniversum gerade in einem bis an den Rand gefüllten Kinosaal sitze und mir die Premiere der Fußballdoku ansehe, auf die ich mich seit Monaten gefreut habe. Und dass dieses Paralleluniversum ungleich dem Universum ist, in dem ich mich aktuell aufhalte. Das kann ich mit Sicherheit sagen. Denn in diesem bin ich just an einem Ort angekommen, der eigentlich gar keiner ist, vielmehr ein Geisteszustand. Und, Hand aufs Herz, den werde ich so schnell nicht wieder verlassen.

Trotz allem googele ich als Erstes, wo das nächste Kino ist. Aber natürlich ist es am Arsch der Welt oder, besser gesagt, am Kopfende der Welt, denn ein Blick aus dem Fenster hat mir bereits verraten, dass hier der Arsch sein muss.

RAUM, DER. SUBSTANTIV. *Du stehst in einem Raum und hast die Augen geschlossen. Du bist vollkommen frei. Solange du sie nicht öffnest, kann das jeder Raum sein. Das Leben oder sogar der Tod. Solange du die Augen nicht öffnest, ist alles möglich.*

1. Kapitel
TROPFENDES GOLD

Ich öffne die Augen.

Glücklicherweise passt er gerade noch so durch den Türrahmen. Keuchend bewegt er sich auf den Heißwasserautomaten zu und pult mit den wurstigsten Fingern, die ich je gesehen habe, einen orangefarbenen Teebeutel aus der Packung. Das will was heißen, bin schließlich selbst übergewichtig.

»He, macht dieser Tee glücklich?«

Da haben wir's, denke ich. Mein erster Verrückter.

Ich bediene mich einer aufgesetzten Umgänglichkeit, die ich mir extra für Situationen wie diese zurechtgelegt habe.

»Ich weiß nicht, hab ihn noch nicht probiert. Vielleicht.«

»Aber gell, der macht glücklich?«

»Wie gesagt, ich kenn den nicht.«

»Wie heißt du? Erwin heiße ich. Weißt du, mein Bruder, der fehlt mir halt.«

Ich habe es auf den Platz am Fenster abgesehen und versuche, mich an Erwin vorbeizuquetschen, doch es ist unmöglich. Etwas unbeholfen weicht Erwin zurück und lässt mich passieren. Gleich darauf setzt er sich auf den Stuhl zwischen Spüle und Esstisch und versperrt mir damit den Rückweg.

»Weißt du, der fehlt mir halt, mein Bruder.«

»Das – das tut mir leid. Meiner auch.« Wieder so 'ne Halbwahrheit.

»Wie heißt du?«

Noch ehe ich antworten kann, schwingt die Tür auf, und ein Mädchen mit zusammengebundenen dunkelbraunen Haaren kommt rein, um sich am Wasserspender eine der mit Namen beschrifteten Klinikflaschen abzufüllen.

»Semra! Semra! Weißt du, mein Bruder, der fehlt mir halt.«

»Hm, ja, ich weiß«, sagt sie, ohne aufzusehen.

Ich räuspere mich. »Äh, hallo. Ich bin Sean.«

Sie schaut kurz zu mir rüber. Ausdrucksloses Gesicht, dicke Brille. »Hallo Sean«, sagt sie in einer Stimme, die so ebenmäßig ist, dass sie computergeneriert sein könnte.

»Das ist die Semra«, sagt Erwin und glotzt abwechselnd sie und mich an. »Semra ist 'ne Frau. Ich bin ein Mann. Und du bist auch ein Mann.«

»Ich weiß«, sage ich etwas unkomfortabel.

Semra dreht ihre Flasche zu und verlässt den Raum. Wieder Stille. »Ja, weißt du, mein Bruder ...«

»Ja, geht mir auch so.«

Erwin starrt noch eine Weile rüber, dann steht er umständlich auf. Sein olivgrünes T-Shirt reicht nicht ganz über seinen Bauch, ich kann seinen Nabel sehen. Er dreht sich um, greift sich einen Teller von der Spüle und dann, oh mein Gott, beugt er sich runter zum Kühlschrank.

Was jetzt kommt, würde man im Land meines Vaters Mooning nennen (die deutsche Sprache hat dafür leider keine so prägnante Bezeichnung). Wie sich herausstellt, hängt Erwin nämlich die Hose halb herunter. Das Bücken tut dazu das Übrige.

Dass er mich gerade mit seinem Vollmond anstrahlt, scheint er nicht zu bemerken. Obwohl er mir leidtut, kann ich nicht verhindern, dass sich ob der Absurdität der Situation ein dämliches Grinsen auf meinem Gesicht festsetzt. Ich beiße mir auf die Lippen und versuche, es in den Griff zu kriegen, bevor mich hier noch jemand sieht. Hier, in der Teeküche einer Psychiatrie sitzend, wie ich die mir entgegengestreckten Arschbacken eines 180-kg-Mannes anlache.

Gott sei Dank hat Erwin das Objekt seiner Begierde inzwischen gefunden. Er packt eine Tiefkühlpizza aus, eine mit viel Salami, und legt sie auf den Teller.

»So kannst du die aber nicht essen«, werfe ich ein. »Die musst du erst mal aufbacken.«

»Ja, backen muss ich die.« Erwin nimmt die Pizza in die Hand, macht allerdings keinerlei Anstalten, sich zu bewegen. Vermutlich weiß er nicht, wie das geht. Ich stehe auf, zwänge mich mühsam an ihm vorbei und schalte den Backofen ein.

Und er bewegt sich doch. Unangenehm dicht auf mich zu.

»Tust du mir die backen?«

Überrascht schaue ich Erwin an. Der kratzt sich derweil ausgiebig an den Pobacken. Widerwillig nehme ich die Pizza entgegen, schmeiße sie in den Ofen und begebe mich erst mal Richtung Toiletten, um mir die Hände zu waschen.

Vor dem Waschbecken bricht es dann aus mir heraus, das Lachen. Ich kann nicht anders, ich lache und lache, dabei wäre mir eher zum Heulen zumute, denn seit heute bin ich einer von ihnen. Die Spülung geht, und ein hagerer Mann mittleren Alters kommt aus der Kabine nebenan. Er sieht mich entgeistert an, nickt dann stumm und verschwindet, ohne darauf zu warten, dass ich das Waschbecken freigebe.

Der muss wohl gedacht haben, ich sei verrückt.

An dieser Stelle wäre es vielleicht angemessen, ein bisschen was zu mir zu sagen. Ich heiße Sean Christophe, bin 24 Jahre alt, Student der Mathematik und der klassischen Philologie, und mache mir nicht viel aus Nationalitäten. Dafür umso mehr aus meinem Namen. Ich heiße Sean, nicht Shaun und auch nicht Shawn. Mein Vater ist Brite, meine Mutter Französin, ich bin in Paris geboren und in Deutschland aufgewachsen. Ich bin sozusagen das Vorzeigekind der Europäischen Union, oder zumindest war ich das bis zu einem gewissen 23. Juni (ein Datum, das übrigens auch in die Geschichte des Frauenfußballs eingehen wird, und zwar ebenso unrühmlich). Ist uns ja schließlich egal, wenn nachher ewige Dunkelheit herrscht; Hauptsache, es gab kurz vorm Schluss noch mal das große, dumme Leuchten. Aber seit jenem 23. Juni 2016 bin ich in den Augen besonders spaßiger Zeitgenossen so etwas wie ein wandelnder Brexit-Witz.

Zwischen 2016 und heute liegt bereits ein ganzes, ›2017‹ betiteltes Kalenderjahr, auch wenn ich das kaum glauben kann. Ebenso wenig, wie ich mich an eine Zeit erinnern kann, in der Smartphones noch nicht existierten und das Internet unendlich langsam und nur am anderen Ende einer traumatisierenden Folge von Modem-Tönen zu finden war. Schon seltsam, wie die Zeit vergeht.

Aber wenigstens kann man den Fußball inzwischen streamen. Die entsprechenden Abos gönne ich mir. Ansonsten bin ich eher bodenständig. Zu meinem Leidwesen bin ich ein reasonably vernünftiger Mensch und komme nicht viel herum. Zumindest tagsüber.

Nachts ist das anders. Nachts bereise ich ferne Länder. Lebe eine Vielzahl von Leben, die mir sonst verwehrt geblieben wären. Besuche Rockfestivals in Japan, lungere in den weniger gut beleuchteten Straßen New Yorks herum oder tauche ab in die unendlichen Tiefen des Pazifischen Ozeans. So weit, bis die ganze Welt mir ein Dach ist und mich für alle Ewigkeiten auf den Meeresboden hinabdrückt. Nachts bin ich viele.

Duftendes Gold tropft ins makellose Weiß, und wieder tropft es nicht für mich.

Ich scheue den Kaffee wie eine Primzahl den dritten Teiler.

Es ist verrückt, ich sehne mich so sehr nach ihm, und es gibt ihn hier sogar gratis. Aber zurzeit wage ich nicht einmal einen einzigen Tropfen davon in meine geschmacklose Tasse Milch zu kippen, wegen des verdammten Pulses.

So bleibt mir nichts, als in der Teeküche zu sitzen und sehnsüchtig den Kaffeeduft fremder Tassen zu inhalieren. Wenigstens den kann ich mir gönnen, ohne meinen Puls zu gefährden.

Oder?

Quatsch. Ich versuche den Gedanken abzuschütteln. Das ist schließlich genau das, was mir das Ganze hier überhaupt erst eingebrockt hat.

Aber ...

Aber sicher ist sicher. Ich verlasse den Raum erst mal. Hier herrscht ohnehin gerade das große Schweigen.

Später bin ich dann doch etwas zerknirscht, dass ich wieder vor so 'ner blöden und vor allem komplett irrationalen Angst eingeknickt bin, und beschließe, der Teeküche noch eine Chance zu geben. Erwin und die anderen less-than-redseligen Leute haben sich inzwischen verzogen; dafür sitzen jetzt zwei Frauen am Tisch und spielen irgendwas mit Zahlen. Ich zögere zunächst, denn nach meiner Art von Runde sieht das nicht gerade aus. Aber was soll's; Gelegenheiten muss man nehmen, wie sie kommen. Die ältere von beiden, Typus Hausfrau mit rundlichem Gesicht und Pagenschnitt, macht einen netten Eindruck. Sie erinnert mich ein bisschen an meine Mutter, wie sie war, als ich mich noch gerne an sie erinnert hab. Zaghaft trete ich ein und frage, ob ich mich dazusetzen kann.

Eine knappe Stunde später habe ich das Gefühl, Ute und Fine schon mein halbes Leben zu kennen. Fine redet nicht viel, doch wenn sie es tut, ist es immer eine scharfsinnige Beobachtung, die aus ihr herauskommt – wie zum Beispiel, dass mein Tee schon viel zu lange zieht oder dass ich mal wieder eine

Zahl übersehen habe, die ich hätte kombinieren können. Anfangs fällt es mir noch schwer, die Spielregeln im Blick zu behalten, und dass ich Mathe studiere, nehmen mir die beiden nicht ab. Ute erzählt mir, dass sie das Spiel von ihrer Schwester geschenkt bekommen hat. Sie fragt, ob ich auch Geschwister habe. Dass ich darauf kurz überlegen muss, bringt die beiden erneut zum Lachen. Ich schlürfe meinen Tee und lache mit ihnen, und diesmal ist es keine aufgesetzte Umgänglichkeit wie vorhin. Diesmal ist die Stimmung gelöst, das Eis gebrochen, und nach einer Weile beherrsche ich auch das Zahlenspiel bestens – als es wieder einmal passiert.

Wie immer geht alles ganz schnell. Mein Puls ist plötzlich da, war vielleicht nie weg, pocht im Handgelenk. Schmerzen in der Herzregion. Ignorieren – geht nicht. Mein Herz tut weh, schlägt immer schneller. Atmung. Womöglich Herzinfarkt. Mir geht's auf einmal schlecht, sehr schlecht sogar. Nicht direkt Schwindel, aber so was Ähnliches. Ich will mich ablenken, schaue die Zahlen an, schaue Ute an, dann Fine. Die Zahlen. Sie sind jetzt ungreifbar, rutschen immer wieder aus meinen kaltschweißigen Fingern. Kalte Finger, der Kreislauf zentralisiert, das hab ich gelesen. Ich bin an der Reihe, mache meinen Zug. Jeden Moment kollabieren. Vielleicht ein Blutdruckabfall. Wenn der Puls höher ist als der Blutdruck, dann bedeutet das Schock. Kreislaufkollaps. Das weiß ich. Ohnmacht, verdammt nah dran, und Unruhe, sitze wie auf Nadeln, halte es hier nicht mehr aus. Schaue mich um, gehetztes Tier in der Falle. Raus aus dieser Situation. *Raus.*

Dann bin ich auch schon auf halbem Weg zum Stationszimmer. Die Pflege nimmt mich ernst oder tut zumindest so. Sie wollen mir den Blutdruck messen. Ich setze mich hin, aber es passiert alles nicht schnell genug. Ich kann mich nicht beherrschen und fange an zu weinen. Man sagt, dass mit mir alles in Ordnung sei. Freilich sei der Puls ein bisschen zu schnell, aber der Blutdruck okay. Kein Kreislaufversagen oder Herzinfarkt und schon gar keine Lungenembolie.

Oder vielleicht doch? Was, wenn sie es nicht erkennen? Im Krankenhaus wird doch eh vieles zu spät erkannt. Wie bei meiner Oma. Verdammt. Ich stehe auf und mir ist schwindlig, irgendwas muss doch mit mir sein. Verlange einen Arzt, jetzt sofort, schnell. Eine der Schwestern legt ihre Hand auf meine Schulter, schaut den Kollegen an, sagt dann, Herr Christophe, kommen Sie bitte, und ich sage Ja und hoffe inständig, dass da ein Arzt ist, dass mir irgendjemand hilft.

Die Schwester führt mich vorsichtig in einen abgetrennten Raum, einen mit vielen Schränken und noch mehr Medikamentenschachteln, schließt die Tür und setzt mich an einen runden, weißen Tisch. Dann wühlt sie in einem der Schränke, dreht sich zu mir um und

– hält mir einen Lolli vor die Nase.

Ich halte inne in meinem Weinen. Das darf doch nicht ihr Ernst sein. Ich werfe ihr einen entrüsteten Blick zu.

»Mein Puls – ich – bitte, ich brauch jetzt einen Arzt ...«

»Nehmen Sie den. Jetzt.« Der Ton ist streng, der Gesichtsausdruck freundlich.

Zögerlich greife ich nach dem Lolli und schiebe ihn mir in den Mund. Eigenartiger Geschmack, Kirsche vielleicht. Was soll das Ganze, denk ich noch – dann überfällt es mich. Eine unbeschreibliche Schärfe explodiert in meinem Mund, heiß, verdammt heiß. Es brennt, meine Zunge, meine Wangen, einfach alles, Tränen in den Augen, mein Atem ein einziger Feuerball, als hätten sich die Küchen Mexikos, Indiens und Spaniens gleichzeitig in mir breitgemacht. Ich schaue hoch zur Schwester, die mich inzwischen mit einem Glas Wasser in der Hand beobachtet. Gestikuliere wild und bekomme schließlich das Glas Wasser gereicht, das ich in einem Zug austrinke. Löschen! Löschen, um jeden Preis. Ich trinke noch ein zweites Glas.

»Verdammt«, hechele ich, als ich meine brennende Zunge endlich wieder bewegen kann. »Was war das denn?«

»Ist es jetzt weg?« fragt die Schwester.

»Was denn?«

Wissendes Lächeln. »Eben.«

Ich sinke wieder auf den Stuhl. Mein Mund wird noch eine Weile brennen, aber *es* ist tatsächlich weg, und *es* war wieder mal eine Panikattacke.

Leider gelingt mir das immer erst im Nachhinein, eine Panikattacke als solche zu erkennen. Jede Situation ist anders, erkläre ich der Schwester, jedes Mal fühlt es sich so verdammt echt an, und das ist es ja auch, echt! Sie setzt sich mit mir hin und bespricht die Sache noch mal in Ruhe. Alles Dinge, die ich schon weiß, und dennoch kann ich mich partout nicht mit dem Gedanken anfreunden, dass *alles* – der Puls, die Schmerzen, der Schwindel – rein psychisch bedingt sein soll.

Aber genau das ist ja das Tückische an meiner Erkrankung. Zu diesem Zeitpunkt liegen bereits mehrere Monate hinter mir, die ich in schrecklicher Angst verbracht habe.

Monate, in denen meine kleine Wohnung mir zur Todeszelle wurde, mein eigener Körper perfide Mauern um mich baute, die ich nicht mehr einzureißen vermochte. Der Tod und die Angst davor steckten einfach überall – im unerklärlichen Kribbeln in meinen Armen, in meiner alle Normalität erstickenden Atemnot, in der Taubheit meiner Zehen. Angst vor dem Ersticken, Angst vor einer unerkannten neurologischen Erkrankung, die meinen Körper von innen aufzehrt. Angst davor, so zu werden wie Stephen Hawking! Unfähigkeit, gerade zu gehen. Ständiges Nachprüfen, ob ich meine Gliedmaßen noch bewegen kann. Heftigste Schwindelattacken, die mich zu Boden reißen, zu Hause, selbst im Bett liegend, einmal auch in der Bibliothek, einmal in der Post, danach bin ich nur noch rausgegangen, um nicht zu verhungern. Die Menschen um mich herum müssen mich für verrückt gehalten haben. Die wenigen Kommilitonen, die es mitbekommen haben, taten es jedenfalls. Ab und zu erreichten mich gut gemeinte Worte, Beschwichtigungen, ist bestimmt nichts, jaja, wird schon wieder werden. Hohle Phrasen von sogenannten Freunden, die mir damals schon fremd waren und mir immer fremder wurden, während ich in meiner Wohnung hockte und befürchtete, dass man meine Leiche erst nach Wochen finden würde, wie bei diesen alten Leuten, die niemanden mehr haben und deren einziges Vermächtnis dann ein trauriger Nebensatz in den Lokalnachrichten ist.

Dass ich in der Klinik bin, weiß außer meinen Eltern niemand. Als mir die Besuchszeiten erklärt wurden, habe ich somit gleich gesagt: bitte weiter, betrifft mich nicht.

Das Studium musste ich damals unterbrechen. Mit der Zeit wurden die Abstände zwischen den Attacken immer kürzer, bis es irgendwann eine einzige hochfrequente Wellenfunktion war.

Als ich eines Tages dann die Wohnung gar nicht mehr verlassen konnte, nicht mal, um das Nötigste einkaufen zu gehen, hat meine Mutter mich zu sich geholt, in die alte Wohnung, in der wir früher gelebt haben. Im Kleiderschrank hingen noch die Hemden meines Vaters fein säuberlich nebeneinander, gebügelt und nach Farben sortiert, als könnte er jeden Moment nach Hause kommen, und alles wäre wieder so wie früher: bescheuert. Ein paar Stunden konnte ich mich tatsächlich damit beschäftigen, den ganzen Müll in die Tonne zu befördern. Abends war meine Mutter dann damit beschäftigt, das ganze Zeug wieder rauszuholen und in die Waschmaschine zu stopfen, während ich im Wohnzimmer mit einem schweren Schwindelanfall kämpfte. Sie hat ihn schon immer mehr gemocht als mich.

Mein Tag-Nacht-Rhythmus ist damals spektakulär außer Kontrolle geraten. Kennt ihr das, wenn man so unendlich übermüdet ist, dass man erst recht nicht einschlafen kann? Bei mir Dauerzustand. Oft hatte ich die Befürchtung, eines Tages womöglich ganz die Fähigkeit zum Einschlafen zu verlieren und daran zu sterben. Wenn ich in den Spiegel sah, starrte da ein Mix aus Moorleiche und Zombie zurück. Einschlafen ist mit Surfen vergleichbar – Müdigkeit kommt und geht in Wellen. Für Surfer wie mich hält das Neuronenmeer in der Regel nur eine einzige Welle bereit. Und wenn ich es nicht schaffe, diese eine zu erwischen, kommt lange Zeit erst mal keine mehr. Sehr lange.

Und nach jeder durchwachten Nacht war es mein Los, Stunden über Stunden total verlangsamt und hirntot durch die Wohnung meiner Mutter zu geistern, mit einem dumpfen Dröhnen tief in den Schädelknochen. An jegliche geistige Aktivität ist in diesem Zustand nicht zu denken, und man kann den ganzen Tag nichts anderes tun, als den nächsten Schwindelanfall abzuwarten und dabei wie blöde aus dem Fenster zu starren, nach unten, wo die Menschen gleich Aufziehfiguren in einem mit doppelter Geschwindigkeit abgespulten Film ungelenk durch das Bild eilen, und man sehnt sich nach dem Ende, irgendeinem, egal welcher Art. Bis heute zeigt nichts mein Versagen so sehr an, wie wenn ich hellwach im Bett liege und unter dem Vorhang schon graues Tageslicht hervortritt. Oder wenn ich abends aufwache, und es ist bereits dunkel. Wieder auf der falschen Seite des Paradieses gelandet, wieder einen Lebenstag vergeudet.

In klaren Frühlingsnächten kann man schon ab vier Uhr sehen, wie der Himmel sich vom Horizont abhebt und die Herbststernbilder zaghaft emporsteigen. Eines Nachts stieg, so gar nicht zaghaft, von jetzt auf gleich mein Puls. Einfach so. Der Rettungsdienst kam, konnte nichts feststellen, ging wieder. Gesunken ist der Puls bis heute nicht; mein Motor fährt weiterhin mit hundertzwanzig Sachen in der Weltgeschichte herum, volle Leistung auf Leerlauf.

Und dann waren da natürlich noch die Ärzte. MRTs, Bluttests, neurologische Untersuchungen – been there, done that. Im MRT habe ich geschrien, bei den Blutentnahmen auch. Die Angst war und ist die einzige Konstante in meinem Leben. Und sie ist nicht spurlos an mir vorbeigegangen; sie hat etwas mit mir gemacht, was ich bis heute nicht ganz verstehe.

Irgendwann ging es nicht mehr weiter; ich hatte Angst vor allem, selbst davor, eine Beruhigungstablette zu schlucken. Ich nahm die Tabletten beim Hausarzt dankbar entgegen und weigerte mich zu Hause, sie zu nehmen. Meine Eltern brachten mich zurück zum Hausarzt, dazu setzten sie sich sogar beide ins selbe Auto. Der sah mich nur schweigend an und griff zum Hörer.

Ein Anruf, und schon hatte ich hier einen Platz. *In ein paar Wochen*, hieß es damals, und schon das wäre eine krass geringe Wartezeit gewesen. Dass ich bereits jetzt hier bin, liegt daran, dass jemand abgesprungen ist. Insofern hatte ich verdammtes Glück. Oder auch Pech, wenn man bedenkt, was ich dadurch verpasse. Aber ich glaube, eher Glück. Ich mach mir da keine Illusionen.

Dass ich auf der Schizostation gelandet bin, habe ich einem ganz anderen Anruf zu verdanken. Und vor allem der Tatsache, dass ich so blöd war, ihn zu erwähnen, als ich gefragt wurde, ob ich jemals ungewöhnliche Dinge wahrgenommen hätte. Dass es den Anruf tatsächlich gab, hat mir natürlich niemand abgenommen. Die dachten gleich, ich hätte einen an der Waffel. Psychotische Symptomatik heißt das in der Fachsprache. Und wenn so ein Label einmal in den Arztakten steht, bleibt es an einem haften wie diese bescheuerten Barcode-Aufkleber an der Unterseite von Porzellantassen, deren pappige Spuren man auch nach hundert Jahren Spülmaschine nicht wegbekommt.

Als ich zurückkomme, ist das Spiel aufgeräumt und Fine verschwunden. Ute, die noch ihren Tee austrinkt, fragt, ob es mir inzwischen besser geht. Wir kommen erneut ins Gespräch. Ute ist wegen Depressionen hier, und nicht das erste Mal. Zu Hause warten ganze vier Kinder und ein Job in einer Versicherung auf sie. Darum beneide ich sie nicht gerade. Ab der dritten Woche, erzählt sie, darf man an Wochenenden nach Hause, und sie nutze das immer. Darum beneide ich sie dann schon irgendwie, also, dass zu Hause jemand auf sie wartet.

Zu uns gesellt sich nach einer Weile ein sonnenbebrillter, schmächtiger Junge mit kurzen, weiß gefärbten Haaren, der in meinem Alter zu sein scheint. Eine intensive Duftwolke umgibt ihn; er zeigt uns eine Kompresse mit Lavendelöl, die er immer bei sich trage. Von der Pflege, gegen die Unruhe. Er mustert mich für ein paar Sekunden und fragt, ob ich vielleicht Russe sei. Als ich verneine, stellt er sich vor: Mikko, 23, Finne, bis zum Ausbruch seiner Erkrankung Maler. Warum er hier ist, verrät er nicht, und ich frage ihn auch nicht. Er will meinen Namen wissen.

»Ach so«, sagt Mikko. »Shaun wie Shaun das Schaf?«

»Sean wie Sean Lennon«, gebe ich kleinlaut zu Protokoll.

Er runzelt die Stirn. »Hieß der nicht John?«

Ich strecke die Waffen und begebe mich auf den geordneten Rückzug.

Und dann holen einen die Abendstunden doch noch ein, und Mars starrt mich verständnislos an.

Mars steht dieses Jahr in Opposition zur Sonne, und damit meine ich ne echte Opposition, nicht so was wie SPD und CDU. Aber jedes Mal, wenn ich den kleinen Roten Planeten so am Nachthimmel stehen sehe, glüht er. Die personifizierte Nachthitze, rötliches rundes Pixel, das er fürs nackte Menschenauge darstellt, und doch ist das ein Trugschluss. Denn der Mars ist kalt, sehr kalt sogar.

Die erste Übernachtung in einem fremden Bett ist nie einfach, und trotz der Schlaftablette liege ich noch lange wach, mit stockendem Atem und natürlich diesem ätzend pochenden Puls. Es ärgert mich beinahe, dass ausgerechnet die Nacht mich dermaßen traktiert. Als ob ich ihr kein Vertrauter wäre. Ich liege wach und weiß, dass es nicht meine Zeit ist, dass mein Sternbild längst jenseits des Horizontes erstrahlen sollte. Und doch ist es auch meine Zeit. Denn ich gehöre ihr; ich gehöre der Nacht. Hab mich ihr von meinem ersten Atemzug an verschrieben, ihr meine Seele verkauft zu einem inflationären Preis. Ich gehöre dem schwindenden Duft welkender Blumen im Frühling, der glühenden Stille kalter Wüstenlandschaften, dem Miauen streunender Katzen unter fahlen Himmeln, den unentwegt fliehenden Wolken, die uns Sterblichen bisweilen die Sicht auf die funkelnden Könige der Finsternis freigeben. Ich gehöre den langsamen Stunden, die nie verrinnen und gleichsam doch immer zerfließen.

Zu dieser untypischen Zeit zirpt draußen ein Verbündeter von mir, ein einsamer Vogel, Nachteule wie ich. Ich höre ihm gebannt zu. Sekunden vergehen, dann Sekunden und Minuten gleichzeitig.

Und dann kehrt es zurück in mein Leben, unvermittelt und unumkehrbar.

Ich stelle mir immer vor, dass ich von winzigen, unsichtbaren Fäden an die Realität gebunden werde, an das Gute, das Bodenständige. Wie die vielen kleinen Kreaturen in *High Hopes* von Pink Floyd, nur im positiven Sinne. Aber in diesem Moment spielt das alles keine Rolle mehr. Der Vogel verstummt, das Handy leuchtet auf, das Erbe von Generationen zerfließt in einer einzigartigen Kakophonie. All diese Fäden, in Tausenden und Abertausenden imaginären Therapiestunden so kunstvoll verknüpft, reißen. Ein Funken, und der ganze Erdball geht in Flammen auf. Ein einziges Klingeln, und ich bin wieder in Hamburg.

ZAHL, DIE. SUBSTANTIV. *Gibt es sie, die letzte Zahl, zu der man keine Eins mehr hinzufügen kann? Eine Welt, unendlich weniger kompliziert als die unsrige, da bis auf die letzte Kommastelle berechenbar? Oder gar eine Welt ohne Zahlen? Ich weiß nicht. Die Wurzel jeder Erzählung ist doch Zahl. Als ich zum ersten Mal Eis gegessen habe, erzählst du mir, habe ich gesagt: Kalt.*

2. Kapitel

INFINITESIMALPROBLEM

Ich bin in erster Linie im Halbschlaf und in zweiter Linie in Hamburg. Genauer gesagt im übergroßen krankenhausweißen Bett eines auch sonst steril anmutenden Zimmers in einem miesen Hotel im zumindest von hier aus nicht sehr sehenswerten Stadtteil Stellingen. Ob Stellingen außerhalb dessen sehenswert ist, kann ich nicht beurteilen, denn nach dem HSV-Desaster bin ich schleunigst in die Hamburger Innenstadt geflüchtet und von dort aus am späten Abend direkt hierher.

In meiner persönlichen Liga der besten Fußballvereine der Welt steht der HSV direkt auf Platz 1, gleichauf mit dem PSG. Und das nicht nur, weil der HSV dieselbe Abkürzung hat wie das Herpes-simplex-Virus. Obwohl das, ich erkenne es an, für mein zwölfjähriges Selbst damals sicherlich mit ein ausschlaggebender Faktor war. Das und dass ich Lokalpatriotismus noch nie cool fand. Einen Klub vom anderen Ende des Landes zu verehren, dagegen: übercool. Außerdem hatten sie die Bayern besiegt. UND den zweiten Platz in der ewigen Tabelle der ersten Bundesliga! Ich weiß, das glaubt einem heute niemand mehr.

Da es schon fast zwölf Jahre her ist, dass ich zuletzt zwölf war, habe ich meinen Eltern in kluger Voraussicht erst gar nichts gesagt. Aber auch alle anderen, die davon wussten, haben mir abgeraten, ausgerechnet am Vorabend des G20-Gipfels zum ersten Mal nach Hamburg zu fahren. Die Entscheidung hat eine Weile gebraucht und ist mir bestimmt nicht leichtgefallen. Die Vernunft ist schließlich unterlegen (spätes Tor in der zweiten Halbzeit der Verlängerung).

Aber schließlich hat der HSV ja nur einmal in der Saison seinen Trainingsauftakt, und ich habe die Chance, endlich mal dabei zuzusehen, weil der Lothar, mit dem ich auf die Schule gegangen bin und der bisher immer die Schlüssel der Mercedes-Benz-Arena umgedreht hat, sie seit Neuestem gegen die vom Volksparkstadion eingetauscht hat.

Und dann ist da natürlich noch die Sache mit Liesa. An die ich so gar nicht denken möchte, schließlich bin ich ja – ja, auch – genau deswegen hier, um nicht daran denken zu müssen. Herzschmerz begegnet man am besten mit Reisen, so steht es in meinem kleinen Einmaleins. Nicht, dass ich da nennenswerte Erfahrungen hätte. Aber so viel steht fest: Fast ein ganzes Semester lang habe ich mir Gedanken gemacht, ob ich sie mag. Ob ich sie ansprechen soll. Und an dem Tag, an dem ich wusste, dass ich sie mag, ist sie mit nem anderen Typen aufgetaucht. Vielleicht habe ich auch dadurch erst gemerkt, dass ich sie mag.

Freilich kommt es nie so wie geplant. Ich stehe pünktlich beim Volksparkstadion auf der Matte und sogar am richtigen Eingang. Aber von Lothar keine Spur. Auf Nachfrage erfahre ich erst, dass er krank ist, und dann erfahre ich unerwünschterweise auch noch, was es bedeutet, sich als Unbefugter in ein nicht öffentliches Training einschleichen zu wollen. Der Security-Typ setzt mich vor die Tür, sein finsterer Bulldoggenblick reicht aus, damit ich mich, ohne mich noch mal umzudrehen, zur U-Bahn-Station begebe und dann, den Rucksack voller Ent-

26

täuschung, in Richtung Innenstadt. Es ist der 6. Juli 2017, klischeehaft blauer Himmel, strahlende Sonne, warme Brise, und ob dieser Tatsachen fühle ich mich geradezu gesetzlich verpflichtet, jetzt das Beste aus dem Rest meines verkorksten Tages zu machen. Also erkunde ich den ganzen Tag Hamburg, lasse mich treiben irgendwo zwischen Hafen und Rathaus, zwischen Speicherstadt und Elbphilharmonie. Hamburg ist in vielerlei Farben gewaschen und trägt diese stolz; alle möglichen Arten Menschen schlagen mir entgegen, viele von ihnen tragen den gleichen Button, der sie als Besucher irgendeines Musikfestivals auszuzeichnen scheint. Hamburg ist in vielerlei Farben gewaschen, aber es ist auch umzäunt von Straßensperren und Polizeikontrollen, gedeckelt vom Lärm kreisender Hubschrauber und gebeutelt vom Bluthunger bissiger Hunde, die nicht unterscheiden zwischen verdächtig und unverdächtig. Und so wird in dieser Stadt jeder, der sich treiben lässt, automatisch auch zum Getriebenen. Ich schlendere durch Hamburg, doch innerlich fühle ich mich gehetzt. Als ich abends in meiner Hotelzelle ankomme, habe ich das Gefühl, den ganzen Tag – oder vielleicht auch mein ganzes Leben – einem imaginären Ball hinterhergerannt zu sein, ohne das Tor jemals in Schussnähe bekommen zu haben.

In durchgeschwitzter Unterwäsche, die ich leider nicht wechseln kann, sinke ich aufs Hotelbett. Mein pummeliger Bauch atmet schwer; obwohl es warm und stickig ist, ziehe ich mir die Decke über, da ich ohne nicht schlafen kann. Vor ein paar Minuten habe ich trotz des Lärms draußen ein Fenster geöffnet, musste es aber wieder zumachen, weil unter mir jemand raucht. Ich höre leise Musik über meine Kopfhörer, während ich – und das passiert nicht oft – bei vollem Bewusstsein in den Schlaf segle. Ich merke, dass es lediglich die Musik ist, die meinen Geist an den wachen Zustand klammert, und stöpsele sie aus. Völlig verausgabt lege ich das Handy neben mich, wo es in der gigantischen weißen Leere der Doppelbetthälfte versinkt. Daher höre ich das Klingeln auch erst gar nicht, oder zumindest glaube ich, dass es schon länger geklingelt hat, als es über die Schwelle meines Bewusstseins steigt. Im Halbschlaf greife ich nach dem Handy, spähe darauf, unbekannte Nummer mit +33, also Frankreich. Ich wüsste nicht, wer mich aus Frankreich kontaktieren sollte. Denke kurz an meinen Halbbruder, der in Paris wohnen soll, zu dem ich aber seit Jahren keinen Kontakt mehr habe. Es könnte auch Liesa sein. Nein, kann es nicht, sie weiß ja gar nicht, wer ich bin. Zu tiefsinnigeren Gedankengängen bin ich dann auch nicht fähig, und so presse ich meinen verschwitzten Daumen auf das Display und hebe das Handy ans Ohr.

Eine unerwartet androgyne Stimme säuselt irgendwas auf Französisch. Obwohl ich Halbfranzose bin, lassen meine Sprachkenntnisse doch zu wünschen übrig, und so meine ich erst nach einer gefühlten Ewigkeit, das Wort »Allô« verstanden zu haben. Also antworte ich zurück, Allô, ici Sean?! Doch die Stimme redet unbeirrt weiter. Ich verstehe kein Wort, wiederhole noch mal mein Sätzchen, doch da hat die Stimme schon aufgelegt.

Etwas perplex schiebe ich das Handy wieder fort. Es gelingt mir nicht, mir auf den Anruf einen Reim zu machen oder darüber nachzudenken, woher man meine Nummer haben könnte, denn ich telefoniere ausschließlich mit Rufnummernunterdrückung. Ein paar Minuten danach bin ich nicht einmal mehr sicher, ob der Anruf tatsächlich stattgefunden hat oder nur meiner vor Stress und Erschöpfung überschäumenden Phantasie entsprungen ist. Dazu hätte ich wohl die Anrufliste meines Handys durchsehen müssen. An jenem Abend bin ich von derartiger Geistesgegenwärtigkeit jedoch weit entfernt. Im Nachhinein kann ich nur noch rekonstruieren, dass ich wenige Minuten nach dem Vorfall endlich eingeschlafen sein muss.

Siebzehn Stunden später nimmt das nächste signifikante Ereignis in meinem Leben seinen Lauf.

Noch ahne ich es nicht, doch nicht meine Liebe zum Fußball wird mir heute zum Verhängnis werden, sondern die zur Musik – und das verspätete, dafür aber umso üppigere Geburtstagsgeld meiner Tante, das mir überhaupt erst ermöglicht hat, nach Hamburg zu fliehen. Es ist schon später Nachmittag, als ich mich entschließe, noch einen Abstecher ins Schanzenviertel zu machen, weil dort laut Google Maps eine hohe Dichte an Plattenläden herrscht.

Am Morgen war ich in St. Pauli, das so gar nicht aussah, wie man sich St. Pauli für gewöhnlich vorstellt. Also, jedenfalls würde ich den Begriff St. Pauli jetzt nicht in erster Linie mit Kinderwägen an trendigen Fairtrade-Coffeeshops vorbeischiebenden Ökömüttern verbinden, aber maybe that's just me. War dort in ein, zwei coolen Plattenläden, und in einem hab ich sogar eine vergleichsweise seltene Single meiner Lieblingsband Coldplay aus dem Jahr 2002 ergattert. Aber nein, gereicht hat mir das natürlich noch nicht. In Restaurants waren Kinderportionen noch nie was für mich, und so wollte ich leben: alles auf einmal, von allem nur das Beste und davon bitte reichlich, danke schön.

Ich setze mich also in die U3 Richtung Sternschanze. Unterwegs schaue ich an mehr als einem Halt vermummten Spezialeinheiten ins Auge, was freilich der einzige Teil ihres Gesichtes ist, den man überhaupt anschauen kann. Zwischen mir und ihren Maschinengewehren: trügerisch dünnes Glas, das Sicherheit nur vorgaukelt und auf dem gleich einer Kinoleinwand der ganz normale Alltag eines Freitagnachmittags abläuft. Ich bin jedes Mal froh, wenn die U-Bahn wieder anfährt.

Schließlich bahne ich mir meinen Weg an die Oberfläche und stürze mich, den Kopf voran, ins pralle Leben. Schaue mich lechzend nach Neuem um, oben und unten, links und rechts. Aufkleber gibt's hier reichlich, à la Fck G20 oder No G20 et cetera; an jeder Tür mindestens einer. Überhaupt kommt mir Hamburg vor wie die Welthauptstadt der Aufkleber. Alternativ sieht's hier aus, nach friedlichem Protest und guter Stimmung. Die Sonne scheint und ich bin bester Laune, als ich – Ironie des Schicksals – durch eine Straße namens Schulterblatt schlendere, den Rucksack auf der schweren und das Leben ausnahmsweise mal auf der leichten Schulter. Vor der Roten Flora bleibe ich stehen und sehe mir eine Weile die dargebotene Straßenkunst an – Pflastermaler, Pantomimen, eine dieser lebenden Statuen. Höre, der FC St. Pauli biete offiziell Demonstranten Schlafplätze an – damit bekommt der Verein bei mir doch einige Sympathiepunkte, auch wenn es für einen Aufstieg in meine persönliche Liga nicht reicht. Verschmelze mit der Masse und überlege, wie viele von den hier Anwesenden in Wirklichkeit Polizisten in Zivil sind (mit meinem Rucksack könnte ich glatt selbst einer sein). Vergrabe mich für eine halbe Stunde in diesem und ne dreiviertel Stunde in jenem Plattenladen. Die Sonne sinkt schleichend am Himmel, der Nachmittag zieht hinter meinem Rücken vorbei.

Als ich wieder herauskomme, scheint sich die Lage ebenso unmerklich verändert zu haben. Die Straßen sind etwas voller. Mehr Transparente werden jetzt in die Höhe gereckt. Vor der Flora hält jemand eine Rede. Aber noch macht es nicht den Anschein, als sei der Topf bereits kurz vor dem Überkochen.

Tja.

Wenn ich nur einen Schluss aus dieser Mengenlehre gezogen habe, dann, dass die Dynamik einer Situation mit vielen Menschen unberechenbar ist.

Später wird keiner mehr sagen können, wodurch die Lage gekippt ist. Aber irgendwann, so viel steht fest, ist sie gekippt. Den genauen Beginn muss ich verschlafen haben. Irgendwann stelle ich einfach fest, dass da jetzt weniger Transparente sind. Dass die Musik aufgehört hat, die Darbietungen sowieso. Stattdessen sind von Weitem Schreie zu hören. Irgendwann merke auch ich, wo ich da hineingeraten bin. Auf der einen Seite sind Einsatzwagen der Polizei vorgefahren, auf der anderen Seite stehen Leute, bei denen schwarze Hoodies ziemlich in Mode sind. Und ich mittendrin. Scheiße.

Und dann fliegen Steine. Wird mit Schlagstöcken geprügelt. Wird gekokelt. Wird geschrien und geblutet und geflohen und gefochten. Ich dazwischen, und trotzdem kann ich das Geschehen nur in Bruchstücken aufschnappen. Eine Flamme, Rauch. Eine Gruppe Frauen wird von Polizisten unsanft abgedrängt. Etwas Schweres fällt zu Boden. Sie können hier nicht filmen, schreit es von rechts. Irgendwas mit Presse, schreit es von links. Interessiert aber keinen. Ich erspähe einen schmalen Hauseingang und quetsche mich hinein, mache mich möglichst flach. Der verdichtete Lärm der Republik rauscht vorbei. Von einem der gegenüberliegenden Häuser weht eine Fahne herunter, darauf »Gipfel der Unverschämtheit«. Ein viel zu jung aussehendes Mädchen redet was von Barrikaden. Kurz darauf schnappe ich das Wort »Deeskalation« auf, als eine Gruppe Vermummter vorüberzieht.

Wenige Meter vor mir saust irgendwas durch die Luft, zerschellt am Bordstein und geht in Flammen auf. Ich habe den Drang, das Weite zu suchen, doch die Wege sind durch die Polizei abgeschnitten. Leute rennen kreuz und quer durch die Gegend, es ist laut, jemand spricht durch ein Megafon, oder vielleicht bilde ich mir das auch nur ein. Rechts eine Phalanx von Athenen in Polizeihelmen. Sie bewegen sich, verdammt, sie kommen.

Ich presse mich noch flacher gegen die Tür. Jeder, der nicht das Glück hatte, rechtzeitig einen Unterschlupf zu finden, ist jetzt ausgeliefert, dessen Kopf glänzt schon auf dem Silbertablett. Eine junge Frau mit kurzen, braunen Haaren bleibt vor meinem Hauseingang stehen, starrt mich an. Ich bin vor Angst gelähmt, sie soll doch nicht so schauen, Mensch, schau doch woandershin, zieh nicht die Aufmerksamkeit hierher. Sie starrt mich weiter an, oder vielleicht starrt sie nur den Eingang an, in dem sie Rettung finden will, aber ich kann ihr keine gewähren, da passen keine zwei Leute rein, zwei, die einzige gerade Primzahl, in my book sowieso suspekt, ich bewege mich nicht. Sie schaut panisch Richtung Polizei, dann noch mal zur Haustür, ich bewege mich immer noch nicht, sie läuft dann weiter, ihre braunen Haare für immer verschwunden aus meinem Gesichtsfeld.

Ein Mann wendet sich von der fliehenden Masse ab und geht mit erhobenen Händen auf die Polizei zu. Seine Lippen bewegen sich, doch keine Silbe scheint daraus zu entweichen. Sein weißes Hemd ist durchnässt; erst jetzt sehe ich die Wasserwerfer. Er hat keine Chance, hat wahrscheinlich nie eine gehabt. Er schreit, als sie seinen Arm verdrehen, und wieder hört man nichts. Landet mit dem Gesicht nach unten auf dem harten Pflaster, hebt leicht den Kopf, Blut quillt aus seiner Nase, benetzt seinen gepflegten Bart. Irgendwie fällt mir Hektor ein, der edle Krieger von Troja.

Ich sehe den Mann da unten an und werde das Bild nicht los.

Der Rauch lichtet sich, die Phalanx ist jetzt sehr nah. Zu spät sehe ich, dass sie auch Leute aus den Hauseingängen zerren. Ich versuche mich auf die andere Straßenseite zu retten, eine der Athenen greift mich, doch ich habe Glück; eine Gruppe Autonomer rauscht ungebremst in uns hinein, im Trubel falle ich zu Boden, werde beinahe zertrampelt, doch ich bin frei; ich rappele mich auf und renne mit der Masse, starre kurz zurück ins Gesicht meiner persönlichen Athene, die mich entgeistert anblickt, aber keine Anstalten mehr macht, näher zu kommen. Irgendwo geht eine Scheibe zu Bruch. Die aufgeschürften Hände werde ich erst Stunden später bemerken.

Auf Wegen, die ich später selbst nicht mehr nachvollziehen können werde, gelingt es mir, doch noch den Kopf aus der Schlinge zu ziehen. Irgendwann ist da einfach eine Mauer, eine niedrige, und dahinter hoffentlich keine Polizei, und ich sehe, wie Leute darüberklettern, und ich schaffe es zunächst nicht und rutsche ab, aber hinter mir drängelt es, ein paar Hände greifen mich kurzerhand an Hüfte und Beinen und stemmen mich nach oben. Ich falle unsanft die andere Seite herunter, wir stolpern kreuz und quer durch ein Wohnviertel, dann eine viel befahrene Straße entlang, bis eine S-Bahn-Station in Sichtweite ist. Mit zitternden Händen kaufe ich mir als Einziger eine Fahrkarte, und wundersamerweise gelingt es mir, mich nach zwei Umstiegen rechtzeitig zum Hauptbahnhof durchzuschlagen. Ich kaufe noch schnell eine Box Chicken Tikka Masala und falle bald darauf erschöpft in einen Sparpreis-Sitz im ICE, der mich nach Hause bringen wird. Vor mir dampft Indien, am Fenster neben mir die globalisierte Welt, die zunehmend im Dunst der Nacht verschwindet. Ich sitze da, und allmählich erst wird mir bewusst, was ich erlebt habe. Dinge, die mir immer weit weg vorkamen, die man sonst nur in den Nachrichten sieht. Mit Globalisierungsprotesten in der Glotze aufgewachsen, da konnte man wunderbar teilnahmslos zuschauen, während man schön seine Spätzle mit Rahmsoße verschlungen hat. Aber plötzlich steht man mittendrin, und keiner fragt mehr, ob man teilnehmen möchte oder nicht, durch die bloße Anwesenheit nimmt man schon teil, ist man schon Vertreter von einer der beiden Seiten. So wie die Frau mit den braunen Haaren. Vielleicht hätten wir doch beide da reingepasst, ich hätte was tun müssen. Vielleicht kann man das heute nicht mehr, teilnahmslos sein. Vielleicht ist Teilnahmslosigkeit schon ein Verrat. Womöglich ist überhaupt jede Bequemlichkeit ein Verrat – jedes Wegsehen, jedes Nichtstun ein kleiner Mikroverrat am Guten, der sich aufsummiert zu der Welt, in der wir leben. Wen habe ich heute verraten? Wen morgen?

Der Zug hingegen beschleunigt unbeirrt weiter. Reißt mich unaufhaltsam fort von dieser Stadt und ihren Geschehnissen. Fast so, als habe auch er sich für die Teilnahmslosigkeit entschieden.

WARTEN. VERB. *Dieses Warten, bis die Schlaftablette einsetzt. Geborgte Zeit, von der man genau weiß, dass sie endlich ist. Eine Miniatur des Lebens. Als dummer Teenager habe ich dich einmal gefragt, ob du jeden Abend daran denkst, dass du morgen nicht mehr aufwachen könntest. Du hast mich nur gefragt, ob ich denn jeden Abend daran denke.*

3. Kapitel
DIE KLINIK AUF DEM BERG

Die Klinik liegt auf einem Berg. Wer auf die Idee gekommen ist, ausgerechnet ein Krankenhaus an einem für Otto Normalfußgänger so schwer erreichbaren Ort zu erbauen, würde auch einen Spiegel mit der Rückseite nach vorn an die Wand hängen. Und das Allerdümmste daran ist, dass, obwohl die Klinik auf einem verdammten Berg sitzt, die Aussicht alles andere als berauschend ist.

Zu Fuß dauert es ungefähr fünfzehn Minuten, bis man die Ortsmitte erreicht. Viel zu bieten hat dieses Kaff allerdings nicht. Das Beste ist die S-Bahn nach Stuttgart. Und das Beste, was Stuttgart zu bieten hat, ist meiner Ansicht nach der TGV nach Paris.

Dem Anruf an meinem ersten Abend hier folgen weitere. Jeden Abend einer, ungefähr zur gleichen Uhrzeit. Und immer das gleiche unverständliche Gesäusel auf Französisch. In den ersten Tagen versuche ich noch, mit dem Menschen auf der anderen Seite zu kommunizieren. Sage jedes Mal was anderes, versuche es mit Französisch, Englisch, Deutsch, einmal, einer spontanen Eingebung folgend, sogar mit der einzigen chinesischen Phrase, die ich kenne: »Ni hao«, aber eine Antwort bekomme ich nie.

Es ist Anfang Mai, und der Sommer, der dieses Jahr gefühlt

im April begonnen hat, ist bereits in vollem Gange. Wenn es weiterhin so warm bleibt, weiß ich nicht, wie wir hier den eigentlichen Sommer überstehen sollen. Das Gebäude ist nämlich uralt, ein umfunktioniertes Wohnheim aus den Sechzigern, und Klimaanlage selbstverständlich Fehlanzeige. Schon jetzt habe ich das Gefühl, dass die Luft in meinem Zimmer und in den Gängen absolut nicht zirkuliert.

Das Schlimmste ist das Warten.

Warten auf die Therapien, Warten auf Arztgespräche. Warten, dass sich irgendwas bewegt. Aber man ist in dieser Luftblase gefangen, und die Zeit steht still. Überhaupt die Zeit. Anfangs habe ich davon viel zu viel, Stunden über Stunden, und keinen Inhalt, mit denen ich sie füllen kann. Meine allererste Therapiestunde findet am zweiten Tag nach meiner Ankunft statt, morgens um acht. Und ist die einzige an dem Tag, was ätzend ist. Ich schaffe es kaum, rechtzeitig aufzustehen, und schleppe mich, ohne gefrühstückt zu haben, todmüde runter ins Erdgeschoss, in die Räume der Ergotherapie. Wenn man Fine glaubt, dann ist Ergo wohl so ein bisschen wie Kunstunterricht in der Schule, eine Art praktische Beschäftigungstherapie. Ich komme rein und werde zusammen mit dem Rest der Gruppe von einer überenthusiastischen Therapeutin begrüßt. Doch Hut ab, nach einer Viertelstunde hat sie meine anfängliche Skepsis tatsächlich überwunden, und ich mache mich an die Arbeit.

Das derzeitige Thema heißt Leinwände herstellen und bemalen. Praktische Arbeit war nie mein Ding, und ich tue mich erwartungsgemäß schwer mit dem Zusägen der Holzbalken für den Rahmen. Während ich die Leinwand anfertige, überlege ich fieberhaft, was ich malen will. Die Gänge hängen voll mit Bildern, jedes davon versehen mit den Initialen des ehemaligen Patienten, der es gemalt hat. Es schnürt mir fast die Kehle zu, als mir bewusst wird, dass auch ich hier enden werde, als Ini-

tialen auf einem mehr oder weniger gelungenen Farbgekleck-
se im hässlich-weißen Gang einer runtergekommenen Klapse.
Wenn ich schon so enden muss, beschließe ich, will ich wenigstens etwas Ikonisches malen. Etwas, woran man sich in hundert Jahren noch erinnert. Oder auch in zwanzig oder wann immer dieses gottverdammte Gebäude seinem längst überfälligen
Abriss anheimfallen wird.

Alle Wege führen nach Rom, sagt man, doch in meinem
Kopf führen alle Wege nach Paris. Ich beschließe, dass auf meiner Leinwand die Mona Lisa wiederauferstehen soll, in der
ikonischen Fassung von S. C. aus dem Jahre 2018. Im genauen
Augenblick der Geburt dieses Geistesblitzes verschütte ich eine
Flasche Indigoblau auf meine halb fertige Leinwand. Die Therapeutin lächelt mich durch ihre Hipsterbrille an. Ich müsse
es trocknen lassen und in den nächsten Stunden mehrfach mit
Weiß grundieren. Na toll. Am Ende der Stunde muss ich auch
noch sagen, wie ich mich fühle, und egal, wie scheiße man sich
fühlt, erzählt einem die Therapeutin was an den Haaren her-
beigezogenes Positives. Ich komme mir vor wie in der Sonder-
schule, und das will was heißen, denn schon auf der normalen
Schule hab ich mich nicht wohl gefühlt. Die Therapeutin tut
mir leid. So jemanden wie mich will nun wirklich niemand.

Frühstück, Blutentnahme, Mittagessen, Arztgespräch, Zeit
totschlagen, Abendessen, Zeit totschlagen, Anruf abwarten,
Schlafen. Wenn's hochkommt, mal ne Stunde Ergo oder Musiktherapie dazwischen. Und was dann? Was kommt danach?
Bleibt nur noch der Abstieg. Die Saison war natürlich scheiße,
und ja, es kam mit Ansage, aber dennoch trifft es mich, als es
dann endgültig feststeht: Nach mehr als einem halben Jahrhundert in der ersten Fußballbundesliga steigt Hamburg ab,
wie verdammt bitter – am letzten Spieltag gegen Gladbach
noch gewonnen, aber das reicht nicht mehr für die Relegation.

Mayday, Mayday, wenn selbst dieses Schiff am Sinken ist, was ist dann überhaupt noch sicher?

Allenfalls die Klinik selbst. Da ändert sich nicht viel. Nach ungefähr einer Woche kenne ich die Tagesabläufe. Ich weiß, wie der Hase läuft, wo was steht. Womit man die Pflege mit hundertprozentiger Wahrscheinlichkeit auf die Palme bringt und wann man es taktischerweise besser unterlässt. Am Anfang finde ich sogar das Essen noch ganz okay. Auch wenn oft nicht das kommt, was man bestellt hat.

Beim Frühstück fehlt häufig das vielversprechend goldblaue Päckchen Butter, und als Mittagessen bekomme ich statt Hähnchengeschnetzeltem mit Reis oft so was wie einen vegetarischen Auflauf. Mit dem Essen ist es hier wirklich ein Glücksspiel, und Glücksspiele hasse ich aus Prinzip, denn ich bin diesbezüglich Opfer eines tiefsitzenden Traumas. Als Kind habe ich an jedem erdenklichen Gewinnspiel teilgenommen, über einen älteren Cousin sogar den einen oder anderen Lottoschein abgegeben. Gewonnen habe ich frustrierenderweise nie was. Irgendwann lernte ich die Magie kennen, die sich Stochastik nennt, und P(Glücksspielteilnahme) sank gegen null. Heute nehme ich nur noch selten an so was teil. Das Letzte war das einer französischen Fußballzeitschrift; VIP-Tickets fürs Public Viewing des WM-Finales in der größten Fanzone von Paris gab's da zu gewinnen – wenn Frankreich ins Finale kommt, aber das könnte gut sein, denn zurzeit sind sie verdammt stark. *VIP*. Das bedeutet ganz vorn, ganz gechillt, Getränk inklusive. Das bedeutet unverkäuflich, nur per Einladung. Ein Traum für einen armen Fußballschlucker wie mich, für den ansonsten die Abfuhr an der Schwelle zum Volksparkstadion das Highlight der Saison war. Bei solchen Verlockungen muss auch im Gehirn eines Mathematikers die Stochastik mal die zweite Geige spielen.

Und die Wahrscheinlichkeit, dass die Anrufe etwas bedeuten?

Anfangs traue ich mich nicht, mich wegen des Essens zu beschweren. Nach ein paar Tagen tue ich es dann doch. Erst glaubt man mir natürlich nicht, denn Psychiatriepatienten glaubt man sowieso grundsätzlich erst mal gar nichts. Glücklicherweise kann ich Kopien der Bestellzettel vorweisen, um die Pflege von meiner Zurechnungsfähigkeit zu überzeugen. Von da an stimmt es meistens. Nicht immer, aber meistens.

Nach dem Essen gehe ich als Erstes kurz mein Zimmer aufräumen. Hier wird nämlich streng darauf geachtet, dass alles ordentlich ist. Die Schwestern schauen jeden Tag rein und schimpfen, wenn ihnen was nicht passt. Die meisten räumen morgens vor der ersten Therapie auf. Morgenmuffel wie ich tagsüber. Und unsere Härtefälle machen's gar nicht oder zumindest nicht so, wie allgemein sozial erwünscht. Das sorgt für den einen oder anderen unterhaltsamen Kugelblitz. Zum Beispiel an dem Tag, an dem Frau Ritter durch die Zimmer spaziert. Ich unterhalte mich gerade mit ein paar Leuten in der Teeküche, als Frau Ritter ebenda ihr Opfer aufspürt.

»… ja, meine Güte, Herr von Warbing, warum sammeln Sie bei sich im Zimmer denn *Löffel*?«

Tom, der eigentlich Thomas Erik von Warbing und Steinfeldt heißt, faltet seelenruhig ein Papierhandtuch zusammen und legt es bedächtig auf den Tisch. »Ich geb halt nicht so gern den Löffel ab«, antwortet er.

Der Flur bebt. Tiefe Furchen zeichnen sich auf dem Antlitz der Schwester nieder, und ihre Augen quellen hervor. »Bringen Sie sie zurück in die Küche«, ordert sie konsterniert, dann braust sie auch schon weiter. Das Beben verstummt, die ersten Bergungsarbeiten laufen an, das Gelächter verzieht sich diskret.

Freilich ist das nicht der Grund, warum Tom in seinem Zimmer Besteck hortet. Es hat, wie er sagt, was mit Hygiene zu tun. Das ist nicht die einzige Beziehung, in der Tom strange ist. Zum Beispiel trägt er, egal bei welchem Wetter, immer einen altmodischen, langärmeligen Strickpullover. Beim Essen wischt er das Besteck vorher ab, und Türgriffe drückt er ausschließlich mit dem kleinen Finger runter. Aber gerade weil er so anders ist, finde ich ihn verdammt cool. Gespräche mit ihm nehmen oft völlig unerwartete Wendungen. Er erzählt wenig von sich, tratscht überhaupt wenig, lästert schon gar nicht hinter dem Rücken der anderen. Schnell weiß ich: Wenn ich ein Problem hätte, würde ich mich am ehesten an ihn wenden. Tom hat etwas Beruhigendes an sich. So sieht er auch ein bisschen aus, finde ich: ungezähmt wellige graubraune Haare, großer Kopf, etwas breitere, aber sehr weiche Gesichtszüge, die im Kontrast stehen zu seiner eckigen Brille. Ich kann es nicht genau in Worte fassen, aber wenn er einen Raum betritt, ist es, als ob ein sedierendes Gas mit eintritt. Allein seine Anwesenheit verströmt eine beruhigende Wirkung, und das, obwohl – oder gerade weil? – Tom von uns allen derjenige ist, der am stärksten zittert.

Warum ich ein Einzelzimmer bekommen habe, weiß ich nicht. Es hat seine Vorteile – zum Beispiel kann ich mir dort in aller Ruhe ein Universum ausmalen, in dem 136 die letzte Zahl ist. Auch die Anrufe kann ich so gut für mich behalten. Die Tage verbringe ich zwischen meinem Zimmer, der Teeküche und dem Speisesaal. Im Speisesaal sitze ich nicht mehr ganz so oft alleine wie früher in der Mensa. Wobei allein zu essen mir immer noch lieber wäre, als mit Erwin am Tisch zu sitzen, der einem ununterbrochen aufs Tablett schielt und alles wegessen möchte. Manchmal schaut die Mädelsgruppe um die zierliche Jessi, die sehr nett aussieht, zu mir rüber. Und dann kichern sie. Ich schaue dann schnell auf meinen Teller. Mikko meint, die würden auf mich stehen. Ich weiß nicht, was ich davon halten soll. Mikko glaubt jedes Mal, wenn eine Frau jemanden ansieht, dass sie auf denjenigen steht, was natürlich Schwachsinn ist. Und ich bin ja schließlich nicht zum Anbandeln hier. Jedenfalls kichert die Gruppe um Jessi, zu der vor allem noch ein blondes Mädchen mit einer Igelfrisur namens Nicola gehört, entschieden zu viel. Von morgens bis abends hängen sie aufeinander und kichern. Sie kichern selbst dann, wenn der stille Türke dabeisitzt, der Fazil heißt und von dem sich alle erzählen, er habe ganz heftige Zwangsgedanken. Mir ist das egal; ich verstehe mich auch mit Fazil. Wir spielen manchmal Playstation zusammen.

Und wenn ich alleine sein will, ziehe ich mich eben zurück auf mein Zimmer und blättere in dem Notizbuch, das meine Oma mir letztes Jahr zu Weihnachten schenken wollte. Es war das Erste, was ich eingepackt habe, als es hieß, dass ich hierherkomme. Das Notizbuch hat einen goldfarbenen Einband, darauf steht in bunten Klebebuchstaben: Lexikon. Es war vollkommen blank, als ich es in der gespenstischen Stille ihrer Wohnung, in der Leere dieser plötzlich so sinnlos erscheinenden Dinglandschaft, die sie einmal mit Leben gefüllt hatte, aus der Geschenkpackung nahm, und ich dachte mir – ein leeres Notizbuch als Lexikon? Es dauerte eine Weile, bis ich begriff, was sie meinte, was sie mir gesagt hätte, wenn sie Weihnachten noch erlebt hätte: dass ich dieses Notizbuch zu meinem ganz eigenen Lexikon der Dinge machen solle, die mich umgeben. Sie liebte solche Spielchen. Es war ein Geschenk ganz nach ihrem Geschmack, das Letzte, was sie mir hinterlassen hatte. Und so fing ich an, Wörter hineinzuschreiben und meine Erklärungen dieser Wörter, meine Gedanken, meine eigene Wirklichkeit auf dieses Papier zu bringen. Wörter und Zahlen. Mehr braucht man nicht, um die Welt zu verstehen.

Und damit ist mein Klinikleben bereits abwechslungsreicher als das von Mikko, das sich ausschließlich durch die getönten Gläser seiner Dauersonnenbrille und zwischen Fernseher, Fernseher und Fernseher abspielt. Und manchmal im Kraftraum, denn Mikko will unbedingt Muskeln aufbauen. Mir verrät er dazu, dass er später einmal Gewichtheber werden, eine hübsche Frau und viele Kinder haben will. Ich wünsche ihm von ganzem Herzen Glück dabei. Immerhin weiß er, was er vom Leben will. Ich hab da keinen blassen Schimmer. Wie soll so eine Zukunft überhaupt aussehen? Und selbst wenn man eine gewisse Vorstellung hat, denke ich mir, folgt sogleich die nächste Ungewissheit – wie kommt man dahin? In der Schule, an der Uni, ja, deine ganze Jugend lang lernst du irrsinnig spezifisches Wissen, aber nicht, wie man sich ein Leben aufbaut. Wie man eine Familie gründet. Wie man das Älterwerden aushält, oder das pausenlose Elend auf diesem Planeten. Für so was hat noch keiner eine mathematische Formel erfunden. Keine Gleichung der Welt erklärt dir, warum die Dinge so sind, wie sie sind. Stattdessen dröhnt in deinen Ohren die ganze Zeit nur eine monotone Bassline. Und ich denke mir, wenn jede x-beliebige Bassline spannender ist als das eigene Leben, dann machst du etwas falsch.

Nachdem ich mein Abendmedi eingenommen habe, hocke ich mich mit Mikko und ein paar anderen Jungs, deren Namen ich noch nicht kenne, vor den Fernseher und versuche, über »Bares für Rares« erneut Zeit totzuschlagen.

Dann die Eilmeldung: Tom wurde in der Küche mit einem Pizzaprospekt gesichtet. Tom hat Kohle, das weiß hier jeder – und ist damit der Einzige, auf den das zutrifft. Also alle schnell hin, und dann spielt sich jedes Mal dieselbe Szene ab, als gäbe es irgendwo ein unsichtbares Drehbuch, das jeder genauestens einstudiert hat.

»Krieg ich ein Stück von deiner Pizza, Tom?«

»Ja.«

»Krieg ich auch eins?«

»Ja.«

Und so weiter.

Am Ende zählt Tom seelenruhig die Gesichter durch und kommt zu dem unvermeidlichen Schluss, dass statt einer Pizza zwei Pizzen bestellt werden müssen. Dann sieht er mich fragend an.

»Du hast ja gar nichts gesagt, Sean.«

»Ich nehm nur, falls was übrig bleibt«, antworte ich zurückhaltend.

»Hab ich mir gedacht«, erwidert er.

Insgeheim bin ich von seinem ständigen ›Hab ich mir gedacht‹ leicht irritiert, es nervt sogar ein bisschen. Aber ich bin ihm nicht böse. Tom kann man einfach nicht böse sein.

Einen Tag später trampelt eine neue Patientin in unser aller Leben, die meinen Unmut viel eher verdient hat. Ihr Name ist Roswita, sie ist 64, trägt violettes Haar und ziemlich dickes Make-up, sie kommt aus der Nähe von Böblingen, ist Frührentnerin, hat eine Psychose mit begleitender Persönlichkeitsstörung und war schon mehrfach in psychiatrischen Kliniken. Sie ist hier, weil sie unüberlegterweise von einem Tag auf den anderen ihre Medikamente abgesetzt hat, da diese bei ihr eine Gewichtszunahme verursacht hatten, was aber nicht hinnehmbar war, da sie sich bei einer Partnerbörse angemeldet hatte, und für eventuelle Rendezvous wollte sie natürlich gut aussehen, und da hatte auch schon jemand angebissen, und da hat sie die Medikamente in die Tonne getreten. Der, für den sie das getan hat, verrät sie mir mit einem künstlichen Lachen, ist zu allem Überfluss im letzten Moment noch abgesprungen, sodass alles für die Katz gewesen war, aber kann man das überhaupt sagen, für die Katz? Schließlich bleibt ihr Profil ja online, und vielleicht beißt jemand anderes an, sie zeigt es mir auf dem Handy, was ich denn von dem Foto halte, sie hat es extra von ihrer

Nichte retuschieren lassen, weil ihre Nichte, die kann so was. Und das alles erfahre ich bereits in den ersten zwei Minuten unserer Bekanntschaft, weil sie die Güte hat, es mir ungefragt zu erzählen. Nachdem sie das Handy wieder eingesteckt hat, zieht sie auch noch die Socken aus und beginnt, auf der Bank ausgiebig ihre Füße zu massieren. Offen gesagt finde ich sie vom ersten Moment an unsympathisch; dennoch höre ich aufmerksam zu und bemühe mich um einen positiven Kontakt.

Bereits am nächsten Tag ist jedoch die halbe Station von Roswitas Dauergeschwätz und ihrem Hang zur Taktlosigkeit genervt. Als ich morgens den Wecker verschlafen habe und mich unauffällig ins Chaos der Ergostunde einreihen will, brüllt sie vom anderen Ende des Raumes: »NA SEAN, HAST WOHL VERSCHLAFEN?« Nachmittags wähle ich in der Musiktherapie das Schlagzeug aus und denke an Roswita, wann immer Holz auf klirrendes Metall schlägt. In diesen Augenblicken, in denen Klänge geboren werden, vermisse ich mehr denn je meine E-Gitarre. Sie ist die Nachbildung einer schwarz-weißen Thinline Telecaster, also der schönsten Rockgitarre überhaupt, und mein zugegebenermaßen ungehobeltes Spiel wird ihrer Eleganz nicht ansatzweise gerecht. Aber es fühlt sich cool an, sie zu spielen. So, als wäre ich plötzlich nicht mehr der langweilige, pummelige Sean Christophe, sondern jemand anderes, *you made me forget myself, I thought I was someone else, someone good*, am Ende doch nur Selbsttäuschung, wie der ganze Rest.

Abends hab ich nach wie vor Probleme, einzuschlafen, und dafür umso mehr Zeit zum Grübeln. Von meinem Bett aus sehe ich in der Nacht immer das rote Licht vom Hubschrauberlandeplatz, das völlig losgelöst im Himmel schwebt. Und dann stelle ich mir vor, dass das hier New York wäre und die Gegend unter dem Licht nicht verlassen, sondern berstend vor Menschen und Leben. Und ich stelle mir vor, dass ich über der Stadt wache, dass ich zuschaue, wie die Lichter jeden Morgen erlöschen und nachts wieder angehen, jedes Licht ein Menschenleben, und dass ich glücklich bin und in meinem Leben Freunde habe und Liebe. Und wenn ich mich nur auf dieses eine Licht fokussiere und den Blick nicht abwende, dann kann ich mir wirklich einreden, dass ich New York gefunden habe und das Leben, das ich schon immer leben wollte. Alles, denke ich mir, ist eine Frage der Überzeugung.

Aber irgendwann muss man den Blick eben doch abwenden.

Meine Eltern rufen mich nie an. Sie schreiben höchstens alle paar Tage eine SMS, mein Vater und meine Mutter im Wechsel – haben sie sich etwa abgesprochen? Immer so ein Standardsatz, so was wie: Junge, wie gehts dir? Und ich schreibe nen Standardsatz zurück, und schon ist beiderseits das Gewissen erleichtert.

Die mysteriösen Anrufe hingegen gehen unvermindert weiter. Zu meinem Tagesablauf gehören sie so sicher wie meine Vorfreude aufs Champions-League-Finale, das Amen zur Kirche, und das Faible für unangemessene Kommentare zu Roswita. An einem dieser Tage, ich weiß nicht genau, an welchem, sage ich plötzlich nichts mehr. Es ist keine geplante Handlung, und ich habe keine Erklärung dafür, aber ich schweige. Und nachdem ich einmal nichts gesagt habe, erscheint plötzlich der Gedanke, es jemals wieder zu tun, unerträglich. Von da an antworte ich bei keinem Anruf mehr. Ich nehme einfach ab und höre zu. Es ist wie ein abendlicher Regenguss, den man, auf einem weiten Feld stehend, widerstandslos über sich ergehen lässt. Eine Herausforderung ist es, fast schon eine Form der Kunst, die ich annehme. Und so werde ich von einem Moment auf den nächsten zum stummen Zuhörer, zum passiven Darsteller in einer Komödie, die ich von Tag zu Tag weniger durchschaue.

ICH, DAS. SUBSTANTIV. *Vor vielen Jahren steht er plötzlich da,*
mitten in der Fußgängerzone in Stuttgart. Ich bin elf, extra schick an-
gezogen, meine Mutter hatte darauf bestanden. Unter meinem lang-
ärmeligen Hemd ist es furchtbar heiß. Er ist von Anfang an alles, was
ich mir gewünscht habe: älter, klüger, und mein Bruder. Same ...
blood! Ich kann nicht anders, als zu ihm aufschauen. Wir gehen essen,
von dem ganzen Tag werden mir nur zwei Dinge bleiben: der Zettel mit
der Adresse und die Erinnerung an seine Diskussion mit meiner Mutter
darüber, dass das Bewusstsein eine seltsame Schleife sei und unser Ich
nichts als Illusion. Dass das »Ich« nur in der Fähigkeit bestehe, aus ge-
sammelten Wahrnehmungen in eine höhere Ebene zu abstrahieren und
wiederum Wahrnehmungen über sich selbst zu schaffen. Wie Eschers
Hand, die sich selbst zeichnet. Er kann gut zeichnen.
Ich bin kein guter Zeichner, und jedes Mal sieht Ich anders aus.

4. Kapitel
SCHIEFE EBENEN

Ich bin meine Angst.

Wenn man nichts unternimmt, wird die Angst irgendwann
zur Hauptperson in der Geschichte, die das Leben schreibt.
Nichts kann sie mehr im Zaume halten. Sie durchbricht alle
ihr verzweifelt entgegengesetzten Barrieren, sogar die vierte
Wand. Ich bin die Angst, und wenn du diese Zeilen liest, werde
ich zu dir sprechen.

Aber noch kann ich was dagegen tun. Und so sage ich mir
wieder und wieder: Mein Name ist Sean Christophe, und ich
bin nicht meine Angst. Ich weiß vielleicht nicht, wer ich bin,
doch ich weiß, wer ich nicht bin. Ich bin nicht meine Angst.

Dr. Tanner sagt oft, ich müsse lernen, mit der Angst umzu-
gehen, sie auszuhalten. Und dass es ein Fehler sei, aufgrund
der Angst Dinge zu vermeiden, die vorher selbstverständlich

waren. Aber das ist schwierig. Am Anfang schuf Gott die Angst vor dem Kaffee und die Angst vor dem Treppensteigen über mehr als zwei Stockwerke und vor den möglichen Panikattacken, also die Angst vor der Angst, so kommt es mir vor. Der Weg ist weit und uneben. Härter als das Besteigen der ewig langen Treppen am Montmartre. Treppen, die, davon bin ich momentan überzeugt, nicht nur meinen Puls, sondern auch – märtyrergleich eben – meine Seele schnurstracks gen Himmel befördern würden.

Dass ich den ersten Schritt in die große, weite Welt und damit zurück ins normale Leben doch wage, habe ich der Wortgewandtheit zweier Patientinnen zu verdanken. Jessi und Nicola überreden mich eines Abends dazu, mit ihnen runter ins Kaff zu laufen. Da ich Angst habe, mich zu schnell zu bewegen und meinen Puls in gefährliche Höhen zu katapultieren, hopple ich unbeholfen hinterher. Die ganzen fünfzehn Minuten des Hinwegs verbringe ich damit, keuchend ihren Smalltalk aufrechtzuerhalten und mich vor etwaigen Panikattacken zu fürchten.

Als es dann doch passiert, sind die Mädels schnell zur Stelle und geleiten mich zu einer Bank, ich wiederhole in meinem Kopf die Sätze, die mir Dr. Tanner eingeschärft hat: Alles ist gut, mein Körper ist gesund, mein Herz ist gesund und reagiert genau richtig, es wird nichts Schlimmes passieren, es wird vorübergehen. Die Prophezeiung erfüllt sich schließlich selbst, wir machen uns auf den Rückweg, und ich schlafe an jenem Abend mit dem guten Gefühl ein, meine Angst zum ersten Mal auch draußen besiegt zu haben.

In den Folgetagen teste ich meine Grenzen immer weiter aus. Ich beginne, homöopathische Mengen Koffein in meinen Blutkreislauf zu lassen. Wie ein Baby muss ich erst lernen, auf zwei Beinen zu laufen, und mit dem Krabbeln fange ich an. Durch die Laufgitterstäbe hindurch sieht die Welt irgendwie noch ein bisschen gefährlich aus, aber auch faszinierend, und ich wage mich von Tag zu Tag ein Stückchen weiter. Im Biofeedback lerne ich Skills kennen, mit denen man einer Panikattacke noch besser beikommen kann. Ich leihe mir ein Fläschchen Mandelblütenöl aus, und eines schönen Nachmittags nach Therapieende setze ich mich, derart gewappnet, zum ersten Mal in die S-Bahn nach Stuttgart. Wo sich so viel bewegt und so viele Menschen sind. Ein Anflug von Unruhe und Schwindel. Augen zu, Duftöl unter die Nase. Egal, was die Leute denken. Die wissen bestimmt eh, dass die Strecke hier an 'ner Klapse vorbeiführt.

Zehn Minuten später geht es mir wieder besser, und ich schaue nach draußen. Hinter den Spiegeln bewegt sich die Welt. Oder ist es doch der Zug, der sich bewegt? In getönten Scheiben fallen die Autos vom Himmel. Häuser hängen in der Luft. Der Zug beschleunigt, und ich tagträume davon, dass er immer schneller wird, schneller und schneller und schneller. Und irgendwann dann mit Lichtgeschwindigkeit durchs Universum.

In Stuttgart angekommen, bin ich hin und her gerissen, ob ich weiterfahren soll zu meiner jetzt schon länger leer stehenden Studentenwohnung, um meine Telecaster samt Verstärker mit in die Klinik zu nehmen. Der Tag ist noch jung, und zu meinem Vater, der hier wohnt, will ich nicht. Mein Vater versteht es nämlich wie kein anderer, einem das Gefühl zu geben, niemals genug zu sein. Seine Monologe sind ein unendlich plätschernder Strom von Beleidigungen, Invalidierungen und Meckern über Gott und die Welt im Allgemeinen und mich und mein verkorkstes Leben im Besonderen. Das lohnt sich schon mal gar nicht.

In die Stadt meiner Alma Mater will ich allerdings auch nicht. Da gibt es nichts mehr für mich, da geistern nur alte Gesichter durch die Gegend, solche aus einer anderen Zeit, in der ich noch in Ordnung war. Ich möchte ihnen um keinen Preis begegnen. Und eine Fahrt hat mir schon gereicht für heute, aber ...

Das Verlangen nach der Gitarre siegt schließlich. Ich steige in einen Regionalexpress, der mich an einer abgelegenen Station entlässt, die zwar den kühnen Namen Vaihingen (Enz) *Bahnhof* trägt, aber vielmehr nach Pampa aussieht. In der glühenden Nachmittagssonne eines einundzwanzigsten Mai im Jahr zweitausendundachtzehn nach Christi Geburt ist dieses Provinzloch dazu bestimmt, mir für eine halbe Stunde Aufenthaltsort zu sein. Diese halbe Stunde zieht sich.

Und irgendwann in dieser halben Stunde sehe ich es, das Graffito am Rondell einer traurig-grauen Unterführung, die die einzigen beiden Gleise von Vaihingen Bahnhof miteinander verbindet.

REVOLUTION MORGEN 12 UHR

Ich bleibe eine Weile vor der Schrift stehen und studiere die farblichen Details, die Konturen der ballonartig aufgeplusterten, übergroßen Buchstaben, ehrfürchtig geradezu. Und schlagartig wird mir klar, dass ich hier vor großer, nein, vor gewaltiger Kunst stehe. Die Revolution ist morgen, übermorgen, bis in alle Ewigkeit. Che Guevara wäre begeistert, er würde noch ein ¡Hasta la victoria siempre! dahinterklemmen, der Sieg ist es gewiss auch. Dieser Ausspruch, *Revolution morgen 12 Uhr*, vollbringt das Kunststück, zugleich der verbindlichste Satz zu sein, den ich im Leben je gehört habe, wie auch der unverbindlichste. Ich schreite zur einzig denkbaren Tat, die sich in der Begegnung mit einem solchen Œuvre im 21. Jahrhundert ziemt, und schieße ein Selfie.

Den ganzen restlichen Tag spukt mir diese Phrase noch im Kopf herum. Wie von Geisterhand greife ich immer wieder zu meinem Handy und schaue mir das Selfie an. Es gefällt mir, irgendetwas daran macht Sinn. Ich schaue mir das Foto bis tief in die Nacht an – und tatsächlich fällt mir auch genau in der auf diesen denkwürdigen Tag folgenden Nacht, also der Nacht vom 21.

auf den 22. Mai, ein weiterer Mosaikstein im unergründlichen Puzzle meines Lebens vor die Füße. Und wieder einmal fällt er mir einfach so zu, unangekündigt und vor allem unverdient. Ich halte das Handy noch in der Hand, als mich wieder einmal der vermeintlich zur Gewohnheit gewordene Anruf ereilt. Nehme ihn zunächst entgegen im Glauben, dass mich nichts mehr überraschen kann. Mächtig irre ich mich da.

Es ist die gleiche Stimme wie immer, zweifelsohne. Doch diesmal klingt sie ganz anders. Ruhig, und einmal meine ich sogar ihren – oder seinen? – Atem zu hören. Lippen, die den Hörer zu berühren scheinen, formen Worte, die so unmissverständlich wie unklar sind.

»Douze. Heures.«

Dann noch mal:

»Toujours. Douze. Heures.«

Dann ein Klick, eine Stille, ein kontinuierliches Piepen. Aufgelegt.

Schweißgebadet schrecke ich auf. 12 Uhr. Douze heures. Toujours douze heures. Revolution morgen 12 Uhr. Für immer. Toujours.

Mein Blick sucht Rat beim Mond, der alles sieht und doch zu allem schweigt. Zufall oder Zeichen, eines von beiden muss es sein. Ich klammere mich verzweifelt an den Strohhalm der Stochastik, rutsche jedoch unversehens in die ozeanischen Tiefen der zweiten Option. Und wenn die Dinge nun doch alle zusammenhängen? Wenn man versucht, mir etwas mitzuteilen, und ich zu dumm bin, die Ziffern zu addieren, die Buchstaben in die richtige Reihenfolge zu bringen, das Zusammentreffen verschiedener Dinge als Teil des gigantischen Kreuzworträtsels zu sehen, in dem *ich* das Lösungswort darstelle? Doch etwas in mir bremst diese Gedanken. Dieses Etwas ist sich bewusst, dass das hier psychotisch klingt. Und wenn ich nun den Verstand verliere? Meine Gehirnhälften treten in den Dialog, und ich höre zu. Andere so: »Ist das Kunst oder kann das weg?« Und ich so: »Ist das psychotisch oder kann das bleiben?«

Je mehr ich darüber nachdenke, desto überzeugter bin ich, dass an mir nichts Psychotisches ist.

Aber irgendwie doch gar nicht so überzeugt, wie ich es gern wäre. Und dem liegt was Allgemeineres zugrunde. Es ist kein schönes Gefühl, das kann ich euch sagen. Wenn man im Leben einmal psychisch erkrankt ist, nimmt einem das so eine gewisse Ursicherheit weg. Die Sicherheit, den eigenen Kopf und Verstand unter Kontrolle zu haben. Was, wenn man diese Kontrolle einmal völlig verliert? Jemanden umbringt oder andere dumme Dinge macht? Diese selbstverständliche Unverwundbarkeit, die man von Geburt an besitzt, wenn man ein bisher doch eigentlich ganz gutes Leben hatte – alles weg. Das Lindenblatt ist auf Siegfrieds Schulter gefallen, ab jetzt ist alles möglich. Ab jetzt ist sie da, die schiere Angst, verrückt zu werden. Wenn du noch nie eine psychische Erkrankung hattest, kannst du nicht begreifen, wie es sich anfühlt. Du denkst, du verstehst es, aber verdammt, du tust es nicht. Unmöglich. Es wäre, als versuche man die Wurzel von –1 mit einer Algebra zu erfassen, die nur reelle Zahlen kennt.

Gerade jetzt habe ich wieder das Gefühl, dass mein Geist an der Oberfläche meines Verstandes kratzt. Diese Oberfläche ist nicht glatt, sie ist unförmig und undurchschaubar und perfide; sie täuscht die Sinne, sieht jedes Mal ganz anders aus, ist flüssig. Manchmal bohren einzelne Spikes sich plötzlich hindurch; es kann jederzeit passieren, ich weiß, *dass* es passieren wird, und kann doch nichts dagegen tun. Durch ein Eisloch bin ich gefallen und schaue von unten auf eine dicke, tiefe Schicht Eis, die sich bis in die Peripherie meiner Augenwinkel erstreckt. Dahinter ist es hell, dahinter ist eine Sonne, die scheint – mein Verstand. Ich kratze an der Eisschicht, denn ich muss nach oben gelangen, aber je mehr ich es tue, desto dünner wird sie, desto durchlässiger wird die Grenzschicht. Und unter alledem, in den Tiefen des Ozeans, wo der Wasserdruck zu hoch und die Luft für jedes Leben zu knapp sein muss? Prozesse, die kein Mensch durchschauen kann. Sobald ich eine tiefere Ebene erreiche, geht das Ganze wieder von vorn los. Wenn das Vögelein den ganzen Berg abgewetzt hat, sagte der Hirte im Märchen, dann ist die erste Sekunde der Ewigkeit vorbei. Und wenn das geschehen ist, sagte der Hirte, habe ich den Faden verloren. Dann, sagte der Hirte, geht alles ganz schnell. Puls, Panik. Versuche, mich an einem Song von Coldplay festzuhalten, an meinem HSV-Schal. Nichts da, die Melodie, der Rhythmus, die Streifen, blau, weiß, schwarz, alles wirkt plötzlich bedrohlich. Selbst bei einem Song, der einem vertrauter ist als der eigene Name. Also, sagte der Hirte, weiter mit Puls, Panik, Parach. Damit meine ich Frau Parach, die Nachtschwester mit dem freundlichen runden Gesicht und den feuerroten Haaren. Meine Lieblingsschwester. Sie erkennt meinen Zustand und gibt mir eine Tavor. Etwa zwanzig Minuten später haben sich die Wogen geglättet. Mond, der ewig Ruhelose, ist weitergewandert über brillant silberne Himmel. Das Meer ist ruhig. Fluctuat nec mergitur, der Horizont gleitet sanft in die Nacht.

Dann kommt ein neuer Tag, und es geht mir richtig schlecht. Einfach so.

Es begann mit einem Traum, an den ich mich nicht mehr erinnern kann. Ich glaube nicht mal, dass es ein schlechter Traum war. Doch er zerfließt umso schneller, je mehr ich versuche, mich an ihn zu erinnern. Etwas ist gerade so an der Schwelle zum Bewusstsein, tritt aber nicht über – wie eine Welle, die zu schwach ist, wieder und wieder gegen die Kaimauer prallt und immer wieder zurückgespült wird. Ich weiß nicht, was es ist, aber es kostet mich unendlich viel Kraft.

Was ich hingegen weiß, ist, dass sich so eine Depression während der ersten Wochen der Behandlung häufig erst mal verschlimmert, ehe sie sich bessert. Aber mit so einem starken Effekt hatte ich nicht gerechnet. Es ist, als hätte mir jemand vollständig den Saft abgedreht. Ich schleppe mich von Aktivität zu Aktivität, mache alles, was man mir sagt – Malen, Musik, Spazierengehen, Achtsamkeitsübungen – aber es ist wie verhext. Meine Tage sind ein Dauerpaddeln in der Atmosphäre, und die Schwerkraft zieht mich ständig runter. Meine Stimmung bessert sich nicht. Ich sitze wieder öfter in meinem Zimmer. Hab keine Lust zu irgendwas und hoffe nur noch, dass nicht das ganze Leben so grauenvoll sein wird. Denn wenn das der Fall wäre, würde ich definitiv den Ausstieg wählen. Meiner Therapeutin erzähle ich das aber nicht. Die redet was von Durchhalten und wiederholt ihre Ratschläge, als wären sie periodische Dezimalstellen. Und das erstaunlicherweise auch nach dem fünften Mal noch mit derselben Begeisterung. Ich weiß nicht, aber offensichtlich bin ich resistent gegen diese angeblich so bewährten Mittel. Bei mir bleibt das Leben einfach gleichmäßig scheiße, egal, was ich tue.

Und dazu noch diese kognitive Dissonanz, wenn man dabei denkt: Mensch! Ich hab doch eigentlich ein verdammt gutes Leben. Ich dürfe mich aber schlecht fühlen, sagt die Neuropsychologin. Ich habe das Recht dazu, dieses Gefühl zu spüren. Das sei wichtig zu wissen.

Von diesem Recht mache ich ausgiebig Gebrauch. Tagelang verbringe ich in diesem Stimmungsloch, wälze und suhle mich so intensiv in Niedergeschlagenheit und Selbstmitleid wie die schmutzigsten Ferkel es in keinem Schlamm der Welt täten. Die anderen merken es mir an und versuchen manchmal vergeblich, mich aufzuheitern oder zu gemeinsamen Unternehmungen zu bewegen. Und selbst der Fußball hat seine Anziehungskraft plötzlich verloren. Dabei bin ich in den Tagen und Wochen vor einer WM meistens total aufgedreht. Diesmal ist alles anders, die ganze Vorfreude – wie weggeblasen. Jede noch so banale Tätigkeit erscheint zwecklos, sinnentfremdet, obsolet. Wieso schaut man sich zum Beispiel einen Film an oder lernt ein Gitarrenriff?

Und dann kommt alle paar Tage (meist so um die sieben), auch noch ein Sonntag. Sonntage sind das Schlimmste, ich sag's euch. Den Sonntag muss ein Sadist erfunden haben.

So ziemlich der Einzige, der an jedem Wochentag gleichermaßen nervt, ist Erwin. Inzwischen ist er ständig dabei, »Schessika« hinterherzurennen. Oder Fine. Einmal sitzen Fine, Mikko und ich in der Teeküche, alle drei etwas missmutig drauf, als Erwin sich stolz vor uns aufbaut.

»Fine«, sagt er fröhlich, »Fine, ich muss dir was sagen. Ich will dich heiraten.«

»Mm«, sagt das stille Mädchen und schaut peinlich berührt zu Boden.

»Weißt du, die Schessika, die kann man nicht lieben«, teilt uns Erwin seine Erkenntnisse mit. »Aber dich, dich kann man lieben. Fine, bitte.«

Ich blicke stirnrunzelnd erst zu Fine, dann zu Mikko rüber, der sein Grinsen kaum verbergen kann.

»Es ist auch nicht schlimm, dass du 'ne Brille hast!«, fügt Erwin fatalerweise noch hinzu.

Fine muss ein Lachen unterdrücken. Taktvoll verlässt sie die Küche.

»Du musst ihr jetzt folgen und das mit der Brille noch ein paarmal wiederholen«, sagt Mikko. »Dann wird sie dich lieben.«

Erwin lässt sich das nicht zweimal sagen und geht Fine nach. Ich bleibe mit offenem Mund zurück.

»Verdammte Scheiße, Mikko!«

»Was denn? Du magst ihn doch auch nicht!«

Kann ja sein, denke ich. Aber am Ende ist er auch nur einer von uns. Am Ende hat niemand das Recht, sich auf seine Kosten über ihn lustig zu machen.

Das teile ich Mikko dann auch mit. Seitdem gibt es auf Station eine Person weniger, die mit mir spricht.

Das Einzige, was mir noch bleibt, um meine Abende zu füllen, sind die Anrufe. Niemand hat sie bestellt, und dennoch werden sie jeden Abend pünktlich geliefert und folgerichtig konsumiert. (Wär mir so was doch bloß mit 'nem Pizza-Service passiert.)

Aber so ist es nun mal: das gleiche Wortchaos seit eh und je. Das einzig Neue ist, dass ich, nach wie vor in Passivität verharrend, vom reinen Beobachten ins Dokumentieren gekommen bin. Ich greife mir einfach Stift und Papier – die hinteren Seiten in meinem goldenen Notizbuch, genau genommen – und notiere alles, was in diesen nicht enden wollenden Wortschwallen irgendwie auch nur ansatzweise zu verstehen ist. Die Worte, die Sätze wiederholen sich, und fiebrig halte ich sie fest, die einzigen Dinge, die sich überhaupt noch festhalten lassen. Aber ständig sind es Banalitäten, die einem mitgeteilt werden, zwanghaft Belangloses. Über das Wetter wird geredet und über Aktien, übers Staubsaugen und von Melonen, und nichts von alledem macht Sinn.

Eines Abends sehe ich meine geheiligten Aufzeichnungen durch und stelle fest, dass eine Phrase in allen Anrufen der letzten acht Tage vorkam: »L'abrègement de l'anagramme en côtoyant«, also die Kürzung des Anagramms im Vorbeigehen. So ein bedeutungsloser Satz, denke ich mir, ja noch nicht mal ein vollständiger Satz, geradezu einer Beleidigung des Hörers kommt es gleich, dass dieser Schwachsinn so oft wiederholt wird. Und nach dem achten Mal ist die Phrase so abgegriffen, so ausgelutscht, so regungslos, dass die besten Ärzte der Welt nur noch den Tod feststellen können.

Und dieser Gedanke ist überraschenderweise die Initialzündung, die mein Gehirn gebraucht hat, um dem Rätsel auf den Grund zu gehen. Gedanken sind lustige Miezen; sie kratzen an der Oberfläche vieler Weisheiten, schleichen sich an sie heran wie Asymptoten, doch bis sie zum Sprung ansetzen, kann eine Ewigkeit vergehen. Wie Schneeflocken sind sie; sobald wir eine genauer betrachten wollen, schmilzt sie uns in der Hand weg. Und das ist es, was mich am meisten an mir stört: meine eigene Unzulänglichkeit. Die Unvollkommenheit meines Denkens. Sie ist von allen Unvollkommenheiten in der Welt vielleicht diejenige, die am schwersten zu ertragen ist. Doch diesmal glaube ich, einen Volltreffer gelandet zu haben. Ich beschließe, dem Satz posthum Anerkennung zukommen zu lassen, indem ich das tue, was ihm zu Lebzeiten verwehrt geblieben sein muss: ihm eine Bedeutung beimessen. Und so setze ich mich hin, starre auf die Wörter und versuche, sie zu entschlüsseln.

Doch mit meinen Einfällen ist es wie mit uralten Schienen der Deutschen Bahn in der Provinz, einst wuchsen die Städte über ihnen zusammen, heute wächst hier nur noch verdorrendes Gras; heute führen sie niemanden mehr irgendwohin. Und so dauert es peinlich lang, bis ich auf die naheliegende Idee komme, in dem Satz ein Anagramm zu vermuten. Stunde um Stunde jage ich die Phrase verbissen durch Online-Tools aller Art. Doch keine Sprache der Welt vermag mir diese fünf Wörter in etwas Bedeutungsvolles zu übersetzen.

Und dann fällt mir plötzlich ein, dass Mikko mir gegenüber überhaupt keine Wörter mehr benutzt. Und dann geht's mir wieder schlecht, weil solche Dinge immer mir passieren. Und dann schleudere ich mein Notizbuch in die Ecke und beschließe, es für heute dabei zu belassen. Aus heute wird morgen und aus morgen das neue Heute. Der Krug, denke ich, geht schließlich so lang zum Brunnen, bis er nicht mehr spricht.

BETRACHTEN. VERB. »Ach, Sean«, sagst du nur, als ich mal
wieder mit einem Problem bei dir bin. Streichst mir durchs Haar mit
deinen rauen Händen, auf denen das Jahrhundert seine Abdrücke hinterlassen hat. »Betrachtest mal wieder die Welt im Teleskop und dich
selbst unterm Mikroskop.«

5. Kapitel

PUNKT PUNKT KOMMA STRICH

Essen ist bei uns ein Gut, das härter umkämpft ist als der letzte Flachbildschirmfernseher in einem amerikanischen Super-
markt am Black Friday. Jeden Mittag, bevor der Essenwagen ab-
geholt wird, umschwirren ihn hoffnungsvolle Horden in der
Erwartung einer übrig gebliebenen Mahlzeit. Wie die Aasgeier
kreisen sie um die nicht abgeholten Tabletts, inspizieren die
Namenszettel, analysieren, welche der Genannten eventuell
entlassen/unbekannt verzogen/verschieden sein könnten, und
greifen dann gegebenenfalls zu. Bei allzu großen Versuchungen
bisweilen auch bei Tabletts von durchaus vitalen und anwesenden Mitpatienten.

Mittwochmorgens obliegt mir das Fanal namens Küchendienst – der reinste Euphemismus, hinter dem sich eine Qua-
dratur des Kreises verbirgt. Ich schrubbe an den Tischflächen
in der Teeküche rum, räume die Spülmaschine aus und samme-
le von überall dreckiges Geschirr ein. Und wenn ich sage überall, dann *meine* ich überall. Unbekanntes weißes Pulver in der
Mikrowelle, angegammelte Pizzareste im Fernsehzimmer und
abgestandene Tassen auf dem Klo, in denen die Flemings unserer Generation wahrscheinlich jeden Tag ein neues Antibio-
tikum entdecken könnten. Denn die Teeküche ist selbstorgani-
siert. Theoretisch soll jeder seinen eigenen Dreck beseitigen.

Praktisch ist es von den meisten jedoch zuviel verlangt, die eigene Kaffeetasse in die Spüle zu stellen. Oder die Lache wegzuwischen, wenn einem mal wieder die Milch übergekocht ist. Oder die Verpackung eines Schokoriegels nach dem Verzehr in den Mülleimer zu schmeißen (oder sie von mir aus auch mitzuessen, das ist mir egal, Hauptsache sie bleibt nicht mit den gottverdammten anderen Resten auf dem Tisch kleben). Die Verärgerung über den Saustall befällt mich ebenso regelmäßig wie meine Panikattacken. Was ich jetzt mal als ersten Behandlungserfolg verbuche.

In der Mittagsrunde spricht Frau Horak das Thema Küchenhygiene immer wieder an. Und immer wieder wird die Mühe umsonst sein. In den Mittagsrunden, zu denen die ganze Station antanzen muss, werden auch die aktuellen Entlassungen und Neuzugänge bekannt gegeben. Gelächter entsteht heute, als der neue Küchendienstzettel herumgeht, weil ein Patient namens Wao Lan mit ›W. Lan‹ abgekürzt wurde. Ich mustere derweil interessiert die Neuzugänge. In einem von ihnen erkenne ich den blonden Typen mit Milchgesicht und fettem Schnurrbart wieder, der sich mir gestern im Gang schon mit den Worten »Deine Gitarre ist voll scheiße« vorgestellt hat. Neben ihm sitzt die perfekte Antithese, ein zittriger Asiat, der viel zu jung aussieht. Und dann ist da noch ein neues Gesicht, ein sehr markantes: schmal, auf einem Strich in der Landschaft sitzend, dafür mit einem megaauffälligen Nasenpiercing.

Frau Horak liest die Namen in ihrem sympathischen osteuropäischen Akzent vor, und jeder erhält einen kurzen Begrüßungsapplaus. Es handelt sich um Tibault (Milchgesicht), Jonah (Asiate) und Piet (Bohnenstange).

»Achtung, dieser Tibault war schon mal hier«, raunt Jessi mir zu. »Wenn der redet, braucht man einen Schirm.«

»Sie nennen ihn das Lama«, ergänzt Nicola bedeutungsschwer.

»Frau Horak! Frau Horak!«, ruft Erwin dazwischen, während er in seiner Nase bohrt. Der Typ checkt einfach nicht, wann er besser still sein sollte.

»Also meine Hosenträger gehn nicht zu, und – «

»Herr Müller, Sie sind jetzt nicht dran!«

»Frau Horak – «

»Herr Müller, das können wir später regeln – «

»Ja, aber meine Hosenträger ...«

»Herr Müller!«

Man sieht der versammelten Mannschaft an, dass sie an ihre Grenzen geht, um nicht loszulachen. Und ich rechne es ihnen hoch an. Es ist nämlich in jeder Mittagsrunde dasselbe mit ihm. Und in gewissem Maße trifft das auf vieles hier zu: gleichzeitig zum Brüllen komisch und abgrundtief traurig, aber vor allem repetitiv.

Frau Horak fragt uns heute, ob wir schon mal meditiert hätten. Bei Interesse sollten wir mal schauen, es gebe gute Apps dafür. Unglaublich, wie unselbstständig wir geworden sind, denke ich. Aber klar, wir leben ja auch in einem Zeitalter, in dem es Bücher gibt, die einem erklären, wie man seine Wohnung aufräumt, wie man den ganzen Müll sortiert, den man ein Leben lang gierig zusammenrafft. In dem unsere Leben allesamt gründlich aus dem Ruder laufen, und das Ganze hat System. Milliarden Jahre Evolution, und alles kulminiert in Tinder und Tide Pod Challenges. Und in der kollektiven Verdummung à la ›Köln 50667‹ drückt sich das aus, was die Weisen vergangener Jahrtausende zweifellos leise geahnt haben, nämlich dass der Mensch es vom Dschungel nur ins Dschungelcamp bringen wird. Am Ende ist unser Dasein, egal in welchem Stadium des Evolutionspfeils, wohl doch dazu verdammt, banaler, beliebiger und vor allem unwesentlicher zu sein, als wir es gerne hätten. Kleine Laune eines kurzfristig gelangweilten Universums. Gott würfelt vielleicht nicht, aber dass die Milchstraße keine Straße ist, mit der man ein Pokerspiel gewinnen kann, dürfte auch er inzwischen bemerkt haben.

Zur darauffolgenden Mittagszeit ist schon wieder Kakao in der Küche verschüttet, aber glücklicherweise ist das nicht mehr mein Problem, hab ja heute keinen Küchendienst. Ich habe mich trotz meiner schlechten Stimmung inzwischen breitschlagen lassen, manchmal mit Jessi und ihrer Clique zu Mittag zu essen. Piet, der Neue mit dem schmalen Gesicht und dem breiten Nasenpiercing, sitzt auch dabei. Im ersten Augenblick bin ich sprachlos; irgendwie erinnert er mich an jemanden, wie er dasitzt, mit seinen kurzen braunen Haaren. Piet scheint 'ne coole Socke zu sein; er ist der lockere, umgängliche Typ, der ich gern wäre. Einer, mit dem einfach jeder gerne abhängt. Bei unserem ersten Gespräch hat er mir erzählt, dass seine Familie niederländische Wurzeln hat.

»Hast du eigentlich noch Kontakt dorthin? Nach Holland?«

Piet zuckt mit den Schultern. »Eine Großtante in Amsterdam. Kenn ich kaum. Und du? London?«

Ich schüttele den Kopf. »Keinen Kontakt.«

»Paris?«

Ich halte inne. Gabel in der Luft.

»Ach komm schon! Paris! Hast du Kontakte nach Paris?«

»Mensch Piet, Frankreich besteht nicht nur aus Paris! Da gibt's noch – Lyon und – ach, ich weiß auch nicht, aber da gibt's noch mehr Städte«, sagt Jessi.

»Ich weiß, aber Sean ist in Paris geboren!«

»Echt jetzt?«

»Hast du Verwandte dort?«

Vermutlich keine, die mich sehen wollen. Jetzt bloß das Thema wechseln.

»Hast du den neuen Witz über Tofu gehört?«, sage ich zu Jessi, von der ich inzwischen weiß, dass sie Veganerin ist.

»Nee ...?«

»Ich schon. Fand ihn aber geschmacklos.«

Jessi fängt an zu kichern. Es ist ein besonders intensives Kichern, wie nur sie es fertigbringen kann. Es lässt die speziellen veganen Erbsen ihres speziellen veganen Mittagessens in hohem Bogen von der Gabel kullern. Die andere Hälfte des Tisches erörtert derweil mit tragischer Ernsthaftigkeit, ob die Bezeichnung ›vegane Erbse‹ überhaupt Sinn macht.

»Vegane Erbse, das ist wie laktosefreie Luft«, meint Piet.

»Oder glutenfreies Wasser«, sagt Nicola trocken.

»Lak...tose...freie ... LUFT«, prustet Jessi. Am Tisch gibt es kein Halten mehr. Selbst ich grinse bis über beide Ohren, während ich weiter in meiner Bolognese herumstochere. Es spielt, beschließe ich, keine Rolle, wie scheußlich selbige schmeckt. Hier lässt es sich aushalten.

Am nächsten Morgen sehe ich Piet am antiquierten Telefon im Gang stehen, von dem ich gedacht hätte, keiner würde es je benutzen. Ich sehe, wie er verärgert den Hörer auf das Gerät knallt.

Ich laufe zu ihm hin.

»Warum benutzt du nicht dein Handy? Tut das alte Teil hier überhaupt noch?«

Piet seufzt, fährt sich mit der Hand durchs Haar.

»Ja, leider. Leider tut es.« Er lehnt sich gegen die Wand. Er sieht ziemlich fertig aus.

»Schlechte Neuigkeiten?«

Bitteres Lachen. »Nein, nur mein Vater. Meine Handynummer hat er nicht, daher ruft er das bescheuerte Flurtelefon an.«

»Gib sie ihm doch«, bricht es aus mir heraus, und dann könnte ich mich glatt für meine Doofheit ohrfeigen.

»Nee, ist natürlich Absicht, dass er sie nicht hat.« Piet lächelt mich traurig an. Er ist fast einen Kopf größer als ich. »Meine Familie ist eher schwierig.«

»Meine auch«, sagte ich. Und dann ertappe ich mich dabei, wie ich hinzufüge: »Möchtest du darüber reden?«

»Gerade nicht. Aber danke.« Er schleicht langsam in Richtung seines Zimmers. Kurz vor der Tür dreht er sich noch einmal um, grinst mich an, streckt mir plötzlich kurz die Zunge entgegen und verschwindet dann.

Samstagabend sitzen wir (also, alle außer Piet – der kreuzt an Wochenenden überhaupt nie auf) mit Lieferservice-Pizza von Toms Gnaden im Fernsehzimmer und verfolgen auf dem gefühlt briefmarkengroßen Röhrenbildschirm das Champions-League-Finale zwischen Liverpool und Real. Gott sei Dank soll zur WM ein neuer Fernseher kommen, ein Flachbildschirm, auch wenn ich mir ob des sonstigen Ausstattungsniveaus dieser Klinik keine allzu großen Hoffnungen mache. Die obligatorische Umfrage zu Beginn ergibt ein heterogenes Bild. Fazil, Nicola und noch ein paar drücken Real die Daumen, Ute und ich halten es eher mit Liverpool, der Rest enthält sich, und bei Mikko stellt sich heraus, dass er gar nicht wegen des Spiels hiersitzt, sondern ohnehin seit Stunden vor dem Bildschirm hing und nur zu bequem war, aufzustehen. Am Ende hat Ramos den Karius in die Gehirnerschütterung und damit Madrid zum Sieg geboxt, und ich könnte das Kotzen kriegen. Nach dem HSV-Abstieg gleich das nächste Desaster, dieses Jahr meint es nicht gut mit mir. Immerhin nur noch 19 Tage bis zur WM.

Doch die Zeit bis dahin zieht sich wie ein unendlich langes Band, und in den Tagen und Nächten des ausklingenden Monats verspüre ich eine zunehmende Unruhe. Die abendlichen Anrufe treiben mich nach wie vor um, ich kann mich aber niemandem anvertrauen, ohne gleich wieder als Psychotiker abgestempelt zu werden. Also heißt es weiterhin: Zähne zusammenbeißen und Erdbeerwolken auf türkisfarbene Himmel zeichnen.

»Manchmal frage ich mich, ob das alles ist«, sagt Piet eines Tages in der Ergotherapie, während wir an einer Werkbank sitzen und Farben anrühren. »Weißt du. Morgens aufstehen, zur Arbeit gehen. Arbeiten. Essen, fernsehen, schlafen.« Er hält in seiner Rührbewegung inne und schaut mich an. »Ist das nicht langweilig?«

»Ich hab mir das Leben auch nicht so vorgestellt«, sage ich.

»Ich würde gerne jeden Tag feiern. Mit verschiedenen Leuten abhängen und so.«

»Wird das auf Dauer nicht auch langweilig?«

Piet denkt nach. »Dann würde ich gerne reisen. Ja! Stell dir vor, jede Woche 'ne andere Stadt.«

»Du solltest Musiker werden.«

»Findest du?« Piet strahlt mich an. »Ich kann aber kein Instrument spielen. Egal, reisen sollten wir trotzdem! Nur du und ich, wir zwei gegen den Rest der Welt. Stell dir das mal vor!« Er grinst plötzlich, gibt mir einen Klaps auf den Rücken und sagt: »Ja, so machen wir's, wenn wir hier raus sind.«

»Ach, ich weiß nicht.«

»Doch! Du musst unbedingt mit. Alter, mit dir kann man was erleben! Ich spür's ganz genau.«

Ich grinse und schütte noch etwas Gelb ins flammende Orange. *Mit dir kann man was erleben.* Vielleicht das größte Kompliment, das ich je erhalten habe.

An den letzten Maitagen macht sich dann eine Rastlosigkeit ungeahnten Ausmaßes in mir breit, und ich habe more than ever das Gefühl, dass die Stunden in der zunehmenden Sommerhitze schmelzen, dass sie mir in der Hand zerrinnen und ich nichts weiter tun kann, als ihnen beim Sterben zuzuschauen. Der Mai schwindet, der Mond flieht, im Herzen eines kurzen Gewitterregens schlägt es aus der Ferne Mitternacht. Draußen schimmern die regennassen Blätter im Dunkel, so dass ich zunächst glaube, Sterne zu sehen. Aber die Himmel in und über mir sind vollständig zugezogen, als ich über die süße Datumsschwelle trete und das sechste Kapitel dieses verwunschenen Jahres aufschlage, als wäre es mein erstes und vielleicht zugleich auch mein letztes.

BILD, DAS. SUBSTANTIV. *Das letzte Bild, das ich von dir im Kopf habe, bevor du weggebracht wurdest, ist kein schönes. Schwächlich, wie du mit hängendem Kopf auf dem Sofa sitzt, wie ein Maulwurf mit eingefallenen Schultern, an deiner Kleidung nestelnd. Ein trauriger Anblick, weil du selbst nicht weißt, wie traurig es ist. Und dann siehst du auf und lächelst, und alles wird noch trauriger, und ich muss wegsehen.*

6. Kapitel

MONOTONIEVERHALTEN

Am nächsten Morgen wache ich ungewöhnlich früh auf. Die Hitze schlägt mir bereits ins Gesicht. Unerklärlicherweise bin ich verdammt gut drauf. So gut, dass ich mich noch lange vor Beginn der ersten Therapiestunde draußen im Freien wiederfinde und dem herrlichen Zwitschern der Vögel lausche. Das Licht der aufgehenden Sonne ist mild, weich und warm. Es ist so ein Morgen, an dem ich das unbestimmte Gefühl habe, dass alles möglich ist. Ein Morgen, an dem unzählige Geschichten beginnen könnten. Ich spüre die frische Luft im Gesicht, renne den Hang hinab, als könnte ich den HSV bei seinem Abstieg noch überholen. Über mir erstreckt sich die Freiheit unendlichen Blaus. In ihr steigt eine einzelne Wolke weißen Rauchs empor, ein herrlicher Kontrast, und ich fühle mich wie der einzig Sehende in einer ansonsten farbenblinden Welt. Farben, Kontraste, denke ich beschwingt, das braucht die Welt. Gebt mir Rot oder Blau oder Gelb oder von mir aus Ocker oder Purpur; gebt mir alles, aber nicht dieses verdammte Grau. Denn die Abwesenheit aller Kontraste, dieses traurige Grau, man könnte auch sagen, dieses Graurige, ist die durchtriebene Handlangerin der Mittelmäßigkeit, und die tötet alles.

Es sind die ersten Tage des Juni, und sie reißen mich mit in die höchsten Schichten der Stratosphäre.

Doch die Luft da oben ist ganz schön dünn. Auf diesen Tag folgt ein weiterer. Und noch einer. Sie alle gleichen sich. Die Tage ziehen sich wie ein Kaugummi, das man zu lange im Mund hatte, und mit ihnen die Hitze. An ihr haftet der Schweiß meiner Ängste. Panikattacke folgt auf Panikattacke folgt auf Panikattacke. Die scharfen und sauren Bonbons, die ich ständig bei der Pflege abhole, reißen mir Löcher in den Mund. Plötzlich Filmriss, dann wieder einer; die Kassette bringt keiner mehr in Ordnung. Dieser Dauerzustand der Panik ergreift Besitz von deiner Seele und zerlegt alles, was diese einst geschützt hat – reduziert dich in schmerzhafter Weise auf die reine Essenz dessen, was dich früher ausgemacht hat. Die Ärzte erhöhen die Dosis und nehmen noch ein weiteres Medikament hinzu. Sie dosieren nur langsam auf, damit ich möglichst wenig Nebenwirkungen entwickele. Zu was anderem wäre ich auch gar nicht in der Lage.

Ich weiß oft nicht, welches Datum wir haben. Bewegungsmangel, meine schlechten Ernährungsgewohnheiten und die Medikamente führen dazu, dass ich ziemlich schnell an Gewicht zunehme. Die Angst hält an. Die Hitze hält an. Die Ungewissheit hält an. Fast gar bin ich überrascht, dass die Autos auf der Straße nicht auch noch anhalten, denn in meinem Kopf ist alles auf Stillstand gepolt. Bisweilen bringen laue Sommernächte mit farbenfrohen Horizonten das süße Versprechen von Besserung mit, doch es ist nichts als eine Fata Morgana. Im Spiegel der ewig stehenden Luft amalgamieren sich Hitze und Angst zu zwei Seiten derselben Medaille, verschwindet der Welle-Teilchen-Dualismus und vereinigt sich zu einem einzigen, konstanten Störgeräusch, das in den Ohren beginnt und im Suizid endet.

Mitte Juni schließlich erreicht das Störgeräusch auch andere

Teile der Bevölkerung. Auf den Straßen stauen sich die Partikel und peitschen mit unerbittlicher Härte auf Mensch und Tier ein. Die Grillen in der Ferne zirpen die immergleiche Melodie. In der Stille der Zwischenräume, in den Intervallen ihrer Monotonie kann ich förmlich hören, wie die Hitze durch jede noch so schmale Spalte kriecht und allmählich sämtliche Winkel dieses alten Gemäuers ausfüllt, und zwar so lange, bis sie alle Luft zum Atmen verdrängt hat.

Ich trete mittags vor die Tür und habe das Gefühl, bereits erschlagen worden zu sein. Draußen existiert das ganze Leben nach wie vor. Aber es spielt sich unter einer Dunsthaube ab. Nur Regen könnte uns retten, ein kräftiger, ordentlicher Regen. Es gibt Regenfälle, die sind kathartisch, und dann gibt es solche, die die schwüle Luft nur noch weiter mit feucht-träger, bedeutungsschwerer Vorahnung anreichern. Letztere gab es dieses Jahr schon viele. Auf den Regen der ersten Art warten wir in diesem Sommer zweitausendundachtzehn aber nach wie vor.

(Regen erster und zweiter Art nach Sean, sagt Piet amüsiert. Das müsse er sich merken.)

Abends wird es gar nicht mehr richtig kühl. Die weißen Wände des alten Klinikgebäudes haben tagsüber so viel Wärme gespeichert, dass man Würstchen auf ihnen braten könnte. Und morgens geht es mit den ersten Sonnenstrahlen gleichsam weiter. Wir sitzen hier wie im Treibhaus, und je länger es anhält, desto weniger wissen wir, was in den Eiern steckt, die wir hier offensichtlich ausbrüten sollen. Je länger es anhält, desto mehr werde ich selbst zu einem Überraschungsei mit ungewissem Inhalt. Irrationale Gedanken finden ihren Weg in mein Hirn, zum Beispiel dass die Sonne überhaupt nicht mehr abschaltet und uns insgeheim auch dann weiter anstrahlt, wenn wir sie nicht sehen können. Manchmal komme ich mir vor wie im Land der Mitternachtssonne. Oder in den weißen Nächten von Lappland, sagt Mikko. Er sitzt auch abends noch oft bis zum Eintritt der Nachtruhe vor dem Fernseher. Das lenke ihn ab von seinen Suizidgedanken. Ich mache mir ein wenig Sorgen um ihn, wenn er so was sagt.

Auch Piet hat seine schlechten Tage, aber meistens kommt man mit ihm sehr gut aus. Er und ich sitzen abends oft bis in die Puppen auf dem kleinen Balkon am Ende des Ganges und reden über alles Mögliche. Er erzählt mir, er habe früher Drogen genommen und schlage sich seitdem mit einer hartnäckigen Psychose herum, und ich erzähle ihm von meiner eigenen Erkrankung. Dabei trinken wir eine kühle Limo oder auch zwei. Alkohol ist hier verboten, koffeinhaltige Getränke nach 17 Uhr auch. Für mich kein Problem, denn ich brauche keinen Alkohol, um betrunken zu sein. Mir reicht auch ein ordentlicher Schlafentzug.

Piet hat eine Bluetooth-Box im Schlepptau und einen ziemlich ausgefallenen Musikgeschmack, der von nigerianischem Afrobeat bis hin zu kalifornischem 6oer-Jahre-Barock-Jazz reicht. Seine Lieblingsband ist deutscher Hip-Hop mit einem langen Namen. Ich finde die Texte cool. Er findet cool, dass ich den tieferen Sinn kapiere, das tue nicht jeder. Ein paarmal bekommen wir Ärger, weil die Musik zu laut sei und angeblich über den ganzen Gang halle. Andere Male, weil wir es beim Herumalbern mit meiner E-Gitarre ein bisschen übertrieben haben. Aber das macht nichts. Bereits während diese besonderen Abende an uns vorbeiziehen oder wir an ihnen, weiß ich, dass sie einmalig sind. Und das ist ja wirklich selten, dass man so was merkt, während es passiert, und nicht erst hundert Jahre zu spät.

An einem dieser Abende taucht auf unserem Balkon plötzlich eine Cajón auf. Niemand weiß genau, wo sie herkommt. Aber ich hole meine E-Gitarre, und zusammen versuchen Piet und ich zu jammen. Dafür, dass er nie ein Instrument gespielt hat, hat der Junge ein erstaunliches Rhythmusgefühl, und schon bald sind wir in einem Groove, und für ein paar Minuten ist alles perfekt, als hätten wir schon Jahre zusammen gespielt. Unser Jam zieht Schaulustige an, leider aber auch das Pflegepersonal, das die, wie sich herausstellt, von der Musiktherapie geklaute Cajón kurzerhand konfisziert.

In der freiwilligen Ergo versuche ich am nächsten Morgen auf der verkorksten Leinwand von anno dazumal die Mona Lisa nachzumalen, aber die Farben laufen ineinander über. Vielleicht, denke ich, ist es eben mein Schicksal, der Mona Lisa durch meine eigene Unzulänglichkeit ein Denkmal zu setzen. Je unvollkommener die Kopie, desto heller strahlt das Original. Denkmalerei könnte man das nennen. Ich stehe in einer langen Tradition, die von den Schülern Da Vincis bis hin zu gut meinenden Jesusübermalern reicht, und das erfüllt mich mit Stolz. Neben mir ist Semra mit ein paar Holzteilen zugange, die sie, leise in einer fremden Sprache vor sich hin fluchend, ineinanderzustecken versucht. Als sie frustriert für ein paar Minuten den Raum verlässt, schleicht sich Fazil an ihren Platz und steckt die Teile für sie zusammen, damit sie am Ende der Stunde doch noch etwas vorzuweisen hat. Dann verschwindet er wieder und tut so, als war er es nicht, und ich glaube, das ist das Niedlichste, was ich je gesehen habe.

Nach einer Weile blutet mein linker Ringfinger, obwohl ich mir nicht erklären kann, wie das passiert ist. Man schickt mich hoch auf Station. Ich kriege ein Pflaster und lande dann, wie sollte es anders sein, mit 'nem Kakao in der Teeküche. Die Ergo-Stunde muss soeben zu Ende gegangen sein, denn dort sitzt bereits Fazil und schaut sich ein YouTube-Video auf dem Handy an. Ich schiele auf den Bildschirm, anscheinend was Religiöses. Setze mich ihm gegenüber und beobachte ihn eine Weile. Alle paar Minuten verdreht er die Augen nach oben und flüstert dabei unhörbare Worte.

Ich frage ihn, warum er das macht. Er stoppt das Video und

sagt, dass er zu Allah betet, er möge ihn vor seinen Zwangsgedanken bewahren.

Ich frage ihn, was für Gedanken das sind. Er senkt die Au-
genlider. »Tod und so.«

Ich stelle mir zugegebenermaßen bisweilen auch gruselige
Dinge vor. Denn gestorben, das ist ja das Tragische, wird immer. Ab dem Augenblick im Leben, an dem man das realisiert,
ist es mit der Unbeschwertheit vorbei. Danach kann man die
Dinge nicht mehr so sehen wie früher. Das, und vielleicht die
Erkenntnis, dass es keine so klaren Grenzen zwischen Gut und
Böse gibt, wie man in der Kindheit vorgegaukelt bekommt, das
zusammen ist vielleicht der allerbewegendste Verlust von Un-
schuld, denke ich.

Die Tür geht auf, und Piet kommt rein, um sich am Automaten einen Kaffee rauszulassen. »Ach, hier bist du. Was war
denn?«

Ich zeige ihm meinen verbundenen Daumen.

Piet lässt sich mit der Tasse am Tisch nieder. »Und worüber
sprecht ihr so?«

»Über den Tod«, sagt Fazil und schaut wieder nach oben.

»Na, wenn's nur das ist.« Piet trinkt einen Schluck und grinst
uns an. »Ich hab keine Angst davor. Wenn es einen erwischt, erwischt es einen. Bis dahin sollte man jede Minute genießen.« Er
prostet uns mit seiner Tasse zu.

Ich zögere, hebe dann doch noch meine Kakaotasse. Einer-
seits beeindruckt mich seine Haltung, andererseits nehme ich
ihm seine Furchtlosigkeit nicht so ganz ab. Als wolle er die Botschaft unterstreichen, trinkt Piet einen großen Schluck Kaffee.
Ich kann gerade noch denken, ist der nicht heiß – da stürzt Piet
vom Tisch weg und speit kopfüber in den Mülleimer. Ich stehe
auf, klopfe ihm auf den Rücken, kann mich vor Lachen dabei
nicht mehr einkriegen. Fazil starrt uns verständnislos an. »Ihr
seid nicht mehr ganz dicht«, sagt er, und dann lacht auch er.

Nach einer Weile fragt Fazil, ob wir Lust hätten, mit ihm Kicker zu spielen. Piet schüttelt den Kopf. »Hab gleich Arztgespräch.«

»Es gibt hier Tischfußball?«

»Ja. Man muss ins Sechste und dann über so 'nen Durchgang in 'nen anderen Teil des Gebäudes.«

Zehn Minuten später steht es 4:2 für Fazil, und der klebrige kleine Ball fliegt beidseits hoch und weit. Wenn er kickert, lacht er viel, scheint aus sich herauszugehen. Ich mache mir eine mentale Notiz, mit Fazil öfter kickern zu gehen.

Neben dem Kickertisch befindet sich ein kleiner Aufenthaltsraum, in dem ein Klavier steht. Fazil drückt auf einzelnen Tasten herum, dann geht er wieder runter. Ich bleibe noch ein bisschen. Unter meinen ungeübten Fingern dauert es eine Weile, bis sich den antik anmutenden Tasten eine Melodie entlocken lässt, doch als es mir schließlich gelingt, ist es magisch. Jedem Klang, denke ich, wohnt ein Zauber inne. Ich drehe mich auf dem Hocker hin und her, spiele auf der Klaviatur des Augenblicks, als sei ich als Virtuose geboren. Um mich herum schaffen die Töne einen hohen, heiligen Raum, der keinen Platz mehr lässt für Gedanken, für das Selbst, für irgendetwas. Nur noch Vergessen gibt es, und Zerfließen. Bis mich schließlich eine Schwester aufspürt, den Raum betritt und ihn dadurch verletzt. Der Sakralbau fällt in sich zusammen zu einem einzelnen, dichten Punkt. Der steht vor mir und macht mich auf meine Abendmedikation aufmerksam. Ich schaue in die Dämmerung und frage mich, wo die Zeit hin ist. Aus der Asche zerflossener Stunden, Musik. Melodie: die fleischgewordene Melancholie. Und nun alles still, wie ausgelöscht. Die Töne wie ausgebrannt aus meinem Gehirn. Zu Asche, zu Staub.

Unten auf der Station sehe ich später dann noch einmal Piet, der das Flurtelefon benutzt und wieder einmal ziemlich fertig aussieht. Er legt auf und fragt, ob es mir auch schlecht geht, und da merke ich, dass er mich inzwischen lesen kann wie ein offenes Buch. Wir setzen uns gemeinsam in die Teeküche und schauen der Sonne beim Untergehen zu. Keiner von uns sagt etwas. Wir wissen beide, dass das nicht nötig ist.

Je länger man in einer Institution wie dieser bleibt, desto mehr wird man von ihren Strukturen abhängig. Ich bin nun sechs Wochen hier und kann mir ein anderes Leben gar nicht mehr ausmalen. Ein solches ist nicht nur unvorstellbar, es macht mir Angst. Aber auch dieser krasse Gewöhnungseffekt macht mir Angst. Wir leben hier alle in unseren kleinen Luftblasen, müssen uns um nichts kümmern – von der Nahrungsbeschaffung bis zur Strukturierung unserer Tage wird uns alles abgenommen. Um gut zu gedeihen, verfügen wir natürlich auch über soziale Kontakte. Ziemlich viele sogar. Menschen wollen was mit dir unternehmen, Menschen hören dir zu. Das ist schon mal ein besseres Umfeld, als ich es draußen je gekannt habe. Im Grunde genommen geht es einem hier ziemlich gut – fast könnte man vergessen, dass es sich um eine Klinik handelt, und uns stattdessen für ein lustiges Wohnheim halten. Seltsamerweise habe ich es inzwischen auch überhaupt nicht mehr eilig, rauszukommen. Von ärztlicher Seite wurde mir schon mitgeteilt, dass ich voraussichtlich noch mindestens weitere sechs bis acht Wochen bleiben müsse. Das stört mich nicht. Von mir aus kann alles immer und ewig so weitergehen.

Aber es wird nicht immer so weitergehen. Ewig kann man eben nicht verhandeln mit den Gedanken und Gefühlen, die das eigene Leben als Geisel halten. Irgendwann heißt es auch mal: »Zugriff!« Eines Tages werde ich wieder draußen sein. Da ist es dann nicht mehr so weich und kuschelig.

Man sagt ja oft, dass es einem besser geht, wenn man im Hier und Jetzt lebt. Das versuche ich. Wie nie zuvor lebe ich in den Tag hinein. Das Dasein ist ein langer, plätschernder Fluss. Und warm. Sehr warm sogar. Sodass man darin planschen kann.

An diesem Nachmittag liege ich auf meinem Bett und warte auf die WM-Eröffnungsfeier in Russland, die bald im Fernsehen kommt. Ich liebe es, so dazuliegen und mir die wärmenden Strahlen der Sonne ins Gesicht scheinen zu lassen, und natürlich auf meinen von Pizza und Medis fetten Bauch. Zu Hause hab ich das als Kind auch immer gemacht, während meine Mutter in der Küche mit Geschirr geklimpert und fabelhafte Essen gezaubert hat. Bis heute verbinde ich damit ein Gefühl von Geborgenheit. Aus Gewohnheit greife ich irgendwann zu meinem Handy und scrolle gelangweilt in den Benachrichtigungen herum. Schaue, was es Neues an Mails gibt. Früher bin ich meine Mails jeden Tag gewissenhaft durchgegangen. Früher hat es mir auch gefallen, wenn sich die Re's bei E-Mail-Betreffs angehäuft haben. Da hat mich so was tatsächlich gefreut, so was Simples. Heute sehe ich alles differenzierter. *Erwachsener.* Was auch nur so ein Synonym für deprimierter ist.

Whatever. Eine Mail springt mir ins Auge. Ich tippe darauf.

Und sitze aufrecht im Bett. *Nein.* Ich lese sie noch mal, und noch einmal. Checke den Absender – vielleicht Phishing. Doch die Mail scheint echt zu sein.

Ich habe gewonnen. Den verdammten Hauptgewinn, von der Fußballzeitschrift. Fünf Tickets, für mich und noch vier Personen meiner Wahl. Fünf VIP-Tickets fürs Public Viewing des WM-Finales in der freaking größten Fanzone von Paris – vorausgesetzt, Frankreich kommt ins Finale. *Das* hab ich gewonnen.

Und kann nicht hingehen.

Über mir bricht eine Welt zusammen. Das ist er, das ist der Tiefpunkt. Mein persönlicher Tiefpunkt. Beschissener als ich jetzt kann man sich gar nicht fühlen. Meine Existenz ist auf dieses Tal zugesteuert, und jetzt sitze ich hier, in diesem Tal, das in Gestalt eines Berges mit einer Klinik drauf daherkommt. Frustriert werfe ich das Handy auf die Bettdecke und lasse mich fallen. Das Glück, denke ich, ist mir nur ein einziges Mal hold gewesen. Ein einziges Mal etwas gewonnen. Und nun werde ich an dem Tag, der der beste meines Lebens werden könnte, stattdessen hier sitzen. In der Klinik auf dem Berg, sechs Autostunden und sieben Katzenleben entfernt von dem Ort, an dem ich eigentlich sein will.

GEDANKE, DER. SUBSTANTIV. *Im Nachhinein kann man oft nie genau sagen, wann ein Gedanke, wann eine Idee geboren wurde. Irgendwann ist sie einfach da, wie diese eine Person in deinem Leben, die zunächst ist wie jede andere. Der du anfänglich keine Beachtung schenkst und ohne die du ein paar Monate später nicht mehr leben kannst.*

7. Kapitel
IN ALLE RICHTUNGEN FLIEGEN

Es gibt nur wenige Dinge im Leben, in die man sich wirklich verliebt. Coldplay ist so was bei mir, und Fußball, und Paris.

Mit siebzehn war ich zum ersten Mal in Paris – also, zum ersten Mal seit meiner Geburt, natürlich –, und zwar mit meinen Eltern für eine Woche. Zunächst war es für mich eine Stadt wie jede andere – spannend, aber jetzt nicht herausragend oder so. Doch Paris hat eine Geheimwaffe, die ich noch an keinem anderen Ort der Welt erlebt habe: eine unergründliche Anziehungskraft, die sich langsam, geradezu subtil und unbewusst, in die Gehirne der Menschen einflößt. Dieser Prozess beginnt meist schon mit der Ankunft – freilich dauert es ein bisschen, bis auch die letzten Gehirnzellen vollständig infiltriert sind, aber wenn er einmal begonnen hat, endet er zwangsläufig in der bedingungslosen Kapitulation.

Elf Tage nachdem ich wieder zu Hause war, wachte ich plötzlich mit dem unbeherrschbaren Gefühl auf, diese Stadt zu vermissen.

Da wusste ich, dass ich mich in Paris verliebt hatte, bedingungslos und unwiderruflich.

Und jetzt weiß ich, dass ich es immer noch bin.

Ich bin wütend. Richtig wütend sogar. Zumindest glaube ich

das. Stürme aus meinem Zimmer. Scheiß auf die scheiß WM-Eröffnung, ich muss erst mal raus. Weg. Hämmere auf den Aufzug, doch er kommt nicht. Dann also die Treppen. Stürze ins Freie und fühle mich wie in einem Film, abgeschottet von der Welt und all ihren Gefühlen. Ich bin taub. Frustriert. Versuche mich an einer Achtsamkeitsübung: Augen schließen, Gefühle wahrnehmen, Gedanken ziehen lassen wie die Wolken am Himmel, bla bla bla. Aber da zieht nichts, in diesem luftleeren Raum. Ich stehe wie unter einer Glasglocke. Mein Leben lang wurde ich gezüchtet wie eine Tomate, und jetzt vergammele ich im Gewächshaus. Eine unreife Tomate, eine, die langsam verfault, bevor sie je reif wird.

Die brütende Hitze schlägt mir ins Gesicht. Ich setze meine Kappe auf und ziehe mich zurück in einen Schatten, der kaum kühler ist. Hocke mich hin und nehme einen Grashalm in den Mund. Kein Ton entweicht, ich könnte genauso gut schwerelos im Vakuum des Weltalls schweben. Neben mir ein sattgrüner Baum, den seh ich jetzt erst. Schwindlig ist mir auch noch.

»WARUM?«, brülle ich den Baum an. »WARUM? Du bist doch auch nur ein scheißlebendiges Wesen auf diesem Planeten, sag doch mal was!«

Aber der blöde Baum schweigt zu den Vorwürfen, als wäre er ein Politiker oder so. Ich wende mich ab, und der Frust muss mir ins Gesicht geschrieben sein, denn eine alte Dame, die, auf ihren Stock gebückt, in gemächlichem Tempo vorbeiläuft, sagt zu mir: »Nicht so ungeduldig, junger Mann. Das Leben wartet auf Sie!«

Ja, als ob du das sagen könntest, denke ich mir. Das ist ja gerade das Schlimme, dass das Berechenbarste am Leben seine Unberechenbarkeit ist. Heute ist der 14. Juni 2018. In genau drei Jahren der 14. Juni 2021. Man weiß nie, ob man zu diesem Zeitpunkt den Nobelpreis gewonnen haben oder todkrank auf einer onkologischen Palliativstation liegen wird. Ob man in der nächsten Minute die Liebe seines Lebens kennenlernt, oder übermorgen vom Laster überfahren wird. In dein Alter möchte ich erst mal kommen, den größten Teil der Ungewissheit hinter mir haben. Die Jugend ist vielleicht ungeduldig, aber das Alter hat gut reden.

Damit nicke ich der Dame freundlich zu und trete frustriert den Rückzug an. Gleich beginnt die WM. Gleißend wolkenlose Glut geißelt mich, als ich mich den Berg wieder hinaufschleppe. Unterwegs erweise ich der Gesellschaft noch einen Dienst, indem ich ein himmelschreiend braunes Plakat einer gewissen Partei herunterreiße.

Als ich verschwitzt zurückkomme, wartet Fazil vor meinem Zimmer auf mich, und seine Augen sehen traurig aus. Wortlos gehen wir hoch zum Tischkicker. Er spielt miserabel, und nach einer Weile ringe ich mich zu einer Frage durch.

»Ich hab meine Religion verloren«, antwortet er.

»Was? Wieso?«

Fazil seufzt in Richtung Boden. »Ich hab da so'n Video gesehen«, sagt er. »Und jetzt glaube ich, dass es keinen Gott gibt.«

Mehr bekomme ich aus ihm nicht raus. Ich sage, dass er mit mir reden kann, wenn er will, obwohl ich ehrlich gesagt keine Ahnung hab, wie man jemanden aufheitern soll, wenn man selbst am Boden ist. Und mit Gott hab ich's sowieso nicht so. Aber davon sag ich natürlich nichts. Er nickt bloß, und ich bin ihm unendlich dankbar dafür. Wir beenden die freudlose Partie und kehren auf Station zurück.

Am nächsten Tag leuchten seine Augen wieder. Strahlend berichtet er mir, dass er seinen Glauben wiedergefunden hat. Ich beglückwünsche ihn und resigniere angesichts der Erkenntnis, dass ich die menschliche Seele wohl nie durchschauen werde.

Auch den einen Satz, der sich in meine eigene Seele eingebrannt hat, durchschaue ich nach wie vor nicht. Mein momentaner Fetisch besteht darin, die Häufigkeit der Buchstaben zu analysieren und andere numerische Auswertungen vorzunehmen. Also fünfmal das a, fünfmal e und so weiter. Kein Muster erschließt sich mir. Auch nicht, als ich die Buchstaben spaßeshalber mit Zahlen substituiere. Die Häufigkeit des e lässt mich einen ganzen therapiefreien Nachmittag an Eulers Zahl verhaften. Das è mit Accent grave ist vielleicht meine ganz persönliche Basis des natürlichen Logarithmus von Zeitverschwendung. Was aber eventuell ein unbestimmter Ausdruck ist, so eine Art null hoch null, denn kann man überhaupt Zeit verschwenden, wenn man ohnehin nichts zu tun hat?

Inkorrekt gestelltes Problem, wie wir alle hier, all unsere kaputten Gestalten. Vor dem Einschlafen kommt mir ein letzter Gedanke, und ich drehe mich unmerklich zur Tür und flüstere:

»Gute Nacht, ihr Prinzen des Nasebohrens, ihr Könige des depressiven Herumsitzens!«

Heute sind alle meine Gedanken grün.

Gleich morgens bei der Medikamenteneinnahme habe ich von Frau Parach gehört, dass ich richtig fröhlich aussehe, wenn ich auf dem neuen Flachbildschirm Fernsehen gucke. Da hab ich gemerkt, der Schein trügt doch verdammt gut. Insgesamt ist meine Stimmung nämlich weiterhin im Keller. Das Schlimmste daran ist, dass ich ihr hilflos ausgesetzt bin. Ich bin so kaputt, dass ich nicht mal im Geringsten dazu in der Lage bin, meine Laune zu beeinflussen. Mich irgendwie zusammenzureißen. Das habe ich auch meiner Neuropsychologin gesagt, und die hat gemeint, dass das mit Zusammenreißen gar nichts zu tun habe. Ja, dass ich nicht lache. Ich lache, in Grün. Klar hat sie recht, und in der Klinik mag das ja noch angehen. Aber erzähl das mal deinen Eltern. Oder deinem Arbeitgeber.

Trotz allem überdauere ich die Anfangsphase der WM besser als so manches Team auf dem Platz – insbesondere die deutsche Nationalelf, die schockierend schlecht spielt und bereits gegen Schweden am Rande des Abgrunds steht. Schneller als erwartet stehen schon die letzten Vorrundenspiele an. Der kalendarische Sommeranfang steht kurz bevor, auch wenn dieses Datum angesichts des Klimas den meisten von uns nur mehr wie ein verspäteter Witz erscheint. Aber dem Sommer kann das egal sein. Die Jahreszeiten wiederholen sich, einfach so, immer wieder, ohne sich jemals zu beschweren. Die reden nicht von Abwechslung und Work-Life-Balance und Beziehungspausen und all dem Kram. Auf der anderen Seite gehen die aber auch nicht feiern, wenn Frankreich ein 1:0 gegen Peru und damit den vorzeitigen Einzug ins Achtelfinale schafft. Die Franzosen haben saubere Arbeit geleistet. Ich bewundere diese Lässigkeit, diesen minimalen Aufwand. Warum denn auch mehr, wenn es doch den Zweck perfekt erfüllt? Und mein Gott, Mbappé. Kein Wunder was sie alle schon singen, von wegen Liberté, Egalité und Mbappé. Wie der Junge rennt! Und rennt!

An dem Tag ertappe ich mich zum ersten Mal bei dem Gedanken, dass Frankreich diesmal wirklich Weltmeister werden könnte.

Und dabei, wie ich im Internet die Zugverbindungen aufrufe. Mbappé zusehen, wie er mit 19 auf dem Weg zum Weltmeister ist, und selber nur hier rumsitzen und den Arsch nicht hochbekommen? Nee. So fängt das immer an: Erst will man bloß mal unverbindlich nachschauen, ob irgendwohin überhaupt ein Zug fährt, und drei Stunden später hat man vier Nächte und ein Sightseeingboot gebucht. Aber Frankreich Weltmeister und ich in der französischen Hauptstadt, *meiner* Lieblingsstadt, live dabei. Was wäre das für ein Ereignis. Der Gedanke ergreift von mir Besitz, lässt mich nicht mehr los. Damit habe ich jetzt schon vier Gründe, nach Paris zu fahren. Die drei anderen wären:

2. Um den mysteriösen Anrufen auf den Grund zu gehen.

3. Um mich davon zu überzeugen, dass die Mona Lisa noch lächelt.

4. Um herauszufinden, ob tatsächlich alles mit allem zusammenhängt.

Punkt Nummer 4 ist mir erst gestern in den Sinn gekommen, wie ich zu meiner Schande gestehen muss. Dabei ist Paris der beste Ort der Welt, um nachzuvollziehen, wie Dinge zusammenhängen. Ein gigantisches Konstrukt aus Räumen und Zeiten, die stufenlos ineinander übergehen. Ein Uhrwerk, in dem jedes kleinste Zahnrädchen perfekt abgestimmt ist und alles makellos ineinandergreift; die Brillanz, die Essenz von Jahrmillionen, kondensiert in eine Entität. Wenn das Universum in seiner Sprache Vollkommenheit ausdrücken will, so sagt es: Paris.

Eines Abends geschieht etwas Merkwürdiges.

Ich hocke auf dem Balkon und höre missmutig einer Frau zu, die unten vor der Klinik ihre Probleme in lautstarken Plattitüden zu ertränken versucht. Es ist nicht zum Aushalten. Ich nehme einen Schluck Limonade, meine Hände zittern. Das kommt von den Medikamenten, sagt Dr. Tanner, aber es ist doch irgendwie schwer zu akzeptieren, dass mir nicht mal mehr meine verdammten Hände gehorchen. Derweil weiter der Lärm von unten. Der einzige Grund, warum ich überhaupt noch hier sitze, ist meine Unfähigkeit, mich zum Aufstehen zu entschließen. Alles oder nichts, denke ich. Eine Million Aktionspotenziale und kein einziges vermag die Reizschwelle meiner Neurone zu übertreten.

Ich hocke also da, und alles fließt unendlich langsam weiter, und plötzlich schaut die Frau nach oben, direkt in Richtung meines Balkons, und schreit in ihr Handy, damit es auch bloß jeder im Umkreis von fünf Kilometern hört: »Ja, Ursel, recht hast du, mit ner Zweitmeinung kann man nie falschgehen!«

Und mindestens eines meiner Neurone fängt an zu feuern.

Ich renne an Tibault vorbei, der mir laut lachend irgendwas mit »Burgeramt« erzählen will, hämmere an Piets Zimmertür und stürme rein, ohne auf eine Antwort zu warten.

»Heeeyy«, sagt Jonah vorwurfsvoll. Piets ewigzitternder Zimmergenosse, der seit ein paar Tagen wenigstens normal auf Ansprache reagiert, liegt bereits im Bett, obwohl es doch erst neun ist. Jonah wälzt sich umständlich auf die Seite, greift seine Brille vom Nachttisch und setzt sie auf.

»Wo ist Piet?«

»Im Bad.« Jonah setzt sich an die Bettkante und gähnt. Ich weiche etwas zurück und stoße im abgedunkelten Zimmer an einen Stuhl. »Was willst du?«

»Wüsste nicht, was dich das angeht«, trötet Piet, der mit nassen Haaren hereinstolziert. »Hey Sean. Was gibt's?«

Ich schlucke. Noch habe ich die Wahl, alles für mich zu behalten. Aber das wäre vielleicht unklug.

Eine geschlagene Viertelstunde später wissen die beiden Bescheid. Ihre Reaktionen könnten unterschiedlicher nicht sein. Jonah sitzt einfach da und sagt nichts. Piet trommelt nervös mit den Fingern gegen die Tischkante, streicht sich übers Kinn, wechselt hundertmal die Sitzposition und vermittelt mir so sehr den Eindruck eines hyperaktiven Hundes, dem man eine Ladung Steaks vor die Fresse geworfen hat, dass ich es fast schon bereue, mich ihm anvertraut zu haben.

»Mensch, da muss es doch ne Lösung für geben!«, sagt er schließlich zum gefühlt hundertsten Mal.

Ich lasse mich mit einem Seufzer gegen die Lehne fallen.

»Ich hab schon alles probiert. Die Phrase ergibt keinen Sinn, egal wie man sie dreht und wendet.«

»Wirklich alles? Ich meine – hast sie schon gegoogelt?«

»Nee, dafür war ich natürlich zu doof!«

Piets Augen bohren sich in meine, und plötzlich weiß ich, an wen er mich erinnert. Die Frau. Die Frau mit den kurzen braunen Haaren. In meiner nebligen Erinnerung hat auch sie ein Nasenpiercing, obwohl ich nicht glaube, dass ich dieses Detail bewusst wahrgenommen habe, damals, in Hamburg.

»Okay, aber hast du sie auch gekürzt?«

Als ich ihr nicht geholfen habe …

»Ja was jetzt? Hast du, oder hast du nicht?«

»Was?«

»Na gekürzt.« Piet wippt ungeduldig auf dem Stuhl hin und her. Von seinen Haaren tropft es auf sein T-Shirt. »Das steht doch im Satz. Die Kürzung des Anagramms. Entweder wir müssen den Satz kürzen, bevor wir aus ihm ein Anagramm machen. Oder wir müssen eines der Anagramme nehmen und es irgendwie zusammenstreichen.«

Plötzlich blitzt es. Jonah senkt sein Handy, gähnt und strahlt uns zufrieden an.

»Was soll das denn?«

»Für euch. Ihr braucht doch einen Geistesblitz.«

Piet steht auf, rangelt Jonah spielerisch nieder und zieht die Decke über ihn. »Du gehst jetzt schlafen, Bro!«

»Wollt ich eh gerade«, tönt es von unter der Decke.

»Schnauze, Kleiner!«

Piet umarmt Jonah noch einmal, wie einen kleinen Bruder, dem man Gute Nacht wünscht. Ich würde eher sterben, als das laut zu sagen, aber ich hätte auch gern mal wieder eine Umarmung. An meine letzte kann ich mich nicht mehr erinnern. Muss noch von meiner Oma gewesen sein, damals, bevor sie ins Krankenhaus verschwand und nie wieder zurückkam.

Der zugezogene Vorhang lässt die Objekte auf Piets Tisch wie eine Landschaft in seltsamem Halblicht erscheinen. »Das mit dem Anagramm – das ist richtig gut«, sage ich nach einer Weile. »Ist das da ein Laptop?«

»Seid wenigstens leise«, mahnt Jonah.

Noch bis spät in die Nacht arbeiten wir an dem Rätsel – zunächst in Piets Zimmer, und nachdem mich die Schwester um kurz nach elf auf mein eigenes verbannt hat, noch weiter per WhatsApp.

Ohne Ergebnis. Schlussendlich liege ich in meinem Bett, komplett ausgelaugt. Ich denke ein bisschen über Gott und die Existenz nach und darüber, was Realität eigentlich bedeutet, und dann denke ich noch ein bisschen darüber nach, warum meine Mutter mich nicht mag. Irgendwann beschließe ich, meinen Geist für den Rest des Abends dem Nihilismus zu überantworten, und döse schließlich ein.

LICHT, DAS. SUBSTANTIV. *Das Licht des Fensters spiegelnd in der welligen Teetassenoberfläche. Die Sonne knapp über dem Horizont. Abglanz warmer Strahlen streift meine Augen; füllt den Raum aus, wirft einen Schleier des Mystischen, des Nostalgischen über deine Wohnung, deine Sachen. Goldene Stunde. Licht, eine ziemlich coole Sache. Licht, nie gleich. Reflexionen, nie gleich. Blaues Gehäuse meines Handys, sieht in jedem Licht anders aus. So auch mit allen anderen Dingen im Leben.*

Nimm's nicht persönlich, sagst du, als meine Eltern sich getrennt haben und meine Mutter anfängt, mich zu ignorieren. Du erinnerst sie zu sehr an ihn.

Ich bin nicht wie er.

Du streichst mir über den Kopf, lächelst und sagst nichts.

Füllst den Tee nach, gießt den Glanz zurück in meine Tasse, das Licht.

Am Ende doch nur letztes Licht einer untergehenden Welt.

8. Kapitel

VERDICHTUNG

Am Abend sitzen Jessi, Nicola und ich im Speisesaal, als Mikko den Raum betritt. Er hält sein Tablett in der Hand, zögert, schaut zu unserem Tisch rüber, setzt sich schließlich Jessi gegenüber und nimmt dann zum ersten Mal überhaupt seine Sonnenbrille ab. Jessi erzählt uns begeistert von veganen Pizzen, die sie immer ohne Käse und stattdessen mit Bulgur bestellt. Letztens habe der örtliche Lieferservice schon nicht mehr nach der Adresse fragen müssen. Nicola, wie immer von einem Hauch der Unnahbarkeit umgeben, reagiert nur verhalten und stellt ein, zwei höfliche Nachfragen.

Mikko guckt unterdessen die ganze Zeit nur auf seinen lätschigen Salatteller, und ich merke, seine Gedanken sind ganz woanders. Schließlich legt er das Besteck nieder und meint:

»Leute, ich muss was sagen.« Erwartungsvoll verstummen wir. Er sieht mich kurz an, seine Augen sind graublau. Gestern haben wir zum ersten Mal seit dem Vorfall wieder miteinander gesprochen.

Und dann folgt die schönste Liebeserklärung, die je ein Erdenbürger einem anderen gemacht hat.

»Jessica Blaum«, sagt Mikko, nervös schluckend, »du bist der Bulgur auf der Pizza meines Lebens.«

Für ein paar Sekunden herrscht Stille. Jessi und Nicola sehen sich an. Dann brechen beide in schallendes Gelächter aus. Mein Blick wandert zu Mikko, dessen Miene die eines gebrochenen Mannes ist. Wenig später steht er abrupt auf, lässt sein Tablett stehen und stürmt davon. Ich klopfe später noch an seine Zimmertür, doch er macht nicht auf.

So ziehen die Stunden ins Land wie Wolken auf einer weißen Leinwand, und nichts passiert. Dank Piets überenthusiastischem Gebabbel weiß bald ungefähr die halbe Station Bescheid, dass Sean Christophe abends anonyme Anrufe bekommt, in denen ein mysteriöser französischer Satz wiederholt wird. Ein Satz, den niemand, aber so gar niemand, auch nur im Entferntesten entschlüsseln kann. Es ist Zeugnis des unglaublich großen Zusammenhalts unter uns Patienten, dass dennoch nichts von den Anrufen zur Pflege durchsickert. So wahre ich das Gesicht oder zumindest das wenige davon, das einem Psychiatriepatienten im Jahre zweitausendundachtzehn nach Christi Geburt in unserer nächstenliebenden Gesellschaft noch bleibt.

Das Klinikessen hängt uns inzwischen so sehr zum Hals heraus, dass wir immer öfter (sprich: soooft der Geldbeutel es erlaubt) auf andere Möglichkeiten ausweichen. Unten im Dorf ist ein kleiner asiatischer Imbiss, der ›Asia Wok‹, bei dem man relativ günstig relativ viel essen kann. Die Sitzmöglichkeiten sind zwar eingeschränkt, und häufig ist es in dem Laden sehr laut; dennoch wird der Asia Wok zu unserer externen Kommandozentrale. Über einer Vorspeise von fettigen, aber umso schmackhafteren Frühlingsrollen wickeln wir die Nichtereignisse vergangener Tage ab; über dampfenden Tellern von gebratenem Reis mit Hühnchen und Ei brüten unsere aufgedunsenen Gesichter (sogar Piet sieht man das Klinikleben inzwischen an) über Plänen und Ideen für eine in ständigem Wandel begriffene Zukunft.

Eines lauen Sommerabends sitzen wir wieder an unserem engen Tischchen und essen und schwitzen, was das Zeug hält (wenn auch nicht so stark wie die armen Köche, die an den Woks stehen): Tom, trotz der Hitze wie immer in einem seiner hässlichen Pullover, Piet und ich. Piet hat als Erster aufgegessen; während er sich eine kühle Limo gönnt, schwingt er mal wieder eine seiner Reden. Er bleibt inzwischen auch an Wochenenden in der Klinik und spricht über nichts anderes mehr als ›das Rätsel‹. An guten Tagen erinnern seine Reden an Cicero. An schlechten Tagen an Helmut Kohl und seine blühenden Landschaften. Bisweilen befällt mich der Eindruck, dass Piet von dem Mysterium, das doch eigentlich mal meines war, noch viel besessener ist als ich; er scheint in der Aufgabe des Rätselknackers völlig aufzugehen. Ich frage mich, warum. Tom hört ebenfalls zu und schweigt; er isst so langsam und bedächtig weiter, als wäre er das Faultier in Zoomania. Als Piet seine Rede beendet hat und stattdessen Duracell-Hasen-like gegen die Stuhllehne trommelt und sogar ich fertig bin und über den Hintergrundgeräuschen von Küche und Menschen sonst nur noch Piets Glucksen ob der zu schnell getrunkenen Limo vernehmbar ist, ist Toms Kopf immer noch beinahe meditativ über den Teller gebeugt.

Dann, wie aus dem Nichts, sagt er leise, ohne aufzusehen:

»Habt ihr schon mal darüber nachgedacht, dass es Koordinaten sein könnten?«

Piet und ich sehen uns an.

Und seht ihr, darum bewundere ich Tom. Er stellt Verbindungen her, die keinem anderen jemals einfallen würden. Tom ist jemand, der binnen Sekunden einen Bogen schlagen kann von Plato zum Plattenbau und von Sokrates zu Soho. Er hat diese seltene Gabe, zu erkennen, wie in der Welt alles mit allem zusammenhängt. Nie wirken seine Erklärungen gekünstelt.

»Können Koordinaten denn durch Wörter chiffriert sein?«, fragt Piet mich nach ein paar Sekunden.

Ich zucke mit den Schultern. »Na ja. Du kannst Zahlen prinzipiell schon als – «

»Whatttheworse«, sagt Tom mit vollem Mund.

»What?«

Tom räuspert sich. »What Three Words.« Er schaut uns ruhig an. »Hab ich gelesen, Sean. Das ist irgend so ein alternatives Koordinatensystem. Jeder Ort ist durch genau drei Wörter definiert.« Er nickt bedächtig vor sich hin. »Dein Satz besteht doch aus drei Substantiven, oder?«

Piet klappt die Kinnlade herunter. »Mein Gott. Hat jemand Internet? Mein Guthaben ist alle …«

Natürlich hat Tom Internet, und natürlich braucht es Ewigkeiten, bis er mit seinen zitternden Fingern den Browser aufgerufen hat. Der quer über den Tisch gespannte Geduldsfaden beginnt an meinem Ende bereits zu reißen, als er die App endlich gefunden und heruntergeladen hat.

»Welche Sprache?«

»Mach Französisch«, sage ich.

Tom drückt auf dem Bildschirm herum. »Gut«, sagt er ruhig. »Was hatten wir? Also. ›L'abrègement de l'anagramme …‹«

Die Spannung an unserem Tisch würde jede Sicherung raushauen.

»… en côtoyant …«

Piet rülpst. »Sorry.«

»Ach, da fehlt noch was ... lange her, dass ich Französisch hatte ...«

Ich nehme verstohlen einen Schluck aus meiner Klinikflasche.

Piet stößt einen Schrei aus.

»VOLL KRASS!«, ruft er begeistert und trommelt gegen den Bildschirm. »Tom hatte recht – es ist ne Koordinate in Berlin! Alexanderplatz! In Berlin! Mensch!«

Ich schlucke, kann meinen Sinnen kaum trauen und bitte Piet, es zu wiederholen. Dann springe ich auf, um mich selbst zu vergewissern. Mir bleibt die Spucke weg, und plötzlich sind es meine Finger, die zittern, über dem kleinen Bildschirm mit den vielen Quadraten.

Also doch eine verschlüsselte Botschaft. Das mir so was passiert!! Ich bin wie versteinert.

»Wow«, ist alles, was ich herausbringe, und Piet lacht.

Den Rest meiner Flasche trinke ich in einem Zug aus. Zum ersten Mal habe ich im Nachgang das Gefühl, dass das Wasser nach etwas schmeckt. Nach Abenteuer vielleicht. Nach Leben, nach Aufregung? Oder vielleicht auch nur nach Frühlingsrollen. Jedenfalls nach *etwas*.

FREUND, DER. SUBSTANTIV. *Es ist einfacher, einen neuen Planeten zu finden als einen echten Freund.*

Ernsthaft. Wissenschaftler können die Bahnen der Gestirne berechnen, aber anscheinend nicht meine Gefühle erklären. Wir können zurückblicken in die Entstehung von allem und haben eine ziemlich gute Ahnung, wie es zu Ende gehen wird. Aber wie ein Bündel von zig Milliarden Neuronen mich ergibt und ein anderes dich und wie wir beide zusammenfinden können? Keine Formel der Welt sagt einem, was man tun muss, um Freunde zu finden. Oder einen Bruder.

9. Kapitel
VERSUCHUNG

Beim letzten Vorrundenspiel gegen Südkorea geht es für Deutschland um die Wurst. Ich sichere mir wie gehabt frühzeitig einen guten Platz vor dem Fernseher, trinke aber vor Aufregung so viel, dass ich gegen Ende des Spiels auf die Toilette muss. Als ich zurückkomme, sind zwei Tore gefallen und die Deutschen aus der WM geflogen.

Im Anschluss sitze ich mit Piet, Tom und Mikko auf dem kleinen Balkon. Piet hat wieder mit dem Rauchen angefangen, was mir extrem auf den Geist geht. Und ständig klebt Tibault an ihm, noch so ein Kettenraucher. Auch heute quetscht er sich wieder in die letzte verbliebene Ecke.

»Scheiße, nicht?«, begrüßt er uns, während er sich eine Zigarette stopft.

»Ja, der DFB hat's gründlich verbockt diesmal«, sagt Piet.

Mikko nimmt einen Schluck aus seiner Wasserflasche und schiebt seine Sonnenbrille hoch. »Was denkt ihr, wer jetzt Weltmeister wird?«

»Belgien.«

»Ich tippe auf Frankreich«, sage ich. »Ich hoffe, sie packen's. Ich hätte dieses Jahr sogar die Möglichkeit, dabei zu sein, also theoretisch. In Paris, meine ich.«

Piet runzelt die Stirn. »Du willst nach Paris? Ich hätte gedacht, du fährst nach Berlin«, sagt er, und ich fühle mich ertappt.

»Hä, wieso?«, fragt Tibault.

»Na wegen gestern.«

»Gestern?«

Piet sieht mich an. »Ist es okay, wenn ich …?«

»Bitte. Du hast es doch schon der halben Station erzählt.«

»Ja, gut. Also, Sean kriegt jeden Abend irgendwelche, na ja, chiffrierten Anrufe. Von unbekannt. Und gestern haben wir rausgefunden, dass in den Anrufen eine Koordinate in Berlin genannt wurde.«

Tibault bekommt den Mund nicht mehr zu. »Krass! Aber chiffriert – was bedeutet das? Und wer macht so was?«

»Ich sag doch, dass wir das nicht wissen, du Dummerchen.«

»Aber – «

»Cool«, sagt Mikko desinteressiert.

Ich winke ab. »Leute, es ist nicht so interessant, wie es klingt. Wer weiß, ob da überhaupt was hintersteckt. Und um deine Frage zu beantworten, Piet, ich werde weder nach Paris noch nach Berlin können.« Ich lasse die Arme fallen. »Ich stecke ja schließlich in 'ner Psychiatrie fest.«

»Warum?«, fragt Tibault. »Wenn ich an deiner Stelle wäre, ich würd auf die Klinik scheißen. Aber so was von!« Aufgedreht wippt er auf den Füßen umher. »Yo, Spritztour nach Berlin, was denkt ihr?«

»Klar«, sagt Piet. »Also, ich glaub schon, dass das hier nützlich ist. Aber in die Klinik kannst du jederzeit. So was, das ist 'ne Chance, die kriegt man nur einmal im Leben.«

»Ach Quatsch, was soll denn das für 'ne Chance sein?«, pro-
testiere ich. »Am Ende sind es irgendwelche Spinner, die nur
wen verarschen wollen.« Sag es und glaube doch im Innern
nicht daran.

Weiter kann ich diese Empfindung jedoch nicht verfolgen,
denn in diesem Augenblick geht die Balkontür auf. Ein älterer
Mann, den ich noch nie auf Station gesehen habe, Brille, graue
Haare, Ziegenbart, bleibt in der Tür stehen und sieht uns fragend an.

»Guten Abend«, sagt Piet, immer der zuvorkommende
Gentleman, wenn er einem neuen Patienten begegnet. »Suchen
Sie was?«

Der Mann schaut verblüfft. »Suchen«, wiederholt er nachdenklich, in einem eigenartigen Akzent, den ich nicht zuord-
nen kann. »Ich suche mich selbst.«

»Na dann, viel Erfolg«, sagt Piet nüchtern. Der Mann nickt
kurz und geht dann. Wir blicken ihm nach, wie er weiter zögerlich durch den Gang schleicht, an jeder Tür unsicher stehen
bleibt.

Piet bläst den Rauch in die Luft. »Alter, ist der meta. Also,
was ist, Sean, gehst du nach Berlin oder nicht?«

»Ich weiß nicht.« Tiefer Atemzug. »Ich weiß nicht, ob es
sich lohnt, dafür die Klinik zu schmeißen. Und was ich da soll.
Am Ende fahr ich da hin, und da ist nichts, und dann sitze ich
alleine mit meinen Panikattacken in 'ner Großstadt.«

»Du musst nicht alleine sein«, sagt Tom ruhig und sieht mir
in die Augen. »Du hast jetzt uns.«

Piet zieht an seiner Zigarette. »Wär's nicht verrückt, wenn
wir alle fahren würden?« Er bläst den Rauch rücksichtsvoll
zur Seite. »Ich meine, ernsthaft. Wär das nicht cool? Sean!« Er
sieht mich an. »Weißt du noch, wie wir mal gesagt haben, wir
erleben zusammen was? Das ist unsere Chance!«

Ich sage nichts.

»Megaverrückt«, sagt Tibault aufgeregt.

»Für verrückt halten sie uns jetzt schon«, gibt Mikko zu bedenken und hat damit, wie ich finde, einen Punkt.

»Okay, lasst es uns machen!« Piet klatscht in die Hände und sieht uns an. »Wir hauen einfach ab!«

»Ich hätte nichts gegen einen kleinen Szenenwechsel«, meint Tom, und fast verwundert es mich, dass ausgerechnet der brave Tom die Idee gutheißt.

»Alter, wir fahren nach BERLIN!«, jubiliert Tibault.

»Moment mal, was ist mit dem Geld?«, fragt Mikko. »Ist doch krass teuer alles, die Fahrt und wo wir pennen und so.«

»Bei mir sieht's knapp aus. Meine Mum hat mir letzten Monat ne Fünfhundert-Euro-Drum-Machine gekauft und mein Dad ne Neunhundert-Euro-Bassgitarre, mit Fledermäusen auf dem Griffbett.« Tibaults Augen leuchten. Das mit den Fledermäusen erzählt er seit Wochen jedem, der unvorsichtig genug ist, in das Einzugsgebiet seiner Echoortung zu geraten. »Aus Messing, nicht aus Perlmutt«, fügt er nach einer dramatischen Pause noch hinzu, als ob das irgendjemanden interessieren würde.

Piet verdreht entnervt die Augen.

»Ach übrigens, Pietey, das Pedalboard war doch nicht das richtige. Ich hab's wochenlang probiert, der Reverb ist einfach zu dry für meinen Geschmack – ich geb's demnächst zurück, aber das hat ja meine Sis bezahlt!«

»Kannst du das zurückgeben, wenn du es so lange benutzt hast?«, fragt Mikko.

»Na klar«, sagt Tibault. »Es gibt für alles 'n Rückgaberecht.«

»Außer für den Tod«, erwidert Mikko. »Für den Tod gibt's kein Rückgaberecht.«

Piet sieht Tom an. »Kannst du uns bisschen was leihen?«

»Geld?«, sagt Tom. Er wirkt gedankenversunken; seine Augen sind von diesem besonderen Glanz gezeichnet, den man nur hat, wenn man gerade aus einer anderen Welt zurückkehrt.

»Also, macht euch mal wegen des Geldes keine Sorgen. Da finden wir eine Lösung.«

»Meine Fresse«, sagt Tibault anerkennend. »Du bist der Beste!«

»Dank dir, Tom.«

Tibault breitet verzückt die Arme aus und macht beidseits das Victory-Sign. »Yes! Berlin, Berlin, wir fahren nach Berlin! Pietey, freu dich mal ein bisschen.«

»Ich freu mich, Tibault.« Piet sieht kurz zu mir rüber, sein Blick spricht eine eindeutige Sprache. *Muss diese Trantüte mitkommen?* Ich zucke unmerklich mit den Achseln.

Tom räuspert sich. »Danke, dass du uns mitnimmst auf dein Abenteuer, Sean.«

»Ja, danke!«

Mein *Abenteuer?* Eine Welle von Dankeschöns schwappt über mich. Ich murmele wie selbstverständlich irgendwelche Floskeln zurück. Emotional erreichen mich die Dankesbekundungen nicht – irgendwie weigere ich mich, die Verantwortung für diesen Irrsinn zu übernehmen. Wird mir ein bisschen zu viel, alles. Gerade eben noch am Boden zerstört, jetzt haben wir auf einmal Großes vor. Das muss ich erst mal verarbeiten. Ich sage den anderen Gute Nacht und kehre in mein Zimmer zurück, wo ich trotz der Hitze meinen Pyjama anziehe und mich sofort ins Bett lege.

Der Anruf reißt mich schließlich aus meinen Gedanken. Er kommt zur gewohnten Uhrzeit, tatsächlich habe ich ihn heute aber vergessen. Ansonsten ist alles gleich.

Außer mir. Mit mir ist einiges passiert in der Zwischenzeit. Einem plötzlichen Impuls folgend, falle ich in den unverständlichen Redeschwall ein. Es ist kein Wort, das über meine Lippen tritt, sondern ein Schrei. Ich schreie in den Hörer. Die androgyne Stimme am anderen Ende bricht jäh ab. Eine kurze Stille. Hat man mich etwa gehört? Und dann nehme ich etwas wahr, von dem ich bis heute nicht weiß, ob ich es mir nur eingebildet habe. Ein Wort, kurz, knapp, in den Hörer gehaucht und verklungen, ehe man es richtig registrieren konnte. Und ich bin der festen Überzeugung, es ist ein »Oui«.

Eine Weile starre ich noch auf den Bildschirm, von dem sich der Anruf schon längst verflüchtigt hat, dann lege ich das Handy auf den Nachttisch und meinen Kopf nachdenklich zurück aufs Kissen. *Oui.* Wenn ich eine finale Bestätigung gebraucht habe, dann war sie das.

Doch obwohl ich übermüdet bin, finde ich nicht in den Schlaf. Eine Stunde vergeht. Dann noch eine. Das Bild von der Frau aus Hamburg taucht vor meinen Augen auf und schwindet wieder. Ich bilde mir ein, das Klo vom Gang aus flüstern zu hören. Schließlich dämmert es mir, dass ich vorhin vielleicht nicht ganz ehrlich zu mir war.

Denn gebraucht hätte ich diese finale Bestätigung natürlich nicht.

GELEGENHEIT, DIE. SUBSTANTIV. *Manche Menschen,*
pflegtest du zu sagen, pflücken Gelegenheiten wie Kirschen, und ande-
re schneiden jede, aber auch jede, so glatt ab wie Schnittlauch.
Meine Eltern wollten nie nach Paris zurück. Vielleicht wegen ihm,
wegen Thierry. Meine Mutter hat nie darüber geredet, wie es eigent-
lich dazu kam, also, warum es ihn überhaupt gibt. Als ich sie end-
lich doch zu einer Reise an meinen Geburtsort überreden konnte, hatte
ich gehofft, dass wir ihn besuchen. Aber meine Eltern entpuppten sich
als geübte Gärtner. Auf dem Markt verkaufte sich der Schnittlauch
unter Wert.

10. Kapitel
VERÄNDERUNG

Am nächsten Morgen kann man durch den Gang laufen und
spüren, dass sich etwas verändert hat.

Natürlich bedeutet das nicht, dass unsere Probleme fort
sind. Nicht einmal, dass es jedem von uns besser geht. Denn
Tibault ist natürlich weiterhin schizophren und Mikko weiterhin suizidal und die Strenge von Frau Ritter weiterhin so frus-
trierend, dass sich die Balken biegen. Ich gebe mich da keinen
Illusionen hin; nichts kann eine medizinische Behandlung er-
setzen. Nichts.

Aber manche von uns laufen vielleicht einen Tick aufrechter.
Der ein oder andere verschworene Blick fliegt durch die Luft,
und irgendwie, denke ich, haben wir jetzt doch allen Grund,
uns ein bisschen verbundener zu fühlen. Einige von uns haben
vielleicht endlich ein Ziel vor Augen, etwas, wofür es sich zu leben lohnt – zumindest für die nächsten paar Wochen.

Nach wie vor beiße ich mir an meiner Mona Lisa die Zähne
aus. Diese Woche versuche ich mich noch einmal an ihr, diesmal auf Aquarellpapier und mit zähflüssigen Acrylfarben. Aber

am Ende sieht sie doch nur aus wie Mr Beans notdürftige Zeichnung von Whistlers Mutter. Und dann kommt es mir in den Sinn, das misslungene Werk so, wie es ist, auszustellen. In vergangenen Jahrhunderten wäre es glatt als Allegorie aufs Leben durchgegangen – mein Leben, wie es aussehen sollte und wie es in Wirklichkeit aussieht. Wenigstens hat Lisa in meiner Variante depressive Schatten unter den Augen statt des nervigen Dauerlächelns. Zahnarztpraxis statt Zahnpasta-TV-Werbung eben.

Also morgens bis nachmittags die Therapien, abends WM oder Tischkicker oder irgendwelche anderen Spiele. Fine wurde inzwischen entlassen (Erwin ebenso – nicht, dass man ihn vermissen würde), so dass es jetzt weniger Interessenten für Brettspiele gibt. ›Tabu‹ spielen wir nur ein einziges Mal. Als ich eine Karte ziehe, auf der das Wort Umlaufbahn steht, stammle ich: »Ein anderes Wort für den Orbit.«

Pause.

»Kaugummi«, sagt Nicola mit Bestimmtheit, und mein Gehirn vollzieht einen geistigen Brexit. Fast so schlimm, wie als Mikko dachte, dass der Verein ›Einwurf Frankfurt‹ heißt. Aber nur fast.

In der WM ist unterdessen neben Frankreich auch England ins Achtelfinale gekommen, und das ist für mich das Größte überhaupt. Unser kleines Grüppchen schmiedet derweil ab und an Pläne für Berlin, doch viel Konkretes kommt dabei nicht heraus. Um ehrlich zu sein, wird bei diesen Treffen viel Müll gelabert – insbesondere, wenn Tibault dabei ist. Piet versucht dauernd durchzusetzen, dass wir auf unserem Trip die Handys ausschalten, damit uns niemand erreichen kann, doch der Vorschlag erweist sich als höchst unbeliebt. Das Einzige, worauf wir uns einigen können, ist ein konkreter Termin für unseren Ausbruch: Der 2. Juli 2018 soll es sein.

Dann, auf einmal, ein Paukenschlag: Mikko will nicht mehr

mitkommen. Er sitzt wie immer im Dunkeln mit Sonnenbrille vor dem Fernseher, als er es mir mitteilt.

»Meine Familie, Sean«, sagt er. »Ich hab lang überlegt. Ich wär schon gern dabei. Aber ich besuche meine Familie jeden Sonntag. Das ist das Einzige, was noch so ist wie früher. Da kann ich nicht einfach wegbleiben.«

Ich kann ihn verstehen und finde es trotzdem schade. Das sage ich auch. Er lächelt nur müde. Er hat in der letzten Zeit stark zugenommen, und ich bezweifle, dass das seine heiß ersehnten Muskeln sind. Sein Gesicht, ja, seine ganze Körperhaltung strahlt so eine Trauer aus, dass ich ihn am liebsten an den Schultern packen und rütteln würde und rufen: Mensch, Mikko, komm doch mit! Aber natürlich bin ich viel zu feige dazu. Stattdessen forciere ich gleichfalls ein Lächeln, das sich schemenhaft in seiner Sonnenbrille spiegelt (auch Lächeln ist irgendwie ne muskuläre Leistung, die bei mir total verkümmert ist), und schleiche mich dann aus dem Fernsehzimmer.

Weiter vorne im Gang hat sich eine kleine Menschentraube gebildet. Jessi erklärt mir die Situation, als ich näher komme: Angeblich wurden aus dem geschlossenen Waschraum seltsame Geräusche vernommen. Spontan frage ich Jessi, ob sie an Mikkos Stelle nach Berlin mitkommen will. Die fragt mich, was es mit Berlin auf sich hat, kann sich vor Überraschung zunächst kaum mehr einkriegen (»Ernsthaft?!«), sagt aber zu meinem Erstaunen, dass sie es sich überlegen will.

Unterdessen hat Roswita von der Waschraumangelegenheit Wind bekommen und Tatsachen geschaffen. Indem sie schlicht und ergreifend die Tür geöffnet hat. Ein unbekannter Typ und ein unbekanntes Mädel, anscheinend Patienten einer anderen Station, stehen an der Waschmaschine, haben sich offensichtlich mit Klamotten beworfen und kichern jetzt verlegen. Die Menschentraube hält Abstand, während Roswita die beiden barsch ausfragt. Niemand möchte mit dieser unverschämten

Neugier in Verbindung gebracht werden. Schließlich liest ja auch kein Mensch in Deutschland die Zeitung mit den vier großen Buchstaben.

Am nächsten Morgen wartet Piet am Frühstückstisch mit einem deutlich bewölkten Gesicht auf.

»Hey«, sagt er. »Wir haben ein Problem.«

»Das da wäre?«

»Medis.«

Ich schweige und wende mich meinem Toast zu, oder zumindest der lätschigen Scheibe Weißbrot, die die Küche als solche sich zu bezeichnen anmaßt.

»Wir kriegen ja alle Medis, und ... wenn wir nach Berlin fahren ...«

»Aber es ist doch nicht für lang.«

Piet sieht mich ernst an. »Das sind verdammte Psychopharmaka, Mensch. Die kann man nicht einfach weglassen. Ich hab den Fehler mal gemacht. Ist schon ein paar Jahre her, aber ...« Er atmet hörbar aus. »Nach drei Tagen war ich zurück in der Scheißklappe.«

»Guten Morgen, liebe Sorgen!«, trötet es von der Eingangstür zum Speisesaal. Eine gut gelaunte Jessi zieht mit ihrem veganen Tablett an unseren Tisch, im Schlepptau Nicola und Tibault. »Was war das mit ›Klapse‹?«

»Wir brauchen Medis, für Berlin«, sagt Piet.

Tibault schleudert einen Löffel in seinen randvollen Kaffee, so dass er überläuft. »Ach Quatsch. Medis sind überbewertet – «

»*Eine* verdammte Woche«, sagt Piet gereizt. »Eine verdammte Woche lang hab ich noch gedacht, ich würd vom BND verfolgt, damals! Also, ohne geh ich nirgendwohin.«

»Dann müssen wir uns eben welche beschaffen«, schlage ich diplomatisch vor.

Jessi schleckt ihren hellbraunen Pflanzenaufstrich vom Löffel. »Und wie?«

Piet lehnt sich verschwörerisch über den Tisch. »In dem kleinen Raum da neben dem Stationszimmer bewahren sie sie auf«, sagt er. »Ist aber abgeschlossen, wenn niemand drin ist.«

»Ach Pietey, das ist doch kein Problem!« Tibault tropft der schwarze Kaffee vom blonden Schnurrbart. Jessi reicht ihm wortlos eine Serviette.

»Na ja, aber ich – ist das Diebstahl?«

»Du willst Medikamente klauen?«, fragt Nicola abrupt.

»Na ja – also – ja.«

»Dann ist es Diebstahl«, sagt Nicola kühl.

Piet legt sein Messer fein säuberlich neben seine unberührte Scheibe Vollkornbrot. »Das Problem ist – mein Führungszeugnis ist jetzt schon nicht astrein, und wegen der Ausbildung – «

»Deine Drogen waren auch nicht immer ›astrein‹«, spottet Tibault.

»Ja, dann mach du es doch! Dir geht doch eh alles am Arsch vorbei.«

Tibault macht eine seltsame Bewegung mit den Armen, von der er mir später erklären wird, dass sie aus der Hip-Hop-Szene stammt. »YOLO«, sagt er. »Bin dabei.«

Jessi verzieht missbilligend das Gesicht. »Also, für mich ist das nichts …«

»Kommst du überhaupt mit? Ich dachte – «

»Klar komm ich mit«, sagt Jessi. »Sean hat mich gefragt, und ich hab mich entschieden. Gestern Abend.«

»Okay, aber dann solltest du auch – «

»Schon gut«, sage ich. »Ich mach mit.« Die anderen schauen mich skeptisch an. »Na ja, Tom kommt dafür kaum infrage, oder? Und alleine wird's Tibault nicht schaffen.«

»That's my boy«, sagt Tibault und macht erneut die Armbewegung.

Was wir vorhaben, weiß inzwischen so ziemlich die ganze Station. Dass es vom Personal trotzdem noch immer niemand mitbekommen hat, macht mich ein bisschen stolz.

Am Nachmittag begleite ich Tibault, Piet und Ute zum Tischkicker, wo wir zu viert spielen wollen. Mit Piet und Tibault habe ich schon oft gespielt, mit Ute noch nie. Ich kann mir nicht vorstellen, dass sie darin gut ist. Ich sehe Ute jetzt eher beim Backen oder Stricken oder so was.

Mit dieser Einstellung falle ich gründlich auf die Fresse. Ute ist die beste Spielerin, der ich je begegnet bin. Sie verteidigt so brillant, dass man keinen Ball an ihr vorbei ins Tor kriegt, nicht mal über die Bande, »BANDE!«, wie mir Tibaults Kampfschrei in den Ohren klingt. Wie ich erfahre, haben die anderen ihr daher den Spitznamen ›The Wall‹ gegeben. Ich komme aus dem Staunen nicht mehr raus.

Piet scheint ebenso begeistert und versucht spontan, Ute zum Mitkommen zu überreden. Ute schüttelt wiederholt den Kopf.

»Aber weißt du, was dir dabei entgeht?«, schreit er und wirkt dabei mehr denn je wie ein aus dem Ruder gelaufener Duracell-Hase. »Ich meine – dieser Trip wird so was von episch! Wir lösen das Rätsel und –«

»Piet«, unterbreche ich ihn. »Sag mal, warum bist du eigentlich so angefixt von der ganzen Sache? Ich mein … ICH krieg die Anrufe, aber DU machst so ein Drama daraus!«

»Ja und, hast du da ein Patent drauf?«, schnappt Piet. Er wirkt beleidigt und verlässt uns bei der nächsten Spielunterbrechung.

Sein Abflug hinterlässt einen bitteren Nachgeschmack. Frustriert begebe auch ich mich nach dem Kickern in mein

Zimmer. Erst am späten Abend komme ich noch mal heraus, um mir einen Tee zu machen. Es ist nach elf, doch ein Samstag, da geht die Nachtruhe erst um eins los. Tibault steht in der Küche mit einem Instant-Karamell-Cappuccino (die kleine Kaffeemaschine, die Piet letztens reingeschmuggelt hat und mit der sich die beiden abends high gehalten haben, hat Frau Ritter einkassiert). Und es ist echt schwer, ihn ernst zu nehmen, wie er da steht mit diesem finsteren Blick, der in einem Milchgesicht mit ungepflegtem Schnurrbart haust, und den übergroßen Kopfhörern und wie er energisch mit angewinkelten Armen hin und her wippt. Er sieht, dass ich ihn beobachte, verändert sein Verhalten jedoch nicht im Geringsten – und irgendwie gefällt mir diese Einstellung. Das will ich auch können.

In meiner Hosentasche klingelt es. Spät kommt der Anruf heute, später als sonst. Ich renne aufs Zimmer, greife Stift und Notizbuch und nehme atemlos ab. »Ja – oui?«

»Dix-sept juillet, vingt heures, Place de la République.« Die Stimme klingt diesmal ruhig, klar und unmissverständlich. Da ist geradezu eine menschliche Regung, irgendwo. Siebzehnter Juli, zwanzig Uhr, in Paris. »Allô«, rufe ich, meinen Vorsatz der reinen Passivität erneut über Bord werfend. Aber natürlich umsonst. Minuten später halte ich immer noch ratlos mein Notizbuch in der Hand, auf dessen hintere Seiten sich neben allerlei Unverständlichem und der entschlüsselten Berlin-Koordinate nun zum ersten Mal etwas aus der vierten Dimension verirrt hat: eine konkrete Zeitangabe.

Unsere Abreise rückt näher, und ich spüre es in den Knochen. Die Stunden vergehen quälend langsam, und meine Panikattacken, die während des Aufenthaltes hier zunächst seltener geworden sind, flammen wieder auf. Ich habe täglich mindestens eine, und jede kommt in einem anderen Gewand daher.

Mal glaube ich nachts schweißgetränkt in meinem Bett zu ersticken, andere Male rauscht in meinen klammen Armen der Blutdruck ab. Die Angst, noch vor der Abreise zu sterben: Psychiatriepatient tot im Bett aufgefunden. Mit den Attacken kehren auch die Zweifel zurück: Kann ich das überhaupt, einfach hier verschwinden, mit meiner Erkrankung? Und am Ende, wofür? Wozu alles zurücklassen, den sanften, gepolsterten, warmen Käfig, in dem mein chilibonbonsüchtiger Kanarienvogel vielleicht zum ersten Mal das Singen gelernt hat?

Und dann lande ich sogar wieder vorne im Stationszimmer, dieses Mal allerdings, weil mein Puls von einer Minute auf die nächste bedrohlich *gesunken* ist. Und er bleibt auch in den Tagen danach normal niedrig. Das fühlt sich für mich an wie das Ende eines monatelangen Fluges – zack, der Pilot ist bewusstlos, wir sinken, Bruchlandung! Nach einem Monat schwindelerregender Höhen endlich wieder die Füße auf festem Boden – auch daran muss man sich erst mal gewöhnen.

An diesem Tag fällt mir auf, dass die letzte SMS meiner Eltern über eine Woche zurückliegt. Einer plötzlichen Eingebung folgend, rufe ich meine Mutter an. Niemand da. Auch nicht am Handy. Ich rufe bei meinem Vater an. Mal wieder geht irgendeine Frauenstimme ran, es ist jedes Mal eine andere.

Endlich bekomme ich meinen Vater an die Strippe.

»Mein Puls ist wieder normal.«

»Gut.«

Ich schlucke. »Hör mal, stell dir vor, wenn ich in ein paar Tagen – nun ja, die Klinik verlassen könnte – «

»Betty und ich fahren nächste Woche an die Nordsee.«

Ich weiß in dem Augenblick selbst nicht mehr, warum ich überhaupt angerufen hatte. Um was zu hören? Eine Bestätigung, dass ich gut genug bin? Für was?

»Okay ... ich wollte ja nur – «

»Es war ihre Idee. Schrecklich überlaufen, die Strän– «

»Wusstest du, dass ich auch mal im Norden war?« Meine Stimme klingt plötzlich aufgebracht. »Ja, ich war in Hamburg. Am Tag des G20-Gipfels. Ich hab eine Demonstration gesehen. Hab gesehen, wie die Polizei Wasserwerfer eingesetzt hat, und die Schlägereien, und das ganze Blut, die Verletzten. Das hab ich erlebt.«

Schweigen.

»Du hast deine Medikamente wieder nicht genommen, oder?« Ein Klick, dann Totenstille in der Leitung.

Kurz darauf fragt Roswita Jessi und mich, ob wir nächste Woche gemeinsam zum Asia Wok gehen wollen. Nach Wochen zusammen auf engem Raum zieht sich mein Geduldsfaden Roswita betreffend wie der Käsefaden einer abgestandenen Pizza, doch an mir nagt das schlechte Gewissen. Sie ist die Einzige, die niemand in unsere Pläne eingeweiht hat. Das war Piets Idee gewesen; er hatte befürchtet, dass sie alles ausplappern würde. Aber auch sonst wird Roswita eigentlich nie zu irgendwas eingeladen. Und jetzt ist da wieder dieses komische Gefühl, das ich in Bezug auf sie habe – dass ich sie nicht mag, ich sie aber auch nicht ausgrenzen will, wie die anderen es tun. Wird nichts mit Asia Wok, sage ich ihr.

»Na, gehste doch lieber alleine mit Jessi turteln? Sieh an, sieh an!«, spottet sie, während sie sich ihre Füße mit einer unangenehm intensiv nach Hefe riechenden Creme einreibt. Jessi und ich werden beide rot. Wie schnell so ein schlechtes Gewissen doch verfliegen kann. Gut, dass ich bald weg bin. Meine Laune hat sich wieder verdüstert, ich gehe aufs Zimmer, höre ein paar Songs von Coldplay an. Die Band bedeutet mir die Welt. Ihre besten Songs nehmen irgendein Gefühl, das ich gerade empfinde, zum Beispiel Ärger oder Wut, auf und alchemisieren es in ein friedliches Gefühl. Am Ende dieser vier oder fünf Minuten Musik bin ich nicht mehr dieselbe Person, die mit dem Hören begonnen hat.

Wenn ich so darüber nachdenke, kenne ich doch viele Menschen, denen es in der Hinsicht ähnlich geht, die sich nach der unvermeidlichen Notwasserung ihres Fluges im Ozean des Lebens nur mit einem Rettungsring aus Musik über der Oberfläche halten können. Und diese oder ähnliche Verhaltensweisen sind auch dringend nötig. Das Leben, denke ich, ist von Natur aus so beschissen, dass man es nur mit vielen Extras aushalten kann, wenn überhaupt. Mit Musik und Pillen und engmaschiger Betreuung von Seelenklempnern, die einem genau sagen, was wie zu beurteilen ist und wo es langgehen soll, einen Schritt vor den anderen, Sean, Vorsicht, bloß nicht zu stark abweichen, *careful with that axe, Eugene*. Wie ein Burger, der so miserabel schmeckt, dass man ihn nur mit ganz viel Mayo herunterwürgen kann. Oder Ketchup. Mayo oder Ketchup, das ist auch so 'ne Grundsatzfrage.

Es ist knapp ein Uhr vorbei, als sich langsam, aber sicher die Tür öffnet und das Licht eine kegelförmige Wunde in die Textur der Nacht reißt. Ich liege regungslos im Bett. Ein paar Augenblicke vergehen, dann schließt sich die Tür wieder. Ich sehe auf meine Handyuhr und warte exakt zwei Minuten, bis ich sicher bin, dass Frau Ritter auch an Tibaults Zimmer vorbei ist und ihren Rundgang im Parallelkorridor begonnen hat, von dem aus das Stationszimmer nicht einsehbar ist.

Auf Socken schleiche ich mich lautlos heran. Tibault trifft direkt nach mir ein; man sieht ihm an, dass er wie jeden Abend vollgepumpt ist mit Instant-Cappuccino, und seine Hände zittern bedenklich. Ohne zu zögern, kniet er sich auf den Fliesenboden und müht sich, den Dietrich in das Schloss einzuführen. Ich schaue nervös auf die Uhr. Uns bleiben etwa sechs Minuten für unser Manöver. Für alles – Türen öffnen, die richtigen Medis heraussuchen, Türen wieder schließen, auf unsere Zimmer verschwinden.

»Mach schon«, raune ich ihm zu, während ich nervös über meine Schulter blicke.

»Hey, ich mach das auch nicht jeden Tag, okay? Und nicht um die Uhrzeit. Vielleicht hab ich auch die eine oder andere Tasse zu viel – «

»Du hast gesagt, dass du mit so was umgehen kannst!«

»Heißt noch lang nicht, dass ich Profi bin.« Tibault rinnt der Schweiß von der Stirn. »Komm schon, Baby …«

Endlich macht es knack, und wir sind drin. Wir betreten den Medikamentenraum. Ich öffne den Schrank, während Tibault einen zerknüllten Zettel und eine Plastiktüte aus seiner Hosentasche zieht.

»Also, wir brauchen … äh … Flux … Fluooox – «

»Gib schon her!« Meine Augen fliegen die Liste ab.

»Schon krass, was Piet alles nimmt«, meint Tibault nachdenklich, während ich die Schachteln raussuche und einzelne Paletten in die Tüte schmeiße. Gott sei Dank ist im Schrank alles alphabetisch sortiert. »Und dass er diese Namen überhaupt behalten kann.« Er schaut sehnsüchtig Richtung Stationszimmer. »Mich würd ja interessieren, was in seiner Akte – «

»Spinnst du?«

»Shit!«

»Was?«

»Hörst du's nicht?«

Ich friere in der Bewegung ein. *Verdammt.* In der Ferne hallt es. Im Gang.

»Mist! Schnell – gib mir den – okay, Escitalopram und …«

Ich reiße die Packung auf und ziehe wahllos ein paar Paletten heraus, die ich in Tibaults Tüte schmeiße. Warum Frau Ritter ausgerechnet heute früher als sonst von ihrem Rundgang zurückkommt, weiß ich nicht. Vermutlich, weil wir ausgerechnet heute jede einzelne Sekunde gebraucht hätten.

Da keiner von uns bei einem Diebstahl erwischt werden will,

und schon gar nicht von Frau Ritter, brechen wir ab. Das Wesentliche müssten wir ohnehin schon haben. Ich schlage die Schranktüren zu. Tibault stopft sich unterdessen die Tüte in seine Hose.

»Was soll das?«

»Soll ich hier mit 'ner verdammten Tüte rauslaufen?«, zischt er.

»Beeil dich!«

Die Schritte klingen jetzt bedrohlich nah. Wir schaffen es gerade noch so, die Tür hinter uns zuzuziehen, als Frau Ritter auch schon um die Ecke kommt.

»HERR BENDEL, HERR CHRISTOPHE! WAS HABEN SIE MITTEN IN DER NACHT HIER ZU SUCHEN?«

»Äh, ja ... also ...«

»Wir haben ein Geräusch gehört«, sagt Tibault energisch, und benutzt damit zu meinem Entsetzen die wohl durchschaubarste aller Ausreden. »Es kam – von hier. Also, vom Stationszimmer her, und wir wollten nachsehen ...«

Frau Ritters Augen sprühen vor Sarkasmus. »Ach, Sie wollen mir also weismachen, dass Sie beide – und zwar nur Sie, keiner der anderen Patienten, die genauso weit weg oder sogar näher daran liegen – was gehört haben wollen?«

»Wir haben eben gute Ohren«, erwidere ich frech.

»Dann spannen Sie Ihre guten Ohren jetzt mal sehr weit auf. Wenn ich Sie noch einmal während der Nachtruhe hier draußen herumschlei– HERRGOTT, WAS IST DAS DENN! ALSO WIRKLICH, HERR BENDEL, ZIEHEN SIE SICH DIE HOSE HOCH! WIR SIND HIER NICHT IN DER BRONX!«

»Sorry«, sagt Tibault gleichgültig und zieht an seiner Hose. Mein Herz hat einen Aussetzer, als die Tüte leicht raschelt. Zum Glück ist Frau Ritter zu sehr damit beschäftigt, ihre überkochende Wut im Zaum zu halten, als dass sie es merken würde.

»Sie haben – Sie haben doch nicht etwa – im Gang ihre Notdurft verrichten wollen?«

»Nein!«, rufen Tibault und ich gleichzeitig, erschrocken.

»So«, sagt Frau Ritter misstrauisch, und plötzlich sehe ich, dass sich ihr Blick auf den Boden senkt, und ich folge ihm, und dann werde ich beinahe ohnmächtig, denn da, schön quer zu den Fliesen und bestens sichtbar, liegt verdammt noch mal unser Dietrich.

»Und was ist das hier?« Sie hebt den Dietrich auf.

»Wollten Sie – wollten Sie etwa – «

»Ich war's. Ich wollte unter Ihren Schreibtisch pissen«, sagt Tibault blitzschnell. »Aber Sie waren zu schnell wieder da.«

Der Ballon ist kurz vor dem Platzen.

»Das«, zischt Frau Ritter mit verzerrtem Gesicht, »wird Konsequenzen haben. Sie können sich auf was gefasst machen. Ich werde ihr unmögliches Betragen morgen bei der Klinikleitung thematisieren.«

»Ist mir egal«, sagt Tibault. »Aber Sean war daran nicht beteiligt. So ein Weichei. Wollte mich sogar davon abhalten.«

Frau Ritter fährt herum. »Ist das so?« Ich nicke, kann aber kaum mein Erstaunen verbergen. Hat Tibault tatsächlich für *mich* gelogen?

»Na schön. Aber für Sie wird das schwere Konsequenzen haben, Herr Bendel. Denken Sie nicht, dass Sie in diesem Haus mit kriminellem Verhalten durchkommen!«

Wir schweigen.

»Worauf warten Sie noch? Gehen Sie gefälligst auf Ihre Zimmer!«

Mit hängenden Köpfen schlurfen wir zurück. Ich kann mir ein Grinsen nicht verkneifen.

Der Rest der Nacht verläuft ruhig. Als ich am Morgen aufwache, liegen zwei metallfarbene Paletten in meiner Schublade.

Spoiler: Tibault wird doch nicht aus der Klinik geschmissen. Er schlittert allerdings nur haarscharf daran vorbei. Ich glaube fast, ein Rauswurf wäre ihm lieber gewesen.

So aber bleibt er uns erhalten. Nur wenige erfahren von unserer nächtlichen Episode, doch für die, denen wir es erzählen, sind wir jetzt so etwas wie Helden. Insbesondere Tibault genießt diese neue Aufmerksamkeit sichtlich.

Und dann ist es so weit: Der Tag der Abreise steht unmittelbar bevor. Gestern hat Frankreich die S-Bahn ins Viertelfinale genommen. Morgen, am 2. Juli 2018, werden wir um 7.42 Uhr von Sankt Helena aus die S-Bahn nach Stuttgart nehmen. Dort werden wir noch ein paar Dinge für unsere Reise einkaufen, bevor wir um halb zehn den ICE nach Berlin nehmen. Meine Sachen packe ich schon heute. Ich befreie meinen Rucksack zunächst von all dem Krempel, der sich im Laufe der Zeit so angesammelt hat – alte Tempos, abgelaufene Fahrkarten und verdorbene Bonbons, unglaublich, was das Bermudadreieck meines Alltagslebens so alles im Angebot hat. Ich versuche mich auf das Nötigste zu beschränken – je weniger man zu schleppen hat, desto besser. Also: Handy samt Ladekabel. Das Notizbuch, klar. Das kleine Duftölfläschchen aus der Neuropsychologie. Ein Buch, das ist bei mir absolutes Muss, auch wenn ich wahrscheinlich nicht zum Lesen kommen werde. Die Wahl fällt auf die *Morde des Herrn ABC*. Hercule Poirot ist immer ein guter Reisebegleiter. Obwohl ich unsere gesellschaftliche Obsession mit Krimis so ganz nicht verstehen kann. Piet würde jetzt wahrscheinlich so was sagen wie, man braucht Rätselhaftes im Leben, Geheimnisse, aber müssen die sich immer um Mord und Totschlag drehen?

Wie auch immer. Sonnenbrille, Tempos. Zahnputzsachen, Deo und der ganze Kram. Unterwäsche, T-Shirts, Hosen. Einen Schlafanzug kann ich mir bei dem Wetter wohl sparen. Sonnencreme sollte ich mir noch kaufen. Meine Kamera. Schließlich noch ein paar kleinere Snacks und fertig. Ich richte den Blick auf all das, was ich hier zurücklassen werde. Die Telecaster, meine ganzen HSV-Fanartikel ... doch ich bin zuversichtlich, alles davon werde ich eines Tages wiedererhalten.

Am Abend stehe ich noch einmal am Fenster in meinem Zimmer. Ein letztes Mal diese Aussicht genießen, die keine ist. Mein Blick verirrt sich im Horizont, an dem die letzten Strahlen der untergegangenen Sonne gerade noch so über den Tellerrand lugen, und streunt dann weiter zum Zenit, wo sich bereits die ersten Sterne zeigen, kühl und frisch, gerade der Dusche entstiegen. Tausende ihresgleichen müssen ihre Wache ebenfalls schon angetreten haben, freilich noch undercover. Ob die Sterne nicht ungeheuer traurig sein müssen, weil sie all die schlimmen Dinge hier unten beobachten, aber nie eingreifen können? Oder es ist ihnen egal. Den majestätischen Sternen müssen irdische Probleme schließlich unbedeutend und klein vorkommen. Ich wünsche mir auch so eine Sichtweise. Eine Geduld, die in jedem Sinne über allem steht.

Hier im vierten Stock fühle ich mich diesen stummen Zeugen der Geburt von Jahrtausenden jedenfalls näher als am Boden. Näher als die Menschen da unten, die nach ihrer Abendschicht die Klinik verlassen und sich mit müden Beinen zu ihren Autos oder zur Bahnhaltestelle schleppen.

Schlaft nur, ihr Schlaftrunkenen, denke ich. Der Morgen gehört den Unbesorgten, die Nacht den Ruhelosen, den Suchenden.

Und meine Suche steht gerade erst am Anfang.

GRUPPE, DIE. SUBSTANTIV. *Draußen nur Blumen, Blüten, das prall e Leben. Manche stehen in Gruppen, andere einzeln oder über die ganze Wiese versprengt. Blumen sind nicht wie wir, die können sich nicht bewegen. Hat eine Blume, die abseits von allen anderen sprießt, schon von Geburt an verloren?*

11. Kapitel

EINE ERSCHEINUNG

Ich rechne damit, an diesem Morgen mit einem Gefühl der Euphorie zu erwachen. Mit dem Gefühl, dass heute ein Tag ist, an dem Großes geschieht – so wie wenn man an manchen Tagen im Hochsommer schon am frühesten, noch kühlen Morgen mit Gewissheit spürt, dass es heute heiß wird. Vielleicht habe ich auch mit einem leicht mulmigen Gefühl gerechnet, denn immerhin stehen nach wie vor viele Fragezeichen im Raum, ob alles so klappt wie geplant.

Womit ich nicht gerechnet habe, ist dieses dauernde Geschrei. Zunächst baue ich es irgendwie in meinen Traum ein, an den ich mich später nicht mehr erinnern kann. Dann denke ich, es kommt von unten, von der Straße. Minuten vergehen, und das Geschrei hört einfach nicht auf. Langsam dämmert es mir, dass es von viel näher kommt. Ich steige schlaftrunken aus dem Bett und taumele in den Flur hinaus. Mein erster Blick fällt auf die Uhr (5.24 Uhr), mein zweiter auf die Tür zur Teeküche, die geschlossen ist. Das ist ungewöhnlich.

Ich drücke die Klinke hinunter und starre in das von Weinkrämpfen gezeichnete Gesicht von Semra, die vor einer dampfenden Tasse auf der Eckbank sitzt.

»Semra! Ist alles okay?«

»Hallo Sean. Nee, es ist nicht okay.« Sie spricht mit erstaunlicher Ruhe. Ich frage noch mal nach, aber diesmal ignoriert sie mich und beginnt einmal mehr, in ihrer Sprache, die ich zwischenzeitlich als Bosnisch identifizieren konnte, mit sich selbst zu sprechen.

Hilflos stehe ich in der Gegend herum. Als sie auf einmal wieder schreit, verlasse ich die Teeküche und laufe vor zum Stationszimmer. Dort ist der sichtlich überforderte Nachtpfleger bereits dabei, Beruhigungstropfen in einen kleinen Becher zu füllen. »Aber danke, dass Sie gekommen sind.«

Er huscht in den Medikamentenraum und macht sich am Schrank zu schaffen. Zieht die entsprechenden Schubladen heraus. Hält plötzlich eine Packung in der Hand, die *wir* auch in der Hand hatten. Mir rutscht das Herz in die Hose.

Der Pfleger schüttelt die viel zu leichte Packung, öffnet sie und schaut hinein. Zieht die verbliebene Palette heraus und betrachtet sie eine ewige Sekunde lang. Dann geht er zu einer an der Wand hängenden Liste hinüber und notiert etwas.

Noch währenddessen dreht er sich erneut zu mir um. »War noch was, Herr Christophe?«

Glück gehabt. Mein Kopf schüttelt sich wie von selbst.

Ich schlurfe zurück zu meinem Zimmer. Draußen ist es fast noch dunkel, doch an Einschlafen nicht mehr zu denken. Hellwach packe ich zunächst die letzten Sachen, nehme dann eine Dusche, mache mich im Bad fertig und wechsle zügig in meine Tagesklamotten. Was eine vernünftige Entscheidung ist, denn kaum bin ich vorzeigbar, klopft es, und ohne meine Reaktion abzuwarten, geht die Tür auf – Semra steht in meinem Zimmer.

»Whoa!«, sage ich erschrocken.

»Hallo Sean, ich muss mit dir reden.« Erneut wartet Semra nicht, sondern setzt sich unaufgefordert auf meinen Stuhl. In der Hand hält sie irgendwas Unförmiges aus Holz. Ich schließe die Tür und setze mich aufs Bett. »Schieß los«, sage ich mit einem Seitenblick zur Uhr. Wir müssen eine bestimmte Bahn erreichen; allzu viel Spielraum habe ich an diesem Morgen nicht.

Sie blinzelt. »Ich tu nicht schießen.«

»Ich meinte – ach egal. Was gibt's?«

»Ja, weißt du, also ich will halt nicht im Krankenhaus bleiben«, sagt sie in monotonem Tonfall.

»Warum?«

Ihr Blick ist seltsam leer. »Mir sind nicht so gute Dinge passiert. Ich hab denen gesagt, dass es so ist, und die wussten es auch.«

»Was für Dinge? Was ist los?«

»Da will ich jetzt nicht drüber reden. Ich will einfach weg.«

Ich runzele die Stirn. Das Problem ist, dass man bei Semra nie so recht weiß, woran man gerade ist. Ist das alles real, oder hat es sich nur in ihrem Kopf abgespielt? Egal. In ihrer Wahrnehmung ist es schließlich real. Ich trete die Flucht nach vorn an.

»Weißt du, es ist aber wichtig, dass man dableibt, bis die Ärzte sagen, dass man gehen kann. Nur so wird man wieder gesund. Und du willst doch gesund werden, oder?«

Semra streift sich durchs Haar. »Ja schon, aber halt nicht hier. Ich will hier jetzt weg.«

Ich blicke wieder nervös auf die Uhr. Die Zeit rinnt mir unerbittlich durch die Finger. »Hör mal«, sage ich, während ich aufstehe, »ich muss gleich los. Aber du solltest hierbleiben. Wirklich.«

»Nee, ich geh jetzt. Ich hab meine Tasche schon gepackt«, erwidert sie.

Ich schüttele vehement den Kopf. »Das ist keine gute Idee. Gib den Ärzten 'ne Chance. Bleib hier.« *Heuchler*, flüstert mir eine kleine Stimme ins Ohr. *Ihr zu sagen, dass sie bleiben soll, während du selbst gerade am Abhauen bist.*

Wie gerufen klopft es an der Tür, und Piet starrt zunächst

Semra, dann mich verdutzt an. »Hey, in zehn Minuten geht's los. Sei pünktlich.« Tür schließt.

Semra steht ebenfalls auf. »Ich will gehen, Sean. Es ist alles schon gepackt.«

Ich nicke in Richtung des Holzteils in ihrer Hand. »Hast du das in der Ergo gemacht?«

»Ja. Schau mal.« Sie hält es mir unter die Nase, und ich sehe, dass es eine Art Schäferhund ist, Ohren, Beine, Schwanz, alles aus dünnem Holz ineinandergesteckt und bemalt.

»Ein Hund«, sage ich.

»Kommissar Rex«, sagt sie. »Der passt auf mich auf.«

Ich seufze. »Sag mal, wenn du jetzt gehst, weißt du überhaupt wohin? Ich meine, hast du ... hast du denn ein Zuhause?«

Sie schüttelt den Kopf. »Nee, meine Eltern leben nicht mehr. Aber ich schau mal, vielleicht bleibe ich erst mal auf der Straße oder so.«

»Ernsthaft?«

Semra sieht mich an. »Ich bin immer ernst«, sagt sie feierlich.

Mein Körper fällt in eine Art Schockstarre. Sekunden später ist meine Entscheidung getroffen. Als ich sie den anderen im Gang kundtue, verzieht Tibault das Gesicht.

»Muss das sein?«

»Sie kommt mit. Leute, sie ist total durcheinander! Sie braucht jetzt jemanden.«

»Wir haben aber nur fünf Fahrkarten!«

»Ist doch egal«, sage ich. »Dann kaufen wir eben noch eine. Nicht wahr, Tom?«

»Hab ich mir geda–«

»Ja, ja, hast dir schon gedacht«, bügelt Piet ihn glatt ab. »Also – 'ne Fahrkarte mehr ist drin, oder?«

Tom nickt.

»Ich hab so keinen Bock auf die«, stöhnt Tibault.

»Hallo, gehts noch? Wenn sie unsere Hilfe braucht, dann helfen wir. Aus, Punkt, fertig!« beendet Jessi zu meiner großen Erleichterung die Diskussion.

»Okay. Sag ihr, in fünf Minuten beim anderen Treppenhaus«, sagt Piet. »Sind wir ansonsten vollzählig?«

Ich sprinte zurück zu meinem Zimmer. Unterwegs teile ich Semra mit, dass sie sich beeilen soll. Aber auch ich muss mich jetzt sputen. Hastig gehe ich aufs Klo. Natürlich mal wieder kein Papier in der Halterung. In der Aufregung fällt mir die Ersatzrolle aus den Händen und entrollt sich auf dem nassen Toilettenboden. Mist. Als ich endlich draußen bin, stürze ich in mein Zimmer, greife mein Handy und schultere den vollgestopften Rucksack. Noch eine Vergewisserung – Hab ich auch alles? –, und ich stehe im Gang.

Direkt vor Frau Ritter. Ihr Röntgenblick erfasst meinen Rucksack.

»Herr Christophe, wo wollen Sie so früh denn hin? Sie müssen noch Ihre Medikamente nehmen!«, trötet sie schadenfroh.

Mist! Die Medis.

Schweißperlen auf meiner Stirn. »Kann ich das sofort tun?«

»Mooo-ment, Herr Christophe. Ich beende erst noch meinen Rundgang. Danach bekommen Sie Ihre Medikamente.«

»Okay. Ich, äh, komm gleich wieder – «

Ihre Gesichtszüge gleiten in flüssigen Stickstoff. Ein Kluck, und sie sind zersprungen. »NICHTS DA, Herr Christophe!«

Mist 2.0.

Hämisches Grinsen. »Dass Sie mir nicht auf falsche Gedanken kommen. In der Zwischenzeit bleiben Sie schön hier.«

Atem zählen. Ärger wahrnehmen, aber nicht werten.

Ich blicke ans andere Ende des Gangs, wo Piet Semra und den Rest der Gruppe gerade ins Treppenhaus bugsiert. Er macht ein fragendes Handzeichen. Ich bedeute ihm, dass sie bereits vorgehen sollen, und die Gruppe verschwindet aus meinem Blickfeld. Es ist jetzt 7.09 Uhr, und Frau Ritter macht keine Anstalten, sich in Richtung Stationszimmer zu bewegen.

Nicht werten.

Ich überlege, ob ich einfach so durchbrennen soll. Aber in Anbetracht dessen, dass unser Vorrat an Medis begrenzt ist, wäre es schon sinnvoll, sich heute noch eine letzte reguläre Dosis einzuverleiben.

7.16 Uhr. Die Bahn fährt um 7.42 Uhr von Sankt Helena ab. Es ist jetzt schon extrem knapp. Ein paar Minuten mehr, und knapp wird zur Division durch null: ein Ding der Unmöglichkeit. Verzweifelt schlurfe ich Frau Ritter von Zimmer zu Zimmer hinterher. Nach einer gefühlten Ewigkeit geht sie endlich nach vorne und schließt das Stationszimmer auf. Ich greife ungeduldig nach meinem Medikamentenbecher und kippe die Tabletten mit zittrigen Fingern in meine linke Hand.

»Mooooment, Herr Christophe!« Für den Bruchteil eines Augenblicks erstarre ich zu einer Salzsäule. »Wo ist Ihre Trinkflasche? Wir geben grundsätzlich kei– HERR CHRISTOPHE!«

Ich habe die Medis trocken hinuntergeschluckt und renne. Und renne.

Vergiss Lola. Sean rennt.

Als ich draußen bin, bleiben mir nur dreizehn Minuten für eine Strecke, die eigentlich zwanzig Minuten benötigt. Den Rucksack auf den Schultern sprinte ich den Berg hinab, quer durch den halben Ort und dann wieder bergauf in die Felder, wo Sankt Helena liegt. Jede Sehne in meinem Körper bis zum Reißen gespannt, Schmerz ringt mit Schwerkraft, doch ich *muss* es schaffen. Mit gefühlt übermenschlicher Kraft lege ich das letzte Stück Strecke zurück zwischen meiner trägen Masse und der bereits herannahenden roten S-Bahn. Piet sieht mich und bleibt stehen in den Türen, die uns gleich aussperren werden aus der Luftblase, aus der wir kommen, aus dem Stillstand, der Sicherheit.

Mit einem Satz bin ich drin. Hinter mir schließen sich die Türen unwiderruflich.

BONBON, DAS. SUBSTANTIV. »*Entschuldigung, haben Sie*
Chilibonbons?«

»*Chili...bonbons?*«, *buchstabiert die Verkäuferin behutsam, als wären
das zwei Worte, die in keiner Sprache der Welt zusammengehören
könnten.* »*Nie gehört.*«
*Ihr entgeisterter Blick folgt mir noch eine Weile, dann entlässt sie mich
in die große weite Welt der Aloe-vera- bis Latte-macchiato-Bonbons,
der Niedergang der Zivilisation ist mundgerecht portioniert. Du hättest bei diesem Anblick gelacht und gelacht.*

12. Kapitel
WAS SICH IN DEN STRASSEN VERBIRGT

Bahnhöfe waren für mich schon immer besondere Orte –
manchmal unangenehme, von Abschied und Trennung, bisweilen aber auch die Geburtsorte von was Neuem, was Großem.
Abenteuer zum Beispiel, die begannen in meiner Kindheit oft
an Bahnhöfen. Und dennoch weiß ich inzwischen, dass man
besser nicht zu sehr an ihnen hängen soll. »Pass auf, Sean«,
hat meine Oma gesagt, als ich ihr erzählt habe, dass ich später
am liebsten an einem Bahnhof wohnen würde. »Schau dir diese Leute an, ihre Blicke. Manche von ihnen sind ständig in Erwartung des Zuges, der sie fortbringt, der aber nie kommt; den
sie doch ohnehin immer nur verpassen würden, selbst wenn er
käme. Andere sind ständig auf der Suche nach dem perfekten
Ort und merken viel zu spät, dass der an keinen Bahnhof der
Welt angebunden ist. Schau, dass dir das nicht passiert.« Und
ich hab mir die Leute angeschaut, diese glanzlosen Augen, die
vermischten Geister derer, die auf Durchgang leben. Und ich
habe nicht gemocht, was ich da sah.
Meine hoffentlich noch nicht glanzlosen Augen tasten vor-

sichtig diesen dreidimensionalen Mikrokosmos der Marke Stuttgart ab, in den wir uns gewagt haben. In einer unverschämt teuren Bäckerei rühren Menschen energisch Kaffeesahne in ihre Becher, als würden sie ein nobelpreisträchtiges Experiment mit Quantitäten im Nanobereich anrühren. Wir durchstreifen die Bahnhofshalle wie Hirsche im Scheinwerferlicht. In den Augen anderer müssen wir ein verdammt heterogenes Bild abgeben. Jung, alt, dick, dünn, gepflegt, ungepflegt. Eine Gruppe, wie sie nur das Schicksal zusammenführen kann.

Tibault hat unterdessen den Zettel mit den Medis herausgekramt. Wir haben ausgerechnet, dass der Vorrat, den wir aus der Klinik haben mitgehen lassen, für die meisten von uns circa 'ne Woche reichen wird. Aber zum Glück ist Tom Arzt, und er wird uns die fehlenden Medis besorgen. Er hat darauf bestanden, das noch gleich hier anzugehen, wir hätten ja Zeit vor der Abfahrt und man müsse schließlich vorausschauend sein. Zu dritt gehen wir also los, während der Rest der Gruppe nach erschwinglichen Backwaren Ausschau hält. Die nächstgelegene Apotheke ist ein gutes Stück weg, und wir müssen uns ranhalten, um im Zeitplan zu bleiben.

Schließlich sind wir da. Piet sagt Hallo und drückt der Verkäuferin noch währenddessen die Liste in die Hand. Prompt werden wir gefragt, ob wir ein Rezept haben.

Mit zitternden Händen schiebt Tom eine Plastikkarte auf den Tresen. Die Apothekerin wirft einen Blick darauf und runzelt die Stirn.

»Es tut mir leid«, sagt sie in apologetischem Tonfall. »Ihr Arztausweis ist seit 15 Jahren abgelaufen.«

Tom nimmt die Karte wieder an sich, wischt sie an seinem Pullover ab. Er sieht enttäuscht aus. Draußen fährt die auf eine Straßenbahn gedruckte Wellnesswerbung unverrichteter Dinge vorüber. »Es tut mir leid«, sagt die Apothekerin noch mal und schaut ihn mitleidig an. Ich mag das nicht, wenn man Tom mitleidig ansieht.

»Kopf hoch«, sagt Piet, als wir wieder draußen sind. »In Berlin finden wir sicher 'ne Apotheke, die es nicht so genau nimmt.«

Fakt ist, wir werden auch in Berlin an keine Medikamente herankommen.

Auf dem Weg zurück passieren wir die Bahnhofstoiletten, bei deren Anblick sich mir plötzlich die Frage aufdrängt, wie viel Urin alle bisher auf der Erde existierenden Menschen eigentlich hinterlassen haben. Und je länger ich über diese Frage nachdenke, desto stärker regt sich in mir ein ganz ähnliches Dranggefühl. Hoffentlich hat der ICE gescheite Toiletten. Damit zu rechnen, ist erfahrungsgemäß allerdings eher nicht. Schon komisch, dass wir WLAN und künstliche Intelligenz und so haben, aber in Sachen Zugtoiletten immer noch in der Steinzeit leben.

»Glaubst du, sie suchen uns schon?«, fragt Jessi mich wenig später, als wir auf zwei Vierersitze verteilt Platz genommen haben. Ich weiß keine Antwort und schaue aus dem Fenster. Der Zug rollt an, und ein Gefühl der Erleichterung macht sich in mir breit; wir haben es geschafft, wenigstens bis hierher. Ich ziehe meine Duftölflasche aus dem Rucksack. Halte sie fest. Ich habe die hier und die Chilibonbons und verdammt noch mal meinen Verstand. Ich bin gut gerüstet.

»Glaub nicht. Erst, wenn wir über Nacht nicht wiederkommen.«

»Dann gibts ordentlich Polente an den Hals«, verkündet Tibault in angriffslustigem Tonfall. Semra, die wir gegenüber auf einem freien Gangsitz untergebracht haben, sieht unbehaglich zu Boden.

»Über so was«, sagt sie mit gepresster Stimme, »macht man keine Scherze.«

Berlin. Große Stadt, zerrissene Stadt. Getragene Flächen, weite Abstände. Das Mittelalter schenkte uns die Kathedralen, die Neuzeit den Plattenbau. Viel Platz, viel Raum, schillerndes Spektrum. Müsste ich mit Berlin eine Farbe assoziieren, so würde ich sagen: Graubunt. Ein Volk, eine Stadt, mühsam zusammengeflickt aus den Verfehlungen zweier Staaten, gekittet im Schmelztiegel vieler Kulturen. Es ist mein erster Besuch hier, und das viele Grau, die vielen unpersönlichen Gebäude, die sich kaum vom bewölkten Himmel abgrenzen, in den sie ragen, ja die unaufhaltsam in ebendiesen Himmel hineinzuwachsen scheinen, noch während man dabei zusieht – dazu die uneinheitliche Architektur, die diese Stadt so ganz anders wirken lässt als zum Beispiel Paris und ihr doch bisweilen ihren ganz eigenen Charme verleiht, all das wirkt in den ersten Stunden meiner Anwesenheit unglaublich erdrückend.

Am Hauptbahnhof kauft Tom uns Tageskarten. Er hat uns auch ein Hotel gebucht; es soll relativ günstig sein und trotzdem in der Nähe des Kurfürstendamms liegen. Wir nehmen die S-Bahn zum Zoologischen Garten, dem ›Bahnhof Zoo‹, und steigen dort um in einen Bus. Vorbei an dieser Kirche, die so aussieht wie ein Bleistift, der beim Spitzen abgebrochen ist, und dann einmal über den Ku'damm. Im Hotel angekommen stellt sich heraus, dass wir auf drei Zimmer verteilt sind: eins für die Mädels und eins für Tom, und eins für Piet, Tibault und mich.

»Müssen wir mit *dem* in einem Zimmer sein?«, stöhnt Piet leise.

»Das sagt der Richtige«, erwidert Tibault, der es offensichtlich gehört hat. »Von deiner Scheißmusik krieg ich Ohrenkrebs.«

»Hör auf.«

»Den kriegen wir alle drei. So 'nen richtig schönen Ohrenkrebs mit 'ner fetten Ohrenchemo!«

»Halts Maul!« Noch nie habe ich Piet so aufgebracht gesehen. »Was weißt du schon!«

»Ich hab doch nur – «

Piet schmeißt seinen Rucksack in die Ecke. »Ich warte unten.« Die Tür wummert hinter ihm zu.

Nachdem wir uns rudimentär eingerichtet haben, geht es für uns alle weiter zum Alexanderplatz, wieder über den Zoo (Tibault: »Ach, *der* Bahnhof Zoo!«). Unterwegs machen wir auf Wunsch von Jessi noch einen kleinen Schlenker zum Brandenburger Tor.

Vor dem Tor stehen irgendwelche Leute mit gigantischen Postern. Frustrierenderweise ist es so gut wie unmöglich, ein Foto hinzubekommen, ohne dass diese Poster darauf zu sehen sind. Es handelt sich offenkundig um Werbung für eine Zahnpasta. Wir machen unser Foto schließlich mit Zahnpasta-Hintergrund, und dann fällt uns auf, dass wir Tibault verloren haben. Und dann hören wir lauten Hip-Hop aus dem neben dem Tor befindlichen Raum der Stille, und dann wissen wir wieder, wo Tibault ist, und dann kriegen wir natürlich Ärger wegen der Stille und dem Hip-Hop und weil sich beides »nicht gut miteinander vereinen« lasse. Tibault versucht zu argumentieren, dass Lil Fuzz durchaus Stille und Hip-Hop miteinander in Einklang bringe, und Piet, der sich Gott sei Dank wieder abgeregt hat, würgt ihn ab, und Tom spendet 5 Euro, und wir machen uns auf den Weg zum Alex. Als wir rüber in den Osten wechseln, beschleicht mich das komische Gefühl, dass hier irgendwo immer noch eine unsichtbare, schwer beschreibbare Grenze verläuft.

In der Bannmeile von Fernsehturm, Weltzeituhr und dem üblichen deutschen Innenstadtkommerz dauert es eine Weile, bis wir den richtigen Ort gefunden haben. Jede Wortkombination, das haben wir gelesen, umfasst nämlich ein kleines Quadrat von drei mal drei Metern. Verdammt präzises Raster also, mal so grob überschlagen für die ganze Welt betrachtet.

Und auch unsere Rasterfahndung muss präzise sein. Ich orientiere mich. Über mir: Himmel, bewölkt. Unter mir: Pflaster. Zigarettenstummel, Kaugummis, Dreck. Ugh. Um mich herum: Freunde (statisch), Passanten (sich mit konstanter Geschwindigkeit bewegend), Mülleimer (statisch).

»Das muss es sein«, sage ich. »Der Mülleimer. Natürlich.«

Jessi verzieht das Gesicht. »Du willst jetzt nicht in der Tonne da wühlen, oder?«

Nicht wirklich. Ich trete zögerlich an den Mülleimer heran. Bücke mich, knie schließlich widerwillig auf dem kaugummigeschädigten Berliner Pflaster. Vor mir, jetzt auf Augenhöhe: graue, schmutzige Tonne, in der ein gigantischer grüner Müllsack aufgespannt ist. Und in dem Müllsack gefühlt der ganze Dreck der Republik.

»Hey, das ist kein normaler Mülleimer«, sagt Tom plötzlich.

Schock. Ungläubige Blicke. Niemand von uns hätte gedacht, dass Tom jemals so ein niederes Wort wie ›Hey‹ benutzen würde.

»Ja, ganz bestimmt«, sagt Tom. »Die Berliner Mülleimer sind doch alle orange.«

»Alle?«

»Alle, die ich auf dem Weg hierher gesehen habe.«

»Ich hab keine gesehen ...«

»Na, du hast ja auch nur aufs Handy geschaut, Doofi!«

»Dieser Eimer«, fährt Tom in aller Seelenruhe fort, »wurde nicht von der Stadt Berlin aufgestellt.«

Jessi schaut skeptisch. »Meint ihr, der ist schon lange hier?«

»Meinst du, irgendjemand hat hier ne Mülleimercam oder so was installiert, und wir gucken uns jetzt den Scheißstream an?«, keift Tibault.

»Sag mal, geht's noch?«

»Leute«, mahnt Tom, und alles ist wieder gut.

Ich suche die grüne Folie und den Metallrahmen mit den Augen ab. »Wir müssen nicht im Müll wühlen«, stelle ich schließlich mit Erleichterung fest. »Da unten steht was.«

»Drei Worte?«, fragt Piet und kniet sich neben mich.

Ich nicke. Das Herz schlägt mir bis zum Hals, und ausnahmsweise fühlt sich das richtig an. »Handgeschrieben, mit weißem Filzstift – schau mal. Was steht da – ânesse?«

»Das ist verdammt schlecht zu lesen. Aber ich glaube – könnte das – Bibliothek?«

»... bibliothèque und min ... min ...«

»Minions?«

»Beeilt euch mal ein bisschen«, sagt Semra.

»Warte mal.« Ich mache zwei Handyfotos aus leicht unterschiedlichen Winkeln, rappele mich ächzend wieder auf und vergrößere sie auf dem Bildschirm. »Da steht ...minorons ...ja, minorons. Also ânesse, bibliothèque und minorons!«

»Sieh nach, ob das 'ne Koordinate ist.«

»Schon dabei ...« Piet, immer noch kniend, tippt auf seinem Smartphone herum. Sein Gesicht leuchtet auf. »Yes! Hobrechtstraße, hier in Berlin! Nahe Hermannplatz.«

»What the heck!«, sagt Tibault. »Da ist ja wirklich was dran!«

»Langsam kann das kein Zufall mehr sein«, meint Jessi.

»Ist es auch nicht!«, ruft Piet begeistert. »Sean, ich sag dir, ich SCHWÖRE, wir sind da 'nem ganz heißen Ding auf der Spur!«

Dieser Satz hängt mir nachtragend in den Ohren und scheint uns brutal auszulachen, als wir unser Ziel erreicht haben. Das Quadrat, das die Worte beschreiben, liegt exakt vor dem Eingang zu einem asiatischen Imbiss mit dem klangvollen Namen ›Pandemonious Panda‹ (Untertitel: »Für den Bärenhunger!«). Im Schaufenster dampfen die Woks.

»Nen ganz HEISSES Ding, was, Piet?« Tibault kriegt sich nicht mehr ein vor Lachen. Jessi und ich betreten den Imbiss, um nach möglichen Hinweisen zu suchen. Mein Magen grummelt, und kurz spiele ich mit dem Gedanken, mir eine Box to go zu kaufen. Die Preise sind jedenfalls ganz okay. Aber Jessi fühlt sich in dem Laden unwohl, weil es nach Hähnchen riecht, und drängt darauf, zu gehen.

Draußen ist Tom dabei, von seinem Handy auf den Laden und wieder zurück zu schauen.

»Sean, sieh dir das an«, sagt er und zeigt auf die Fassade. Ich folge seiner Geste und blicke auf eine schmale, unscheinbare Tür, die sich nur schwach von der schmuddelig-grauen Mauer abhebt, in die sie eingelassen ist. Das einzig Bemerkenswerte an dieser Tür ist ihr kleiner messingfarbener Türknauf, der in der Form eines filigranen Hasenkopfes daherkommt und so herrlich unpassend ist.

Tom zeigt auf sein Handydisplay. »Das Quadrat ist genau hier. Vielleicht ist gar nicht der Panda gemeint, sondern diese Tür.«

Piet tritt mutig nach vorne und dreht am Knauf. Mit einem Knarren öffnet sich die Tür. Dahinter erspähen wir einen halbdunklen Gang, der in eine Art Innenhof zu münden scheint. Von der aschfarbenen Wand blättert der Putz. An ihr ist ein erstaunlich auf Hochglanz poliertes Schild angebracht mit der Aufschrift ›Galerie: Kurt im Hasen‹ und einem Pfeil in Richtung Innenhof.

»Kurt im Hasen?«, fragt Tibault ungläubig. »Alter, war da jemand high!«

»Sollen wir reingehen?«, fragt Piet.

Wir folgen dem Pfeil in den Innenhof und dann noch einem weiteren zu einem Eingang, der bloß durch einen blauen Vorhang verdeckt ist. Von innen drängen gedämpfte Stimmen an unsere Ohrmuscheln.

Ich schiebe den Vorhang beiseite und trete als Erster ein. Der Gang dahinter ist nur schwach beleuchtet. An den Wänden hängen Gemälde und Fotografien. Ich versuche, etwas zu erkennen, doch da sind nur abstrakte Linien und verschwommene Flächen. Irgendwie ist die Atmosphäre auf den Bildern beklemmend; sie ergreift von mir Besitz, droht, mir die Kehle zuzuschnüren. Mit Erleichterung nehme ich in meinem Rücken die anderen wahr. Wir gehen schweigend vor in den Raum, in den der Gang mündet. Darin eine plastische Installation, eine große Maschine, in der ein Uhrzeiger zwischen zwei Zuständen hin- und herschwingt. Eine kleine Tafel mit Text ist darunter angebracht, doch im Halbdunkel kann ich den Text nicht lesen. Auf der anderen Seite, neben einem gelben Vorhang: die gigantische Plastik eines Kopfes, der auf Höhe der Nase quer abgeschnitten ist.

Der gelbe Vorhang wird zur Seite geschoben. Ein junger Mann mit Dreitagebart und aschfarbenen lockigen Haaren lugt heraus.

»Hi«, sagt er. »Willkommen bei Kurt im Hasen, Berlins am schwersten auffindbarer öffentlicher Galeria obscura. Wenn Sie zu unserer aktuellen Ausstellung irgendwelche Fragen haben oder eine Führung wollen ...« Er bricht ab und mustert uns aufmerksam. »Ach was, ihr seht voll gechillt aus«, beschließt er. »Kommt rein!«

Er hält uns den Vorhang beiseite. Zögerlich betreten wir einen Raum, der innen komplett blau ausgekleidet und durch eine eher schwache Deckenlampe beleuchtet ist. Darin keine Möbel, lediglich ein großer Perserteppich, auf dem im Kreis herum drei Menschen sitzen: ein älterer Mann, eine Frau etwa um die vierzig und ein Mädchen mit hochgesteckten roten Haaren, das uns mit einem enigmatischen Gesichtsausdruck mustert. In ihrer Mitte ein elegantes Teeservice, bis auf die Kanne weiß mit blauem Muster, das kenne ich von meiner Oma, Vorkriegsjahre vielleicht, dazu ein Teller mit Spritzgebäck.

»Ist das hier so ne Art Teezeremonie?«, murmelt Piet.

Das Mädchen mit den roten Haaren lächelt verhalten.

»Vielleicht«, sagt sie.

»Hockt euch hin und trinkt mit«, sagt der Lockenkopf, der mich irgendwie an vergilbte Panini von Paul Breitner erinnert, und lässt sich auf den Teppich nieder.

»Gerne«, nimmt Piet an, bevor ich widersprechen kann. Ich bin nach Semra, die ebenfalls zögert, der letzte, der sich hinsetzt. Mein Platz ist direkt neben dem Mädchen mit den roten Haaren. Als sie mir eine Tasse einschenken will, hebe ich abwehrend die Hand.

»Nein, danke.«

Sie hält inne. Ihre Hand ist nicht so rau und spröde und kaputt wie meine, und zittern tut sie auch nicht. Ihre Hand ist zart und cremefarben und riecht nach Mandeltraum, das kenne ich, das gibt's in der Drogerie. Die dunkelviolette Kanne, die so gut zu der weinroten Lederjacke passt, die sie über einem dünnen gelben Top trägt; die spiegelglatte Porzellantasse, fest in ihrem zarten Griff, und dennoch scheint sie in der Luft zu schweben.

»Na gut«, sagt sie schließlich und setzt beides wieder ab.

»Aber warum?«

Ich fühle mich zur gleichen Zeit seltsam wohl und unwohl in ihrer Gegenwart. »Na ja«, sage ich langsam. »Ich ... ich trinke nicht so gern ... von Fremden.«

Sie nickt verständnisvoll. »Hat mich am Anfang auch Überwindung gekostet.« Ihr Akzent ist osteuropäisch.

»Wirklich?«

»Ja.« Sie wirkt nachdenklich, während sie ihre Tasse mit beiden Händen umklammert, so als wolle sie sich an ihr wärmen. »Als Kind hatte ich immer mein eigenes Essen dabei, bei Ausflügen oder Geburtstagsfeiern. In der Schule. Meine Eltern wollten es so.«

»Und jetzt?«

»Jetzt ...« Erneut lächelt sie und schaut mich dabei an, und ich schaue sie an. Es liegt etwas Herausforderndes in Ihrem Blick, fast etwas Wildes, Ungezähmtes, das zu finden mich überrascht. »Es hat mich viel Kraft gekostet, diese Angst loszuwerden«, sagt sie entschieden. »Aber ich habe es geschafft. Ich bin sie losgeworden.«

»Wie heißt du?«

»Olga. Und Du?«

»Sean.«

»... ein ganz heißes Ding, echt!«, höre ich Piet lauthals behaupten. Die Umsitzenden schauen skeptisch, tauschen peinlich berührt Blicke aus. Tibault lacht unüberhörbar dämlich in seine Teetasse hinein. Ich muss grinsen. Piet hat den Tag offensichtlich aus großen Löffeln gefressen.

»Und ihr glaubt, dass die Lösung zu eurem Rätsel ausgerechnet hier zu finden ist?«, fragt der alte Mann. »In unserer Galerie?«

»Absolut! Das wird ne große Sache, ich schwör's!«

Olga dreht sich zu mir. »Redet dein Freund immer so?«

»Und ob«, sage ich.

Die Gespräche gehen weiter. Ich unterhalte mich vor allem mit Olga. Sie vertritt, wie sich herausstellt, die etwas gewagte These, dass Hygge das neue Aloe vera sei. Die anderen trinken weiter Tee und versuchen beharrlich, ihn mir anzudrehen. Olga bietet mir keinen mehr an. Damit ist sie mir grundsympathisch.

Paul Breitner, der hier anscheinend das Sagen hat, meint irgendwann, dass wir die Galerie gerne nach französischen Wörtern absuchen können, er aber nie welche gesehen habe und die aktuelle Ausstellung auch keine fremdsprachigen Texte beinhalte. Wir verbringen an diesem Tag noch ein, zwei Stunden in der Galerie. In der Zeit sind wir die einzigen Besucher dort. Olga zeigt mir die Werke. Sie ist vor zwei Jahren aus Russland nach Berlin gezogen, um Kunstgeschichte zu studieren und schreibt gerade eine Hausarbeit über die Ausstellung hier. Unseren Hinweis finden wir nicht. Wir besprechen uns in der Gruppe und kommen zu dem Schluss, dass heute einfach der falsche Zeitpunkt ist. Dass man im Leben ja auch oft auf Dinge warten muss, ohne zu wissen, wann sie eintreffen. Dass wir alle aus der Psychiatrie kommen (Paul Breitner ist erschreckend wenig überrascht über diese Information) und daher von Haus aus gut sind im Warten.

Und so beschließen wir, eben genau das zu tun, worin wir gut sind.

Und wiederzukommen.

STADT, DIE. SUBSTANTIV.

Weite Straße, allein unter vielen.

Hey, sage ich.

Hey, antwortet Berlin. Ich schrecke leicht auf, denn es spricht mit meiner Stimme. Vielleicht nur ein Echo?

P-polykarbonat, stammele ich. Es ist das erste Wort, das mir einfällt. Stand auf einer frischen, noch unplakatierten Werbetafel, an der ich gerade vorbeigelaufen bin.

Ich höre, wie Berlin missbilligend die Stirn runzelt.

Red doch keinen Unsinn, Sean.

Sorry, sage ich. Ich wollte bloß wissen, ob es dich wirklich gibt oder ob du mir nur nachplapperst.

Nachplappern, sagt Berlin verächtlich. Ich bin doch nicht das Regierungsviertel.

Ja, ich weiß. Tut mir leid.

– Sean?

Ich drehe mich um und blicke in Olgas Gesicht.

13. Kapitel
DIE VERKNÜPFUNG ZWEIER FÄDEN

Und so tritt Olga in mein Leben. Eines vorneweg: Olga hat vielleicht den Namen einer russischen Aristokratin. Doch ihr Benehmen entspricht dem so gar nicht. Noch nie bin ich einer Person begegnet, die sich so wenig um gesellschaftliche Konventionen schert wie sie.

In den darauffolgenden Tagen kehre ich täglich zur Galerie zurück. Ich stehe morgens mit den anderen auf, frühstücke schnell, dusche und mache mich dann auf den Weg in den Berliner Sommer – auf die Straße, dorthin, wo pralles Leben sich im Lichte vergänglicher Fröhlichkeit sonnt. Alles erscheint mir bunt, selbst das ewige Berliner Grau muss Farbe bekennen, wenn die Sonne in die Herzen der Menschen scheint, und in meines scheint sie. Mal bin ich mit Piet unterwegs, dann reden wir über Gott und die Welt, während wir auf dem Weg zur Galerie sind. Oft bin ich aber auch alleine, und während die anderen den touristischen Vergnügungen der Stadt frönen, sitze ich in der U-Bahn und schaue durch die Fensterscheiben, auf denen Tausende kleine Brandenburger-Tor-Symbole aufgedruckt sind, und hinter tausend Brandenburger Toren meine Welt.

Am ersten Tag komme ich genau zur selben Uhrzeit an wie Olga. Wir betreten gemeinsam die Galerie. Sie macht sich einen Tee, setzt sich dann in dem großen, blauen Raum auf den Boden und tippt auf ihrem Laptop. Gelegentlich steht sie auf, läuft zu irgendeinem Werk und steht dann eine Weile da, mit verschränkten Armen und nachdenklichem Gesicht, und ich gäbe alles dafür, zu wissen, was sie gerade denkt.

Aber ich frage sie nicht, und sie verrät es auch nicht. Stattdessen streune ich wie ein räudiger Fuchs durch die Ausstellung und weiß gar nicht, wonach ich eigentlich suchen soll. Um ein Uhr steht sie auf und fragt, ob ich mit ihr beim Asiaten um die Ecke was essen will. Wir bestellen und setzen uns hin. Sie nimmt sehr viel von der scharfen Soße und verzieht dabei nicht ein einziges Mal das Gesicht. Wir reden über Kunst. Sie mag Delacroix; ihr Lieblingswerk ist die Jeune Orpheline au Cimetière.

»Da ist etwas in ihrem Blick, das jeder versteht und von dem doch niemand genau sagen kann, was es bedeutet«, sagt sie in ihrem reizenden russischen Akzent, während sie mit den Stäbchen ein Stück frittiertes Hähnchen aufnimmt. »Jeder schaut an den Bildrand, dorthin, wohin sie blickt, und jeder sieht dort etwas anderes.«

Ich erzähle ihr von meinem missglückten Versuch, die Mona Lisa zu klonen.

»Ausgerechnet die«, lacht sie. »Das langweiligste Gemälde der Welt.«

»Warum?«, frage ich.

»Weil es keine Bedeutung mehr hat«, sagt Olga. »Weil so viel darüber nachgeforscht wurde, so viel darüber geredet, bis jegliche Bedeutung abhandengekommen ist. Es ist wie mit Che Guevara. Wann, denkst du, war Che Guevara tot?«

Ich kratze mich am Hinterkopf. »Äh, keine Ahnung. Aber er wurde in Bolivien getötet, oder?«

Olga lächelt. »Eben nicht«, sagt sie sanft. »Der war erst dann tot, als sein Gesicht das erste Mal in einem alternativen Laden auf ein T-Shirt gedruckt wurde.«

»Aber dadurch kennt ihn heut jeder.«

»Ja, und dadurch ist seine eigentliche Bedeutung verloren gegangen. So wie bei der Mona Lisa«, erwidert Olga schlagfertig.

In den folgenden Tagen komme ich immer gerade dann an der Galerie an, wenn auch sie auf dem Weg hinein ist. Anfangs glaube ich noch, dass es Zufall ist, und anfangs ist es das vielleicht auch. Irgendwann merke ich dann, dass es kein Zufall mehr ist, ebenso wenig wie unsere gemeinsamen Mittagessen beim Asiaten oder unsere Nachmittagskaffees, bei denen sie mir von Dadaismus und Kubismus erzählt und ich über Mathematik, über Primzahlen und die Riemannsche Vermutung und die Fibonacci-Folge spreche, die sie als Künstlerin natürlich kennt. Eines Tages rezitiert sie ein Lautgedicht, *Karawane* von Hugo Ball. Sie hat es ausgedruckt und gibt mir das Blatt mit. Am Abend kann ich nicht aufhören, es zu lesen, zunächst laut und dann nach Tibaults Protest leise vor mich hin murmelnd. Am nächsten Morgen ist das Blatt dennoch verschwunden. Ich ertappe mich verblüffenderweise dabei, wie ich erneut zur selben Uhrzeit wie Olga aufschlage, oder sie zur selben Uhrzeit wie ich? Ich wage kaum, diesen Gedanken von der Leine zu lassen.

Abends erkunden wir die Stadtlandschaften Berlins, in denen absolute Ruhe und äußerster Tumult immer nur ein paar Straßenlängen auseinander sind. Olga erzählt mir von ihrer Familie, die in der Nähe der sibirischen Stadt Irkutsk lebt, und von Moskau, wo sie als Kind aufgewachsen ist und das sie sehr vermisst. Ich erzähle ihr von meiner Familie und meiner Obsession mit Paris, von den mysteriösen Anrufen und dem Treffpunkt an der Place de la République, und sie erzählt mir, dass ihre Mutter oft Gilbert Bécaud gehört hat, *Nathalie* und so weiter. Und sie sagt, dass den Russen schwermütige Melodien gefallen, und ich sage, dass das bei mir genauso ist, und wir teilen uns die Ohrstöpsel und hören gemeinsam Coldplay, und ich erzähle ihr, warum ich die Band liebe, und sie zeigt mir Rimski-Korsakow und Vashti Bunyan, während rosige Wolken den Himmel für die Ankunft der Nacht vorbereiten. Wir trinken noch einen letzten Kaffee, obwohl es schon spät ist. Sie bleibt an Tischen selten ruhig sitzen, nimmt meistens ihren Becher in die Hand und spaziert im Café umher, vorbei an den anderen Tischen, von denen aus sie kritisch beäugt wird. Was sie jedoch nie stört, und irgendwann fange ich an, mit ihr zu laufen, trotzig auf und ab, und irgendwann stören auch mich die Blicke der anderen nicht mehr. Also trinken wir abends immer noch einen Kaffee, und dann trennen sich unsere Wege, immer an einer U-Bahn-Station – nie an derselben, doch immer an einer verdammten U-Bahn-Station, und ich fahre zurück Richtung Einsamkeit und sie vielleicht auch. Unsere Schnittmengen aufgelöst, unsere Geraden unaufhaltsam auseinanderlaufend. Und doch ist jede Trennung anders, keine wie die vorige. Ich spüre, wie irgendwo da draußen etwas zurückbleibt, Fäden vielleicht, unsichtbare Teilchen, unsichtbare Strings, die den Lauf der Welt für immer verändern werden.

Manchmal ist es bereits dunkel, wenn ich zurückkehre, und die Straßenlaternen leuchten mir heim. Dann stelle ich mir vor, jede Straßenlaterne sei eine verirrte Seele, die keine Ruhe gefunden hat und nun auf alle Ewigkeit dazu verurteilt ist, in der Dunkelheit Wache zu schieben. Und wenn einmal eine erlischt, hat sie doch endlich Ruhe gefunden. In unserer Straße sind gleich zwei dauerhaft erloschen.

Eines Morgens meint Jessi beim Frühstück, dass wir jetzt schon fast eine Woche hier sind. Ich starre aus dem Fenster der Bäckerei, in der wir sitzen. Im Hintergrund läuft das Radio, monotones Gesäusel, der Bundestag wird irgendein Gesetz erst nach der Sommerpause verabschieden ... Ich schaue nach draußen. Der Himmel ist bewölkt, die Tür steht offen, es ist schwül. Ich glaube, dass ein Gewitter ansteht.

Jessi sieht nachdenklich aus. »Meint ihr, dass es regnet?«

»Gestern hat es kurz geregnet«, sage ich leise. Zu kurz, um in die Geschichtsbücher einzugehen oder auch nur in irgendeine Abendzeitung. Die wenigen Tropfen sind verdampft, zu Luft geworden auf heißem Stein. Auf dem Rücken *ihrer* Hände.

»Alter, was heißt das, sich von einem Gesetz verabschieden?«, fragt Tibault und lacht. »Was für ne Sommerpause? Ich hab mich schon längst von allen Gesetz – «

»Ist euch schon mal aufgefallen, dass uns noch keiner sucht?«, unterbricht ihn Piet. »Keine Polizei, nix. Ich glaub, die haben nicht mal die geklauten Medis bemerkt. Ist das nicht phantastisch? Also meinetwegen kann's ruhig so weitergehen!«

Kann es das?, frage ich mich. Unheilvolle Wolken in der Ferne. Ominöses Grollen im Hintergrund, dann ein Blitz. Es passiert immer woanders, denke ich mir. Hier wird kein Regen fallen. Hier ist alles nur Luft, heiße, fließende, glühende Luft, und ich bin ein Teil von ihr.

We are moving in circles of a different kind
I wish your radius
I wish your radius was the same as mine

Ich bin glorreiche Luft, die sanft dahingleitet, als gäbe es kein Morgen. Als müsste ich mich nie wieder mit dem Konzept eines Heute oder eines Morgen auseinandersetzen. Ich muss an einen Spruch meiner Oma denken: Was kostet die Welt, ich will sie kaufen. Ich führe die Tasse an meine Lippen. Ein Schluck von dem heißen Gebräu, und schon nach ein paar Minuten fühle ich mich deutlich menschlicher. Und danke insgeheim ein weiteres Mal der Wunderdroge Kaffee für ihre Existenz.

So geht es weiter, und das Besondere wird Normalität, das Profane dagegen Phantasie. Irgendwann dämmert es mir, dass diese Zeit in meinem Leben verdammt seltsam ist, geradezu einzigartig. Und dann werde ich fast wehmütig, weil ich weiß, dass auch dies vergehen wird, und umso mehr, je intensiver man sich daran zu klammern sucht. Doch noch treffen wir uns jeden Tag, ihr Lächeln, ihre rotbraunen Haare, ihre 70er-Jahre-Frisur, ihre Gedanken, ihre Anmut, ihre Anwesenheit. Mittags sitze ich still neben ihr in der Galerie und sehe zu, wie sie Dinge schreibt – Wörter, Buchstaben, Welten, ich weiß nicht. Ab und an sieht sie auf und ertappt mich dabei, und dann dreht sie trotzig den Laptop von mir weg, und ich kann meinen Blick dennoch nicht abwenden. Die Zeit vergeht wie im Fluge. Am späten Nachmittag gehören uns die Stadt und der ganze Erdkreis. Wir sind viele, wir bevölkern die Spreeufer, verflüchtigen uns mit dem Bus ins Prenzlauer Nirgendwo, verzehren das Kottbusser Tor, vergraben uns in der Friedrichstraße in Bücher, retten uns vor Blitz und Donner in stickige Cafés, in denen die Luft nicht minder geladen ist, springen ohne Fallschirm direkt ins All und wieder zurück. Abends trinken wir Milchshakes oder alkoholfreies Bier oder Cocktails, atmen den Grillgeruch ein, die Leichtigkeit, während wir durch die Straßen laufen und die Lichter besingen, die Epik des Lebens, und dann und wann bleiben wir unter einer Laterne stehen und lauschen ihr, und dann hören wir, dass auch sie singt, über uns, unsere Vergangenheit, unsere Zukunft und unsere Pläne, und dann wissen wir, dass alles Lied ist, alles, was uns umgibt, und wir selbst, reinste Musik, die Musik der Sphären.

Und sie fragt mich, was der Sinn des Lebens ist, und ich erzähle ihr, dass der Sinn des Lebens auf der dunklen Seite des Mondes wohnt und wir diese nicht sehen können, und sie sagt, dass der Mond überbewertet ist, dass wir so an ihm hängen, weil wir nur einen haben, und andere Planeten haben viele, und dort reden nicht alle immer von Monden. Und sie fragt mich, ob ich mir vorstellen kann, worüber gerade die Bewohner dieses einen Sterns reden, auf den sie zeigt, und ich sage, dass ich es nicht weiß und dass ich überhaupt gar nichts weiß und dass mir das Angst macht, und sie sagt, hör mal, das ist okay.

Und dann sage ich ihr, dass ich denke, dass alles mit allem zusammenhängt. So viele Verbindungen, die wir uns noch nicht mal erträumen können. Jeden Tag erschaffen und reißen wir sie entzwei. Alles findet sich im Kleinen wie im Großen, alles findet man irgendwo wieder. An sich, sage ich ihr, ist die Welt vielleicht nach demselben Schema aufgebaut, nur in unterschiedlichen Größen, wie eine russische Matroschka. Flüsse und Blutgefäße, die Umlaufbahnen von Planeten und die von Elektronen, Walnusshälften und Hirnhälften, Brokkolistücke und Bäume, all das ähnelt sich, weil alles den Gesetzen der gleichen Physik gehorcht. Damit ist auch das ganze Universum in mir, und das meine ich jetzt nicht im Sinne dieses ganzen Esoterikkrams. Ich meine, das muss man sich erst mal vorstellen. Billionen Jahre Universum und Evolution resultierten ... in dir. Und mir. Alles hat sich verändert, während im Grunde genommen doch alles gleich geblieben ist. Und heute wissen wir nicht, wozu wir hier sind und warum und wohin wir gehen sollen. Wir, der moderne Homo sapiens sapiens, seines Zeichen Mäandertaler.

Das alles sage ich, und sie lächelt mich an. Und dann gibt es kein Morgen mehr, alles ist Jetzt. Und alles ist Traum, und alles ist Trance, und das ist das Einzige, was zählt, und dass sie hier ist.

Die WM plätschert weiter vor sich hin wie ein unergründlich satter und am Ende doch recht bedeutungsschwacher Springbrunnen. Irgendwann bemerke ich, dass Tage vergangen sind, ohne dass ich in nennenswertem Ausmaß an Fußball gedacht hätte. Die verkorkste Saison, die Franzosen, alles unendlich weit weg. Ich fasse mir an die Stirn und weiß nicht, was ich davon halten soll – der Beginn einer Krankheit, zweifelsohne.

In meinen Träumen sehe ich sie an und sage ihr: Siehst du, was mich am meisten stört an unserem Leben, ist diese Unvorhersehbarkeit. Die Bahn eines Asteroiden lässt sich berechnen, aber nicht die eines Elektrons. Das Schicksal des Universums können wir erahnen, aber sobald es an kleinere Dinge geht, stoßen wir an eine unumstößliche Grenze, so eine Art Abbé-Limit für Berechnungen, um jetzt nicht ständig Heisenberg zu bemühen. Unsere Ahnungen werden ungenauer und ungenauer, bis sie ganz obsolet sind. Wir können das biologische Verhalten von Kollektiven vorhersagen, aber nie das eines einzelnen Menschen. Und genauso ist das mit anderen Dingen. Nie wissen wir im Voraus, wenn wir einem Menschen begegnen, ob er ein weiteres belanglos an uns vorbeirauschendes Gesicht im Lebensstrom sein wird oder ob wir uns auf unserem Sterbebett noch nach seiner Umarmung sehnen werden. Oder wann wir einer geliebten Person das letzte Mal in die Augen sehen dürfen. Das, verdammte Scheiße, wissen wir immer erst, wenn es schon zu spät ist.

Das Abbé-Limit kann doch inzwischen umgangen werden, sagt Olga leise. Und ich merke, dass es kein Traum ist, sondern Wirklichkeit, und ich danke dem Universum und seiner Güte und der Asymmetrie von Materie und Antimaterie, die alles erst ermöglicht hat.

Abends liege ich wach, schwitze und starre die Decke an. Nichts ist mehr wie vorher. Nicht mal die Anrufe. Seitdem ich in Berlin bin: kein einziger Anruf mehr. Wie schnell man sich doch an Dinge gewöhnt – fast vermisse ich sie. Manchmal streame ich leise Sportradio übers Handy, höre mir Diskussionen über den Videoschiedsrichter an, während um mich herum alles schlummert. In dieser vollkommenen Blase der Abgeschiedenheit, die mich so jede Nacht aufs Neue einhüllt, schweifen meine Gedanken doch ständig umher. Ich höre die Sportberichte und kann nachher nicht mal mehr sagen, um welches Match es ging.

Morgens bin ich manchmal sogar vor den anderen wach und schaue der Stadt dabei zu, wie sie in die Gänge kommt, wie ein Zahnrad ins andere greift, von hier bis in die Unendlichkeit. Und dann fühle ich mich als Teil des großen Ganzen und dennoch seltsam fremd, so, als wären meine Gefühle von einer Art, wie sie noch kein anderes Wesen auf diesem Planeten jemals verspürt hat, außer *ihr*. Dann dämmert das Zeitalter der Menschen; Menschen, die zu ihren Bussen, Bahnen, Büros eilen, als müssten sie die noch unsichtbare Sonne in ihrem Lauf am Firmament einholen. Und wenige Minuten später bricht der Tag an und mit der Ankunft des Profanen eine undefinierbare Erkenntnis, die jeglichen Zauber verfliegen lässt.

Jetzt bist du schon so lange hier und weißt immer noch nicht, was du tun musst, sagt Berlin spöttisch.

Schnauze, geb ich zur Antwort.

Dann: der Beginn eines neuen Rätsels. Eines Morgens gehe ich mit Piet zur Galerie und staune nicht schlecht. Inmitten der Fotos und Infotäfelchen hängt plötzlich eine weitere Tafel, die gestern Abend bestimmt noch nicht da war. Die Tafel, keine 10 × 15 cm groß, scheint aus weißer Keramik zu sein und ist kunstvoll mit Gold umrandet; meiner Oma hätte der Stil gefallen. Darauf hat jemand mit einem goldfarbenen Filzstift folgenden Text geschrieben:

DE LA DÉSOBÉISSANCE À L'ALOUETTE
DU STANDARDISTE MARINONS
DU SERMENT À L'HILARITÉ

»Was zum Teufel ...« Piet kratzt sich am Kinn. Unser lockiger Freund kommt hinzu. Er könne sich nicht erklären, wie die Tafel hier hereingekommen sei, abgeschlossen sei die Galerie aber auch selten, insofern sei alles möglich.

»Es sind vermutlich zwei Sätze von Koordinaten«, sage ich nachdenklich, während ich mein Notizbuch zücke und mir die Wörter aufschreibe. »Gib mal ein: Désobéissance.standardiste. serment ... und dann die anderen drei.«

Piet tut, wie geheißen. »Volltreffer! Die erste Koordinate ist am Kürfürstendamm, Ecke Bleibtreustraße ... ah ja, direkt an ner Haltestelle, die auch so heißt, Bleibtreustraße. Und die zweite – hm ...«

Die zweite Koordinate befindet sich, wie sich herausstellt, auf der anderen Seite der Stadt in der Pflügerstraße, Ecke Pannierstraße, gar nicht weit von hier.

»Eins verstehe ich aber nicht«, meldet sich der Lockenkopf zu Wort, und bei dieser Gelegenheit fällt mir auf, dass wir ihn immer noch nicht nach seinem Namen gefragt haben. »Warum *zwei*? Wenn ich euch richtig verstanden habe, habt ihr doch bisher stets nur eine Koordinate bekommen, und da musstet ihr dann hin. Wenn ihr von der Bleibtreustraße oder was auch immer in die Pflügerstraße sollt, hätte doch die Angabe ›Pflügerstraße‹ gereicht, oder?«

»Stimmt«, sagt Piet. »Mist. Irgendwas kapieren wir hier nicht ...«

»Es sei denn«, setze ich bedeutungsschwer an, während

138

mein Gehirn noch unter Hochdruck die Inhalte zu produzieren sucht, die eine solche Dramatik auch nur ansatzweise rechtfertigen, »es sei denn, es ging ihnen diesmal nicht um das Ziel, sondern den Weg dorthin. Die Information könnte in der Strecke chiffriert sein.«

»Du meinst den Weg? Es gibt tausend Möglichkeiten, in Berlin von A nach B zu kommen – dann noch bei Orten, die so weit auseinanderliegen!«, meint Piet.

Ich schließe die Augen. Die Muster, die ich sehe, wenn meine Augen zu sind, haben sich durch die Medikamente verändert. »Ein Bus«, sage ich intuitiv. »Du hast doch gesagt, da gebe es ne Haltestelle an der ersten Koordinate. Vielleicht gibt's ja eine Buslinie, die zwischen den beiden Punkten verkehrt.«

»Das kann ich euch sagen«, sagt Paul Breitner, und spätestens jetzt bin ich peinlich berührt davon, dass ich nicht nur nicht seinen Namen weiß, sondern auch nicht, was er eigentlich hier in der Galerie macht. »Ernsthaft. Ihr könnt gerne nachschauen, aber ich bin mir sicher, weil ich ihn selber oft benutze, den M29. Fährt den Ku'damm entlang und endet hier in der Nähe.«

Wir schauen uns an. »Verdammt«, sagt Piet. »Danke, äh, also danke, du da. Lass uns den anderen Bescheid sagen und dann nichts wie hin!«

Im Flur passieren wir Olga, die stehen bleibt. Piet geht schon mal vor. Olga fragt mich, ob wir frühstücken gehen wollen. Vor mir tut sich das gesamte Spannungsfeld des Universums zwischen Ähnlichkeit und Verschiedenheit auf, und der Zeiger, als wäre er gelenkt von irgendeiner höheren Macht, schlägt aus. Ich sage Olga, dass ich dringend irgendwohin muss.

ENDLICHKEIT, DIE. SUBSTANTIV.

Vom Ticken der Uhrzeiger blutet mir das Herz.

Und ich weiß, Zeit ist endlich, und diese Zeit ist kostbar, dieser Moment, diese Brust wird nicht für immer atmen, draußen in der Unendlichkeit sind meine Atemzüge bereits gezählt, alle fein einzeln nummeriert, und sie werden von einer Liste gestrichen, sauber gestrichen, aber verdammt, ich kann sie nicht wertschätzen, kann ihren Wert mit meiner Mathematik gar nicht erfassen, meine Währung kennt solche Beträge überhaupt nicht, und ich hab ständig das Gefühl, etwas zu verpassen, ich passe, aber da ist kein Spieler, da ist noch nicht mal ein Tor.

14. Kapitel

IMPULSERHALT

Wir steigen an der Bleibtreustraße in den Bus M29 ein und nehmen ihn bis zur Endhaltestelle. Der Bus durchquert die volle Länge des Ku'damms und der Tauentzienstraße und fährt dann, vorbei an der Spree und ein paar Regierungsgebäuden, Richtung Neukölln. In und um den Bus herum fällt uns nichts auf, was einen weiteren Hinweis für unser Rätsel darstellen könnte. Als wir an der Pflügerstraße aussteigen, stehen wir allerdings sofort vor einem Déjà-vu: vor uns wieder ein asiatischer Imbiss, diesmal ohne Woks im Schaufenster und auch ohne mysteriösen Seiteneingang. Daneben praktischerweise gleich ein chinesisches Meditationszentrum, wo man vor oder nach oder, wenn es nach Tom ginge, bestimmt auch während des Verzehrs von gebratenem Reis und Hühnchen das Qi in den Fluss bekommen kann. Auf der anderen Seite ein Musikinstrumenteladen, in dessen Schaufenster elegante E-Gitarren in den schönsten Lackierungen stehen, deren Preise mir allerdings gleichermaßen den Atem stocken lassen.

Wir suchen die Umgebung ab und finden erneut: nichts.

Piet hockt sich auf den Boden. »Und jetzt?«

»Jetzt werfen wir was ein und sehen die Welt in Fraktalen«, sagt Tibault unvermittelt, und ich bin verwundert, dass er Fraktale kennt. »Soll voll krass sein«, fährt er mit leuchtenden Augen fort, »Mandelbrot und so.«

»Ist das was zum Essen?«, fragt Semra.

»Nein«, sagen Tom und Tibault zeitgleich.

»Ja, und ne Psychose kannste dir auch holen. So nen Scheiß mach ich nie wieder«, sagt Piet.

»Leute, habt ihr schon mal über Qigong nachgedacht?« Jessi ist vor dem Meditationszentrum stehen geblieben und betrachtet die Aushänge an der Wand. »Schaut mal. Kostenlose Probestunde jeden Donnerstag um fünf. Heut ist Donnerstag!«

»Was sollen wir denn mit so nem Quatsch«, meint Tibault, und ich bin ausnahmsweise geneigt, ihm zuzustimmen.

»Vielleicht eine Art spirituelle Erleuchtung«, sagt Tom. »Also, dass man lernt, wie man glücklich wird.«

»Seid ihr nicht glücklich?«, fällt uns plötzlich eine Stimme in den Rücken.

Ich fahre herum. Der Mann, der uns angesprochen hat, trägt ein kurzärmeliges Batikhemd, kakifarbene Shorts, Flipflops, eine Sonnenbrille und vor allem ein breites, blitzblankes Lächeln in seinem braun gebrannten Gesicht.

»Wie bitte?«

»Seid ihr nicht glücklich?«, wiederholt er nachdrücklich, und ich muss plötzlich an meinen ersten Tag in der Klinik zurückdenken und an Erwin und den Tee.

»Na ja, kommt drauf an, was man unter Glück versteht«, sagt Piet.

»Sind aus ner verkackten Psychiatrie abgehauen und gurken jetzt in Berlin rum, falls es das ist, was du unter Glück verstehst!«, erwidert Tibault launisch.

Der Mann lächelt. »Ah, Psychiatrie. Dann müsst ihr doch auf der Suche nach dem Glück sein, nicht wahr? Aber das Glück, Freunde, liegt auf vielen Straßen. Man kann es in Menschen finden und in der Natur und in der Liebe – «

»Alter, komm zum Punkt«, stöhnt Tibault.

Der Mann strahlt ihn an. Etwas in seinem Blick gefällt mir nicht, er ist irgendwie *zu* gütig. Und die Zähne sind bestimmt nicht echt.

»Ich hab ihn sagen hören«, er zeigt auf Tom, »dass ihr spirituelle Erleuchtung sucht. Ich kann euch Erleuchtung bieten.« Anschließend faltet er mit einer kleinen Verbeugung die Hände. »Namaste. Ihr könnt mich Manni nennen.«

»Das ist ein indischer Name«, flüstert Piet ehrfurchtsvoll.

»Das kommt von Manfred«, sagt der Mann trocken.

Tibault bekommt einen Lachanfall.

»Namaste«, sagt Tom.

»Ich halte jedes Jahr spirituelle Kurse. Hier in Deutschland, aber auch in Indien. In Indien habe ich nämlich studiert«, fährt der Mann unbeirrt fort. »Ich verfüge über mehrere Zertifikate und Auszeichnungen von spirituellen Meistern.«

Im Nachhinein hätten wir uns wohl spätestens an der Stelle fragen sollen, warum ein preisgekrönter spiritueller Guru es nötig hat, in Neukölln Touristen auf der Straße anzuquatschen.

»In den 90ern war ich betraut mit der Leitung einer großen Schule in der indischen Hauptstadt ... Neu-Delhi«, fügt er hinzu und muss dabei erstaunlich lange nachdenken. »Ihr seht verloren aus. Ich kann euch einen einstündigen Kurs anbieten, der euch zur Erleuchtung führt. Viel effektiver als das, was ihr in dieser Qigong-Stunde lernen würdet. Danach müsstet ihr nicht einmal mehr zurück in die Psychiatrie.«

Wir sehen uns an. »Ich würde gern mitmachen«, sagt Tom langsam. »Wir haben doch sowieso gerade nichts zu tun, oder, Sean?«

»Also ich weiß nicht ...«

»Für euch mache ich auch einen Freundschaftspreis«, wirft Manni ein.

»Du bist immer so skeptisch!«, wirft Jessi mir vor. »Lasst es uns doch probieren – was haben wir schon zu verlieren?«

Nur fünfzig geschlagene Euro, wie sich anderthalb Stunden später herausstellen wird. Lehrgeld, würde meine Oma jetzt sagen. (Gott sei Dank welches, das Toms Geldbörse entstammt.)

Der Guru schleppt uns einmal um den Block in eine dubios aussehende Straße und dann vier Treppen eines Altbaus ohne Aufzug hoch in eine noch fragwürdigere Wohnung, die vollgestopft ist mit Teppichen, Klangschalen, Duftkerzen, ayurvedischen Ölen und Hindugöttern und (auch das hätte uns Warnung sein sollen) einer überlebensgroßen Statue von Buddha.

»Dies ist also der Ort meines Seins, nicht wahr«, kündigt er bedeutungsvoll an. Ich trete als Letzter durch die Tür, völlig außer Atem. Wir setzen uns in einen Kreis auf den Boden. Unter den wachsamen Augen Buddhas erzählt uns der Guru, der unter seiner Sonnenbrille ein faltiges Gesicht versteckt hat, irgendeinen Schwachsinn von Transzendenz und Chakren und fordert uns auf, die seltsamsten Körperstellungen einzunehmen. Für die meisten Verdrehungen bin ich viel zu fett. Nach einer knappen Viertelstunde sagt Tibault, dass er eine Pause braucht, und bleibt klugerweise für den Rest der Stunde verschwunden. Der Rest von uns müht sich weiterhin, unter dem Permanentlächeln unseres modisch in den 60ern hängengebliebenen Freundes der Erleuchtung einen Deut näher zu kommen.

Irgendwann halte ich sein Tschernobyl-Dauerstrahlen nicht mehr aus und frage genervt:

»Also Manni, warum siehst du so glücklich aus?«

»Nun, ich bin verliebt, nicht wahr?« Pause.

»Ach ja? In wen denn?«

Eine tiefe Furche zieht sich über die Stirn unseres Gurus.

»Was ist eigentlich los mit den Menschen, die immer Bezugs-wörter für ihre Sätze brauchen. Immer müssen sie in *jeman-den* verliebt sein, immer *auf etwas* hinarbeiten, Dinge *zu einem Zweck* tun. Ich liebe in jeder Sekunde meines irdischen Da-seins, deshalb bin ich glücklich, nicht wahr?«

Manni dreht uns den Rücken zu und zündet zwei Räucher-stäbchen an, die uns vermutlich den Rest unserer Sinne ver-nebeln sollen.

»Leichtfertiges Eso-Geschwurbel«, flüstert Piet hinter sei-nem Rücken.

»*Nicht wahr?*«

»Psst!«

Mehr verstrahlt als erleuchtet sind wir eine knappe halbe Stunde später zurück am Imbiss, wo uns Tibault, lässig an die Mauer gelehnt, erwartet. Nebenan schleppen ein paar Asiaten, vielleicht Chinesen, von einem Lieferwagen Kisten ins nun ge-öffnete Meditationszentrum.

»Alter, was war'n das für 'n Kack?«, sagt er laut.

»Na ja, man muss offen sein für Neues«, meint Jessi, doch ich sehe ihrem Blick an, dass auch ihre Erwartungen weit un-terboten wurden.

»Hat der doch glatt nen Buddha in der Wohnung.« Piet schiebt sich einen Kaugummi in den Mund. »War schon arg schräg.«

»Und 50 Euro hats gekostet«, sagt Tom traurig.

Niemand bietet ihm an, für einen Teil des Geldes aufzu-kommen.

Die Chinesen sind indessen auf uns aufmerksam geworden. Ein Mann und eine Frau kommen auf uns zu. »Sagt mal, ihr seid doch nicht diesem Schwindler da auf den Leim gegangen, oder?«, fragt der Mann.

Piets Gesicht gefriert. »Was meinen Sie damit?«

Der Chinese und seine Frau schauen sich an. Ein mitleidiges

Lächeln umspielt die Lippen der Frau. »Ist kein Guru«, sagt sie. »Ist ein Betrüger.«

Gellend laute Stille zwischen uns.

»Kann passieren«, sagt die Frau weiter. Unsere Gesichter müssen unglaublich traurig aussehen, denn wenig später tauscht sie einen vielsagenden Blick mit ihrem Mann und sagt dann: »Kommt, esst mit uns. Ihr seid eingeladen.«

Zwei geschlagene Tage verbringen wir die meiste Zeit damit, uns die Straßen Berlins durch die verschmutzten Scheiben schadstoffausstoßender Schaukelgefährte anzuschauen. Genauer gesagt, sind es immer dieselben Straßen, dieselben Bäume (Warum ist ein Baum ein Baum? Existiert der Mond, wenn ich nicht hinschaue? Ich schwöre euch, repetitive Busfahrten führen einen unweigerlich ins Metaphysische), denn es sind ja auch Busse ein und derselben Linie, immer der M29. Wenigstens sind es meistens schöne Doppeldeckerbusse. Gegen Mitte des zweiten Tages habe ich das Gefühl, dass die Busfahrer uns kennen. Sie schauen uns zumindest kritisch an, wenn wir einsteigen, wobei das nicht unbedingt was zu sagen hat, denn Busfahrer schauen ja bekanntermaßen immer kritisch und reden selten, und von dem wenigen, das sie reden, bestehen nicht nur in der Stadt der Schnauze 90 Prozent aus Gemeckere und vielfältig interpretierbarem Brummen und nur 10 Prozent aus Freundlichem/Erheiterndem/Verwertbarem (alle Angaben wie immer ohne Gewähr).

Aber wir verhalten uns alle vorbildlich und zeigen brav unsere Tageskarten vor, und außerdem ist Jessi bei uns, und das heißt, dass wir so rüpelhaft ja nicht sein können, oder vielleicht overthink ich das jetzt alles wieder, aber na ja! Jedenfalls bekommen wir keine Probleme, obwohl wir ständig von A nach B und dann wieder zurück nach A rumgurken. Und schließlich sieht man uns ja auch nicht an, dass wir aus ner Klapse ausgebüxt sind. Schließlich sieht man ja meistens niemandem auch nur irgendwas an, und das mag in gewisser Weise auch gut sein, denn ganz gleich, ob wir Erwin, Olga oder XYZ heißen, was sind wir anderes als Mitglieder derselben Spezies, die auf einem Stück Fels durchs All braust? Nieder mit dem Schubladendenken und vorschnellen Urteilen, und Revolution morgen 12 Uhr, denke ich beschwingt.

In dieser Zeit des Hin und Her schwirren die verschiedensten Theorien bezüglich des nächsten Hinweises umher. Wir schauen uns den Linienplan an, versuchen, irgendwelche Wörter aus den Namen der aufgelisteten Haltestellen abzuleiten – vergebliche Liebesmüh. Ich kritzele die Buchstaben auf einen Zettel und bringe ihn zu meinen Nachmittagstreffen mit Olga mit. Ich bin fast von Stolz erfüllt, als ich ihr auf der Caféterrasse den Zettel hinschiebe, als müsste ich ihr beweisen, dass ich auch etwas *tue*, dass es einen Grund hat, dass ich hier bin. Olga hört sich meine Theorien an und sagt zunächst einmal: nichts.

Und als ich lang genug nachbohre, schließlich: »Das ist Unsinn.«

Ich klammere mich an dem Pott Kaffee fest, der zwischen uns auf dem Tisch steht. Sie nimmt ihn mir aus der Hand und gießt uns ein, als könnte das Geräusch den Missklang übertönen, diese Störung in der Wellenfunktion, die gerade vorgefallen ist. Ich höre mir an, was sie zu sagen hat, und es ist viel. Dass da keine verborgenen Bedeutungen hinter den Buchstaben stecken, dass die Anrufe bestimmt nur ein Streich oder ein Missverständnis seien, dass ich mir einen tieferen Sinn nur einbilden würde. Der Kaffee schmeckt bitter. Ich versuche, Olga davon zu überzeugen, dass ich recht habe, aber in ihrem Blick sehe ich, dass es bei ihr nicht ankommt. Ich erkenne den Blick wieder, es ist derselbe, den die Apothekerin Tom zugeworfen hat, und da weiß ich, ich bin erledigt. Ich lege die Münzen auf den Tisch, ich habe mich verkalkuliert, für ein Trinkgeld habe ich nicht genug dabei, also bloß die Münzen für den Kaffee. Olga sagt, dass sie noch ein bisschen bleiben will. Beim Verlassen der Terrasse sehe ich, wie Olga aus ihrer Geldbörse ein Geldstück herauszieht und es drauflegt, das Trinkgeld. Irgendwie regt mich diese kleine Handlung wahnsinnig auf, und das Schlimmste ist, ich kann mir nicht einmal erklären, warum. Nur, dass sich irgendwas verschoben hat zwischen uns – die Mitte, die Mitte der Dinge, gibt es so was überhaupt? Bei meiner Rückkehr steige ich in den falschen Bus ein und merke es erst nach einer Dreiviertelstunde.

Am Abend stürmt Frankreich allerdings mit Umtiti und Mbappé ins Finale, und es ist, als fiele mir eine Last von den Schultern. Unglaublich! Ich umarme Tom. Der reagiert überrascht, und da fällt mir ein, dass ich den anderen noch gar nicht von den Tickets erzählt habe.

»Die nächste Runde geht auf mich«, sage ich und gestikuliere wild zur Bedienung des Lokals, in dessen Außenbereich wir sitzen. Das ist natürlich Quatsch, gar nichts geht hier auf mich, die Quelle von allem ist ohnehin Tom. Aber er lässt uns großzügigerweise in der Illusion leben. »Ich muss euch was sagen.«

Dann erzähle ich ihnen alles – das Gewinnspiel, die Tickets, die Fanzone, Paris, VIP! Vor allem Letzteres versuche ich ihnen verzweifelt zu verklickern. Die anderen checken einfach nicht, was das bedeutet. Ich trinke aufgeregt meinen Virgin Mojito aus, lasse das Glas auf die kühle Tischoberfläche aufschlagen, will beinahe noch einen bestellen, aber von so viel Zucker würde mir nur schlecht. »Ihr könnt alle mit! Ich hab genug Karten für …« Ich zähle die anderen ab. »Na ja, vier zumindest!«

Meine Euphorie stößt auf wenig Anteilnahme. Semra schaut mich gar nicht an, Tibault hat eine gelangweilte Miene aufgesetzt. »Klingt, als läge dir viel daran«, sagt Tom schließlich –

auch er mehr nachdenklich denn begeistert. »Aber erstens sind wir fünf, also könnten wir eh nicht alle mit. Und zweitens sind wir doch jetzt in Berlin wegen dem Rätsel«, meint er. »Wir müssen erst noch den nächsten Hinweis finden, oder?«

Damit hat er recht. Ich stochere mit dem Halm zwischen den Minzblättern und halb geschmolzenen Eiswürfeln am Boden meines Glases herum. Und denke an den Pott Kaffee, der zwischen uns stand, und den Missklang, den ich jetzt gerade wieder heraushöre. Kurz vor dem Spiel heute habe ich Olga noch mal angerufen, sie zur Rede gestellt. Warum sie mir bei der ersten Sache, die meinem Leben einen Sinn gegeben hat, so vehement den Sinn absprechen würde, hab ich gefragt.

»Wovor rennst du weg?«, war ihre Antwort. Und dann wollte ich ihr sagen, dass ich überhaupt nicht wegrenne, aber dann habe ich wieder diesen Blick vor meinem inneren Auge gesehen, und der Mut hat mich verlassen, und ich habe die dümmste Antwort aller Zeiten gegeben, nämlich »weiß nicht«. Und dann habe ich schnell aufgelegt, bevor ich die Gelegenheit hatte, noch mehr Scheiße zu reden. Nicht schlimm, hab ich mir gesagt, das regele ich einfach ein andermal.

Aber wenn sie nun doch recht hat und alles Schwachsinn ist? Tatsächlich haben wir immer noch keinen Zettel, kein Plakat, keine verdächtige Werbung, die irgendwie ins Schema passt.

Bis zum darauffolgenden Morgen. Piet und ich sind als Erste aufgestanden, haben uns, groggy, wie wir morgens nun einmal sind, erst mal mit Brötchen und Kaffee eingedeckt und sind dann zur Bleibtreustraße gelaufen. Piet fragt mich, was jetzt eigentlich mit Olga sei, ich frage, was denn schon mit ihr sein soll, er zuckt mit den Schultern und sagt, ach nichts, und ich sage, ja, da ist nichts, und dann wechseln wir das Thema. Der M29 kommt, fährt los, wir hintendrin im aktuell ziemlich leeren Bus. Piet schlürft laut seinen Kaffee und beginnt gerade zu erzählen, dass er gestern zum ersten Mal Heimweh verspürt habe, da erblicke ich ihn: einen Aufkleber an der hinteren Fensterscheibe, nicht viel größer als ein Kassenbon. Wir hangeln uns zur letzten Sitzreihe durch und nehmen ihn in Augenschein. Genau drei Wörter stehen darauf.

ÄHNLICHE
LOYALITÄT
MORGEN

»Wow«, sagt Piet. »Aber falls das unser Hinweis ist, sollte der nicht französisch sein?«

Im Grunde genommen, ja. Aber was anderes haben wir eben auch nicht gefunden. Und das benutzte Schema (drei scheinbar unzusammenhängende Wörter, keine weitere Angabe, kein Urheber) scheint mir doch zu identisch zu unseren vorigen Hinweisen, um reiner Zufall zu sein. Piet holt sein Handy raus und öffnet die What3Words-App. Dann beginnt es wieder, beinahe unterschwellig an meinem Handgelenk, und arbeitet sich immer weiter vor. *Oh no.* Ich horche auf den Puls, er ist zu schnell. Kreislauf. Wird immer schneller. Draußen Häuser, Spiegelungen, Scheibe, egal. Ich stehe neben mir.

»Es ist nur eine Panikattacke!«, sage ich laut.

»Hey! Alles okay bei dir?«

Realitätsriss. Kontrolle behalten.

Vier Sekunden einatmen, sechs Sekunden aus. Ich wende mich Piets besorgtem Gesicht zu.

»Ja ... sorry.«

»Kein Problem«, meint er. »Ist es jetzt besser?«

Ich atme noch mal tief ein und aus. *Nur eine Panikattacke.*

»Ich – ich glaub schon. Die Wörter – hör mal, gib sie auf Französisch ein.«

»Okay, und was genau?«

Gott sei Dank regelmäßig, der Puls. »Pareil, loyauté und demain.«

Piet zögert und hält mir dann sein Handy hin. »Mach's lieber selber.«

Mit meinen zittrigen Händen braucht es mehrere Anläufe, bis ich alles korrekt eingetippt habe. Doch was ich dann sehe, wirft mich vollends aus der Bahn. Eine Koordinate ist es, natürlich, was denn sonst – doch sie liegt nicht einfach irgendwo in der Welt.

Es ist eine Koordinate in Paris.

Ausgerechnet Paris. »10 Passage Briare«, flüstere ich ehrfürchtig. Meine synaptischen Signale überschlagen sich; ich habe das plötzliche Bedürfnis, von meinem Sitz aufzuspringen, alles andere ist vergessen.

»Bitte was?«

»Wir müssen nach Paris«, sage ich atemlos.

Piet schaut verdutzt auf den Bildschirm. »Interessant«, meint er und klingt dabei verdammt unenthusiastisch. »Würde dir ja auch ganz gut passen wegen dem Fußball, oder? Das müssen wir aber erst mit den anderen – HEY – warte …«

Ich habe auf den Halteknopf gedrückt, ziehe zuerst den Aufkleber von der Scheibe und dann, sobald die Tür öffnet, Piet mit mir raus ins Freie, wo die Hitze aufs Neue mit ihrem unerbittlichen Tagewerk begonnen hat.

Zurück im Hotel blicken wir in ratlose Gesichter.

»Ich frage mich«, tut Tom schließlich langsam und andächtig die allgemeine Meinung kund, »wozu diese Schnitzeljagd in Berlin nötig war, wenn am Ende doch alles auf Paris hinausläuft. Sean, bist du sicher, dass du das nicht nur wegen dieser Tickets sagst?«

»Ja, wozu das Ganze? Das macht doch keinen Sinn.«

»Also ich würd schon gern Fußball sehen!«, wirft Jessi zu meiner Überraschung ein.

»Mensch Jessi, darum geht's doch gar nicht!«

Und dann komme ich in ein Dilemma. Insgeheim weiß ich

natürlich, dass es keinen Sinn ergibt. Verdammt, sogar die Anrufe kamen nicht mehr! Und doch weiß ich ebenso sicher, dass ich alles tun werde, um die anderen dazu zu bewegen, mit nach Paris zu kommen. Denn dieser Hinweis, dieser Wink in Richtung Paris, ist nicht irgendwas. Das ist *meine* Chance – eine Art höherer Sinn, wenn man so will. Die VIP-Karten fürs Public Viewing. Größte Fanzone, Eiffelturm. Irgendwie, so glaube ich, war immer alles dazu bestimmt; sind all die Atome da draußen, dieses treue Fußvolk möglicher Universen, nur darauf angelegt gewesen, mich nach Paris zu führen – zurück an meinen Geburtsort. Es ist vielleicht Zeugnis meines Geisteszustandes an diesem 11. Juli des Jahres zweitausendundachtzehn, dass ich diese Idee gleichermaßen vermessen wie attraktiv finde.

Dann ist da noch mein verlorengegangener halber Bruder. Und natürlich noch meine Verabredung mit Unbekannt. 17. Juli, 20.00 Uhr. Nein, euch habe ich nicht vergessen.

Und Olga. Auch dich habe ich nicht vergessen, denke ich großspurig. Doch ist das wahr? Meine Gedanken sind Fraktale, meine Gefühle tragen unzählbar viele Kommastellen. Ich selbst eine irrationale Zahl, den Riss in meinem Herzen kann man nicht als Bruch darstellen. Meine Gedanken flüchtige Verbindungen, die verdampfen, ehe man hinsehen kann.

Glücklicherweise pflichtet Jessi mir bei, wenn auch sie aus völlig anderen Gründen nach Paris möchte (»Geile Shopping-Möglichkeiten!«).

Ich nehme meinen ganzen Mut zusammen und spiele die letzte Trumpfkarte aus, die in meinem T-Shirt-Ärmel sitzt. »Unser letzter Hinweis war doch: von der Bleibtreustraße in die Pflügerstraße. Na, und ratet mal, was das in Sachen Anfangsbuchstaben bedeutet. Von B … nach P!«

Badass Level: 200. Aber so macht man das eben als träge Masse, die ihre Richtung nicht ohne signifikanten Energieaufwand ändert. Und diese Richtung führt nun eindeutig nach Westen.

Tibault kriegt den Mund nicht mehr zu. »Okay, okay. Vielleicht ist es doch kein Zufall«, gibt er kleinlaut zu. »Mir isses egal. Von mir aus können wir.«

»Mir ist es auch egal, Sean«, sagt Semra ausdruckslos.

Tom sieht nach wie vor skeptisch aus, meint aber, dass er sich der Gruppe anschließe.

»Piet?«

»Wenn's sein muss«, seufzt er.

»Sag mal, was ist denn eigentlich los? Erst bist du Feuer und Flamme, dann hast du plötzlich keine Lust mehr.«

»Tut mir leid.«

»Ja, was jetzt? Was ist los?«, hake ich nach.

Piet spielt an seinem Nasenpiercing herum und schaut betreten auf seine Füße. »Ach, es ist nichts ... also, na ja, eigentlich ...«

»Komm schon«, sagt Jessi.

»Es ist – meine Mom. Sie ist – krank. Also ...« Er seufzt. »Was ich meine, ist, sie ist scheißkrank. Hat nen scheißverdammten Krebs, unheilbar. Habt ihr euch schon mal gefragt, warum ich nie da war an den Wochenenden?« Er schaut plötzlich auf, sieht uns eindringlich an. »Weil ich sie da immer besucht habe. In ihrem Krankenhaus. Und ich kann das einfach nicht mehr. Ich mach das nicht mehr mit.« Sein Blick gleitet zu mir, seine Stimme bricht.

»Sean, als du mir von diesen Anrufen erzählt hast, da hatte ich zum ersten Mal einen Grund, nicht hinzugehen. Ne Aufgabe. Verstehst du? Das Rätsel, und als wir dann nach Berlin sind – das war einfach das Beste, was mir passieren konnte.«

Ich bin sprachlos. Nie hätte ich ihm das angesehen, nicht ihm, nicht Piet – aber da wären wir wieder, was kann man den Menschen denn überhaupt ansehen? Gar nichts, verdammt noch mal.

Tibault streicht ihm beinahe zärtlich übers Haar. »Ach Pietey.«

»Wie lang hast du sie jetzt nicht besucht?«, frage ich.

Piet zuckt mit den Schultern. »Nen Monat, vielleicht?«

»Verdammte Scheiße, Piet!«, flucht Tom, und wir drehen uns alle erschrocken zu ihm um, denn es ist das erste Mal, dass wir Tom fluchen hören. »Was soll das? Sie ist deine Mutter. Du darfst sie nicht im Stich lassen.«

»Ich weiß, aber das … das deprimiert mich, wisst ihr. Dass man da sitzt, in so ner Scheißklinik, und weiß, dass sie sterben wird und man einfach nichts dagegen tun kann. Einfach zuschauen, wie jemand so dahinsiecht.«

»Nicht jemand«, korrigiert Jessi sanft. »Deine Mama.«

Piet schaut zur Seite. In seinen Augen schimmern Tränen. Er reibt sie sich mit seinem Handrücken fort. »Nach Paris komm ich noch mit. Dann – dann gehe ich wieder nach Hause. Zu ihr.« Sein Blick begegnet meinem. »Ehrlich«, schnieft er.

Am späten Abend hocken wir wieder in dem Sportlokal und schauen Kroatien versus England an. Piet ist nicht dabei. Ich komme trotzdem nicht umhin, ständig an ihn zu denken. Und dennoch schaffe ich es, auch den Augenblick zu leben und den Sorgen nicht das komplette Spielfeld zu überlassen. Die Kroaten setzen sich schließlich durch; ihr Blick geht gen Finale, wo sie am Sonntag auf Frankreich treffen werden. Mein Blick geht gen Frankreich selbst, von dem ich Grund zur Annahme habe, dass es Weltmeister wird, *und* ich habe Grund zur Annahme, dass ich zu diesem Zeitpunkt ganz vorne vor dem Eiffelturm stehen und jubeln kann, und die Welt ist herrlich, und das Leben macht Sinn, und wie ein Puzzle fügt sich alles, aber auch wirklich alles, was diesen Sommer passiert ist, zu einem einzigen grandiosen Finale zusammen.

Nun ja, fast alles. Ein einziges unpassendes Puzzleteil bleibt über, ein einziger Wermutstropfen bleibt zurück vom Sturm in jenem Wasserglas, von dem ich aus dem Vollen schöpfe: Olga. In den letzten zwei Tagen haben wir uns kaum noch gesprochen. Telefonisch teile ich ihr mit, dass es mir leidtut, ich aber Berlin verlassen müsse. Später werde ich mich an meine genauen Worte nicht mehr erinnern können. Später werde ich mich nur noch an zwei Geräusche erinnern: das meines brechenden Herzens, unhörbar über jegliche Telefonleitung der Welt, und das von Olgas Schweigen, hörbar über den gesamten Erdball. Später werde ich mich fragen, was genau mich damals eigentlich mit schier unbändiger Kraft davon abgehalten hat, ihr wenigstens meine Nummer zu hinterlassen. Werde mich fragen, warum ich das zarte Band zwischen uns damals so jäh zerrissen, warum ich unsere Himmelskörper so unaufhaltsam auf verschiedene Umlaufbahnen gelenkt habe, und dann werde ich mir sagen, mir ist eben der Faden ausgegangen.

EINSAMKEIT, DIE. SUBSTANTIV. *Natürlich, irgendjemand ist immer um einen herum. Eltern, Großeltern, sonstige Verwandte, Kollegen, Kommilitonen. Auf dem Papier sind die wenigsten wirklich allein.*
Aber einsam. Je mehr Menschen ein Verbrechen beobachten, desto geringer ist die Chance, dass jemand eingreift. Am einsamsten ist man immer in einer Menge.

15. Kapitel
SINGULARITAS

Da wir nicht sicher sind, ob wir inzwischen nicht doch gesucht werden, beschreiten wir den Weg aller Säugetiere (außer Fledermäusen, schreit Tibault dazwischen. »Sind auch Säugetiere, du Dumpfbacke!«), um nach Paris zu gelangen. Es ist noch dunkel, als wir aufbrechen. Die ICE-Fahrt nach Frankfurt verläuft unauffällig, wenn man einmal vom temporären Ausfall der Klimaanlage (nicht unsere Schuld) und vom Ausfall einer Toilette (unsere Schuld – besser gesagt Tibaults, aber die Details erspare ich euch jetzt) absieht. Mit 50 Minuten Verspätung erreichen wir Frankfurt am Main Hauptbahnhof und schaffen es gerade noch so, unseren TGV zu erwischen. Da sitzen wir nun, Tom neben Semra in einem Zweiersitz, der Rest von uns in einem Vierersitz, ziemlich geplättet. Konversation kommt keine nennenswerte auf, und auch der Proviant aus Berlin ist schnell aufgebraucht.

Ich stehe auf und lasse mir von Tom die Berlinkarte geben. Markiere mit Bleistift all die Koordinaten, an denen wir waren. Halte mir die Karte mal in größerem, mal in geringerem Abstand vors Gesicht und versuche verzweifelt, in den Linien, in den Punkten, ein Muster zu erkennen. Oder eine Bedeutung, oder irgendetwas. Haben nicht alle Dinge irgendwas zu bedeuten? Ich versuche weiter angestrengt, etwas zu finden. Wenn kein Muster, dann vielleicht eine Ähnlichkeit. In unserem Dasein gibt es ohnehin keine absoluten Realitäten. Das meiste, was wir wissen oder zu wissen meinen, alles, was wir definieren, basiert auf Analogien – etwas, was wir nicht kennen, sieht etwas anderem, was wir kennen, ähnlich. Dieser Baum da vorne ist nur deswegen für uns ein Baum, weil er dem ähnlich sieht, was wir als Baum kennengelernt haben. Aber gerade erkenne ich weder Muster noch Ähnlichkeiten. Zumindest nicht in der ersten halben Stunde, und danach hat es eh keinen Sinn mehr. Denn wenn man etwas bloß lang genug anstarrt, meint man immer irgendwelche komischen Dinge darin zu erkennen, die man sich bloß einbildet. Dann sieht man in den Badfliesen Gesichter und auf der Tapete Pferde, und dann ist man sowieso verloren.

Gegen Mitte der zweiten Stunde begebe ich mich erstmals in den Bistrowagen. Dort liegt die Speisekarte aus. Ich habe nicht genügend Geld bei mir, um etwas zu kaufen, und daher studiere ich die Karte ausführlich. Man sieht nur mit dem Herzen gut, und man speist, denke ich, nur mit dem Auge günstig.

Plötzlich ist es so weit, und der TGV breitet, einem mächtigen Adler gleich, seine edlen Schwingen aus. Mein Magen dreht sich um und hängt mir im Gesicht, und wir fliegen.

Oder so fühlt es sich zumindest an.

Schweiß bricht auf meiner Stirn aus. Dabei ist es nicht das erste Mal, dass ich das Gefühl der Hochgeschwindigkeit erlebe. Es fühlt sich ungefähr so an, wie wenn man in einem Flugzeug sitzt, und zwar diese wenigen Sekunden kurz vor dem Abheben, wenn es mit sechshundert Sachen über die Startbahn rauscht. Nur dass wir hier statt mit sechshundert mit etwas mehr als dreihundert Sachen unterwegs sind. Dafür aber über eine Stunde lang.

Ich versuche, mein Frühstück drinzubehalten, und hangele mich zurück zu meinem Platz. Hier muss ein Unterdruck herrschen, denn die Ohren fallen mir zu. Früher hat mich so was nicht gestört. Aber ich bin nicht wie früher. Mir geht's schlecht, und ich rase mit dreihundertzwanzig Stundenkilometern in eine voll ausgeprägte Panikattacke. Tom, Gott möge ihn behüten, sieht mir meine Lage an und reicht mir wortlos ein Chilibonbon. Ich werfe es ein, nach ein paar Minuten noch eins, bis ich den gefühlt maximalen Schärfegrad erreicht hab, und wie von Zauberhand sind die Weichen gestellt für einen sicheren und ruhigen Restflug.

In der ersten Stunde der Zeitrechnung nach der zweiten erfolgreich abgewendeten Panikattacke meines Lebens entschleunigt der TGV und fährt dann zwanzig Minuten durch die Banlieues. Wie der Anblick des Eiffelturms wird auch dieses Phänomen mich niemals *nicht* beeindrucken: wie lange der Zug durch die schier unendlichen Vorstädte rollt. Uferlose Versprechen zur einen, die pure Trostlosigkeit zur anderen Seite, so rollt er vor unseren staunenden Köpfen dahin, bis schließlich der Moment gekommen ist, an dem er Einzug hält in das schlagende Herz von Megalopolis. Und ich lehne meinen Kopf zurück und frage mich: Wenn ich in den vergangenen zwei Tagen gleich zwei Panikattacken abwehren konnte, was ist dann noch alles möglich?

Es ist später Nachmittag, als mein nackter Fuß den gelobten Pflasterstein berührt. Er ist von der ununterbrochenen Sonneneinstrahlung glühend heiß, und mehr denn je wünscht man sich bei diesen Temperaturen, darunter tatsächlich einen Strand vorzufinden.

Nichtsdestotrotz kann ich nicht anders. Ich hebe den Kopf zum strahlend blauen Himmel empor, der über uns thront, und atme tief durch. Das ist *meine* Stadt, meine Luft, die ich da atme. Endlich sind wir irgendwo angekommen, an einer finalen Destination. Der Unterschied zwischen der Abgeschiedenheit, aus der wir einmal kamen, und der Weltgewandtheit, die uns jetzt erwartet, könnte größer nicht sein. Paris liegt vor uns wie ein Versprechen, das Versprechen einer unendlich dichten Aggregation, in deren Strudel es uns in den nächsten Tagen hineinziehen wird, ohne dass wir uns dagegen wehren könnten. Um uns herum erstreckt sich ein gewaltiges Labyrinth von menschlichen Schicksalen – erbaut von Menschen, vielleicht, ergeben den Göttern, gewiss; jede Straße, jedes Fenster, jeder Stein eine unwirkliche Verwebung von Geschichten, jetzt, hier, gestern, morgen und bis in alle Ewigkeit. Die Schluchten so klaffend wie die Wunden in unseren Herzen. Und überall dazwischen diese unsägliche Hitze.

Das Herz, müsst ihr wissen, kann an jedem Ort brechen, und wenn das einmal passiert ist, wird das Licht für immer anders hindurchgehen. In der Hinsicht ist jeder Ort der Welt gleich. Der Unterschied zwischen ihnen besteht nur darin, wie das Licht eines derartig gebrochenen Herzens reflektiert wird. Paris spiegelt jede Emotion zurück. Paris ist daher alle Emotionen zugleich. Und zwischen diesen unendlichen Spiegelungen entsteht ein Raum, der größer ist als das, was zuvor war. Hierin liegt die Besonderheit dieser Stadt.

Unser Hotel liegt im 9. Arrondissement, in der Nähe der Métrostation Poissonière und nicht allzu weit von der Gare de l'Est entfernt. Während ich an einem Automaten Schlange stehe, um mit von Tom geliehenem Geld meinen Pass Navigo mit einem Wochenpass aufzuladen, studiert der Rest der Gruppe einen Stadtplan. Der allgemeine Konsens im Zug war, dass wir erst mal das Hotel aufsuchen wollen, was wir dann auch tun. Und dass wir von der Spurensuche erst mal eine kleine Pause machen.

Nach unserer Ankunft hängen die Jungs – bis auf Tom, der

sich vernünftigerweise erneut ein Einzelzimmer gebucht hat –
ausnahmslos schlapp auf den Betten in unserem Zimmer. Tibault sogar auf zweien, von denen eines leider meins ist. Seine
verschwitzten Socken hat er auch noch darauf geworfen, was
mich ärgert.

Wenig später klopfen Jessi und Semra an unsere Tür; sie wollen was zum Essen holen und dann den Eiffelturm anschauen
gehen.

Nur Tom und ich können uns aufraffen. Nachdem wir uns
dank Toms Kreditkarte bei einer Bäckerei mit teuren Sand-
wiches und Kaffee, der hier eher ein Espresso ist, eingedeckt
haben, machen wir uns auf den Weg. Ich hole mir am Schal-
ter einen Paris-Poche, den Taschenplan des gesamten Métro-
netzes. Viel scheint sich nicht geändert zu haben. Auch um
mich herum ist noch alles wie in meiner Erinnerung – kleine
Geschäfte, Bäckereien, Cafés, Stühle auf dem Trottoir. Darüber:
blaue Straßenschilder mit grüner Umrahmung, französische
Balkons, die emporsteigen zu Dächern und Kaminen, welche
durch das Tageslicht in unterschiedliche Nuancen jenes un-
definierbaren Pariser Dächertons getaucht werden. Wir steigen
zunächst in die Linie 7 Richtung Villejuif ein, dann an der Station Chaussée d'Antin-La Fayette wieder aus, um die 9 bis zum
Trocadéro zu nehmen. Doch aus unserem Plan wird nichts,
weil Jessi den Eingang zu den Galeries Lafayette entdeckt und
kurzerhand zur Shoppingtour bläst. Am Ende bleiben für den
Eiffelturm bloß Semra und ich übrig. Während der gesamten
Métrofahrt in der 9 hängt mir Semra mit paranoid-unverständ-
lichen Selbstgesprächen in den Ohren, während sie ihren Kommissar Rex in der Hand hält. Es ist heiß, und der Fahrtwind,
der uns durch die geöffneten Fenster entgegenschlägt, riecht
nach Bremsgummi und stickigen Tunneln (laut Alexander
Gerst riecht so ähnlich das Weltall). Am Trocadéro schlagen
wir uns an Selfie-Stickhaltern und Duckface-Touristinnen vor-

bei nach vorne durch, bis der Turm in all seiner Schönheit und Größe (ich schwöre euch, die Größe unterschätzt man immer) vor uns steht. Ich frage Semra, ob sie ein Foto möchte, doch sie lehnt ab und fängt dann wieder an, mit sich selbst zu reden, ohne dass ich was dagegen tun kann. Per WhatsApp verabreden wir uns mit dem Rest der Gruppe; in einer Stunde an den Tuilerien, auf der Concorde-Seite. Der Plan ist, die Tuilerien bis zur Louvre-Pyramide zu durchstreifen, dann irgendwo was zu essen.

Der Rest des Abends verläuft ohne nennenswerte Ereignisse. Wir ziehen unser Programm durch und gehen spät in einem billigen Lokal in der Rue Mouffetard noch eine miserable Pizza essen. Tibault und Piet, konstatiere ich, haben sich nicht mehr blicken lassen.

Als die Sonne sich endlich Richtung Erde neigt, fällt mir ein, dass ich seit unserer Ankunft gar nicht mehr an die Klinik gedacht habe. Oder an meine Erkrankung. Mein Blick begegnet Toms.

»Hast du mal an die Klinik gedacht? Was die wohl grad machen?« *Was Mikko wohl gerade macht.* Na ja, das kann ich beantworten, er sitzt vor dem Fernseher. Die bessere Frage wäre, wie es ihm gerade geht.

Tom schüttelt den Kopf. »Nein. Und du?«

»Manchmal«, höre ich mich sagen. Die Espressotasse erzeugt einen angenehmen Klimperton, als meine Hand sie etwas fahrig auf die Untertasse zurücksetzt.

Dann schreiten die Stunden fort, und Dunkelheit umfließt das Land wie ein sanfter Vorhang das weiche Himmelbett nie gehabter Kindertage. Der späte Abend eines jeden Tages, eines jeden Lebensalters, straft das Hochgefühl, das einem in den frühen, unbeschwerten Stunden durch die Adern schießt, Lügen. Bittere sogar. In verschwitztem Unterhemd und Boxershorts liege ich auf dem Bett und starre ins fade Licht, das noch an ist, obwohl außer mir schon alle schlafen. Die Uhr auf dem Nachttisch funktioniert nicht; der Zeiger ist stehen geblieben, zuckt nur noch gelegentlich wie das Glied eines sterbenden Insekts. In Gegensatz zu diesem, denke ich, hat der Wecker wenigstens seine Todeszeit gleich mitdokumentiert. Meine müden Augen folgen wie hypnotisiert den Umdrehungen des ineffizienten Deckenventilators, während ich versuche, die Eindrücke des Tages zu verarbeiten. Fast hoffe ich darauf, dass der gewohnte Anruf eintrifft und mich von meiner Schwermut löst, doch heute bleibt er wieder aus. Warum eigentlich? Warum haben die Anrufe in Berlin so plötzlich aufgehört? Doch nicht einmal, um mir über diese Frage das Gehirn zu zermartern, besitze ich genügend Energie. Irgendwann beschließe ich, dass ich ein kühles Getränk brauche. Ich ziehe mir halbherzig eine Hose über, stolpere die Treppe mehr hinunter, als dass ich gehe, und trete hinaus ins Dunkel, wo die Luft nur unwesentlich kühler ist als in unserem nicht klimatisierten Zimmer.

An einem durchgehend geöffneten Minisupermarkt um die Ecke kaufe ich mir einen halben Liter Oasis und öffne die Flasche sofort. Der erste Schluck, noch direkt auf der Rue La Fayette, und ich weiß, dass ich endgültig zu Hause bin, hier, in dieser Stadt. Ich stolpere weiter durch hell erleuchtete Straßen. Sie riechen nach Leben, nach Freiheit, nach Urin. Zurück im Hotel denke ich noch einmal an die Mona Lisa, die ich zuletzt als Markenaufkleber auf einem fad schmeckenden Kantinenapfel gesehen habe, wo sie traurig aussah und vor allem verpixelt, was vermutlich die Traurigkeit erklärt. Und mir drängt sich eine beunruhigende Frage auf: Wenn man überall existiert, bedeutet das nicht, dass man im Grunde genommen nirgendwo existiert? Olga, kommt es mir plötzlich in den Sinn, hätte auf so was eine Antwort.

Aber sie kann ich nicht fragen. Und so beschließe ich, mich

mit dieser quälenden Ungewissheit gleich am nächsten Morgen in die Hände eines verantwortungsbewussten Nihilisten zu geben. Man lebt schließlich nur einmal.

Rätsel, das. Substantiv. *Wozu bin ich hier? Um komplexe Melodien und Muster aus der Luft zu weben? Löse ich hier ein Rätsel, oder versucht das Rätsel, mich zu lösen? Mich aufzulösen? Muss ich das Elixier, die Flüssigkeit finden, in der alle meine Formen auf dieser Welt, die falschen, die schlechten, sich in einzelne Moleküle trennen, um sich dann in den unendlichen Weiten des Kosmos auf die Lichtjahre entfernte Reise zu begeben, in der sie ihresgleichen suchen? Oder bin ich nichts als ein Produkt der Alchemie, und das verrostete Metall auf meiner Oberfläche wird in einem gewaltigen Regenfall aus Wasser und Tränengas und Tränen in pures Gold umgewandelt? Bin ich am Ende selbst das Rätsel?*

16. Kapitel
FLÜCHTIGE VERBINDUNGEN

»Sean?«

Augen auf. Ein Gesicht, nein, *das* Gesicht. Das mürrische Gesicht von Semra reißt mich zurück, von wo auch immer ich gerade war.

»Sean, ich hab denen gesagt, dass ich das heut nicht mache. Dass das nicht gut ist und so.«

»Was?«

»Weil heute ist Freitag der Dreizehnte, und ich geh heut nicht raus. Weil das Unglück bringt.«

»Reg dich mal ab«, bringe ich schließlich heraus. Ich erinnere mich; heute wollten wir unserem Hinweis nachgehen. »Du glaubst doch nicht an so was, oder? Wie kommst du überhaupt hier rein?« Ein Blick zur Tür, die offen steht. »Ich meine, wo sind die anderen?«

»Die sind schon draußen.«

Unruhe macht sich in mir breit. Irgendwas klingelt, ein Tropfen löst sich vom Wasserhahn, alles in hypnotisch langsamer Geschwindigkeit, als hätte ich was eingeworfen. Ich rolle zur Seite und greife mit verschwitzten Fingern mein Handy. Elf Uhr. Scheiße. Außerdem ein entgangener Anruf von drei Uhr letzter Nacht, Nummer unbekannt. Ob es wohl *der* Anruf war?

»Ich geh heut nicht raus, Sean«, wiederholt Semra. »Das ist nicht gut, wenn man an einem Freitag dem Dreizehnten rausgeht.«

»Ach Quatsch«, ächze ich, während ich mich aufsetze. Von meinem Nachttisch bellt mir Kommissar Rex entgegen. Drei Uhr nachts war der Anruf. Auf der anderen Seite der Welt muss da gerade die Sonnenfinsternis zu sehen gewesen sein, die in den Nachrichten kam.

Semra beäugt mich kritisch. »Ich glaub, du musst mal duschen.«

»Wär ich nie draufgekommen«, gebe ich zurück und stehe auf. Schaue wieder aufs Handy. Es *muss* der Anruf gewesen sein. Gott sei Dank. »Semra ... geh in dein Zimmer. Ich mach mich jetzt erst mal fertig, und dann hole ich dich ab. Danach schauen wir, wo die anderen sind.«

»Ich geh aber heut nicht raus.«

»Ja, das sehen wir ja dann.«

Eine geschlagene Stunde später hab ich Semra schließlich doch überzeugen können, mit mir den Schritt ins Freie zu wagen. Die anderen, haben wir erfahren, erkunden gerade die Champs-Élysées, die angeblich schönste Straße der Welt, die, wie ich aus Erfahrung berichten kann, diesen Titel beileibe nicht verdient.

Unterwegs laufen wir an einem der typischen Pariser Zeitungsstände vorbei, und ich hole mir noch schnell eine Sportzeitung. Der Mann, der sie mir verkauft, fällt mir durch seine Freundlichkeit auf. An der Station Poissonière nehmen wir dann die Linie 7 Richtung Palais Royal-Musée du Louvre. Gesprächig ist Semra heute nicht gerade, nicht mal gegenüber sich selbst, und in den wenigen Momenten, in denen ich an irgendetwas anknüpfen und sie zum Reden bewegen kann, lässt sich ihrem Tonfall nicht entnehmen, ob sie das nun interessiert oder nicht. So habe ich unterwegs immer wieder Zeit, mir über die Anrufe den Kopf zu zerbrechen. Ich wollte ihnen hier in Paris eigentlich auf den Grund gehen. Damals aus der Ferne schien das eine ziemlich vernünftige Idee. Aber hier angekommen, stelle ich fest, dass ich eigentlich keine Ahnung hab, wie ich das bewerkstelligen soll. Denn im Grunde genommen weiß ich nicht viel. Ich weiß nicht einmal, ob sie überhaupt aus Paris kommen. Die Nummer zu googeln hatte bereits in Deutschland keinen einzigen Treffer ergeben; und die Pages Blanches hatte ich im Vorfeld ebenfalls vergeblich bemüht.

Auch für die anderen Gründe, aus denen ich mir noch vor zwei Tagen so sicher war, hierherkommen zu müssen, sieht es momentan eher mau aus. Zum Verbleib meines Halbbruders habe ich nur einen einzigen Anhaltspunkt, und das ist eine inzwischen wohl veraltete Adresse in den Épinettes. Ich war elf, als er sie mir gegeben hat, damals in Stuttgart in der Fußgängerzone in einem anderen Jahrzehnt. Noch wiege ich mich in der Hoffnung, dort vielleicht wenigstens von Nachbarn oder Nachmietern irgendetwas über meinen Bruder erfahren zu können.

Gegen 14 Uhr, zum beginnenden thermalen Höhepunkt des Tages, kann ich die anderen endlich vom abgetrampelten und dennoch auch für mich stets verlockenden Touristenpfad weg und zu unserer Koordinate hin locken. Jessi hatte darauf bestanden, Piet und mir eine Paris-Kappe zu schenken, weil sie fand, dass das zu uns passen würde. Sie selbst hat sich auch eine gekauft, dazu ein Top, auf dem »Paris, Frace« steht, und zwar eben ohne das n in France, was uns aber aufgrund der verschlungenen Schrift erst viel später aufgefallen ist. Jessi hat das

Top trotzdem angezogen und passt ständig auf, dass wir unsere bescheuerten Kappen auch ja nicht absetzen.

Wenigstens spenden sie uns beim anstehenden Fußmarsch Sonnenschutz. Vorbei an den eleganten Gebäuden um die Madeleine und die imposante Opéra, an der Tom uns überredet, für unser erstes und einziges Gruppenfoto zu posieren, folgen wir für ein gutes Stück der sich bis an den Horizont erstreckenden Rue La Fayette, ehe wir in eine Seitenstraße einbiegen.

Die Passage Briare ist eine sehr schmale Gasse, die die Rue de Maubeuge (typisches 9.-Arrondissement-Flair) und die Rue de Rochechouart (von der Optik her bereits nach dem 10. riechend) miteinander verbindet. In ihr riecht es besonders streng nach Urin. Nummer 10 befindet sich ziemlich in der Mitte der Gasse, die außer Häuserfassaden zu beiden Seiten vor allem mit Blumenkästen, altmodischen Straßenlaternen und unebenen Pflastersteinen aufwartet und so, wie ich finde, einen ganz eigenen Charme verströmt.

Gegen diesen Charme scheinen die anderen jedoch immun zu sein. Sie wollen bloß weg von hier, zurück in die Weite der Boulevards, dorthin, wo alles klar scheint und es keine Ecken gibt, um die herum man nicht sehen kann. Vielleicht wollen sie das. Oder sie sind lediglich genervt von einem Rätsel, das uns überall- und dabei nirgendwohin führt. In die eigentliche Nummer 10 können wir nämlich nicht rein, weil die Tür abgeschlossen ist. Und vor der Nummer 10 finden wir nur etwas, was alles oder nichts bedeuten kann: eine mit verblichenem schwarzem Filzstift auf die gegenüberliegende Hauswand gekritzelte Nummer: 2 206 682 157.

Wir googeln die Nummer. Dann versuchen wir, sie anzurufen. Zunächst ohne Vorwahl, dann mit ner französischen, mit einer deutschen. Doch überall die gleiche Misere: Fehlanzeige.

Es ist bezeichnenderweise Jessi, die pragmatische, ewig

kichernde Jessi, wie sie da in ihrem neuen senfgelben »Paris, Frace«-Top in dieser Gasse steht, die die Zahlenfolge als Erste als das erkennt, was sie ist.

Steht sie einfach so da und sagt: »Leute, das ist keine Telefonnummer, das is'n Datum. Ein Datum und ne Uhrzeit.«

»22.06.1968, 21:57 Uhr. Macht Sinn.« Aus Toms tiefer Stimme lässt sich Anerkennung raushören.

»Super. Und jetzt?« Tibault tritt nach einem unebenen Pflasterstein. »Das ist der erste Hinweis, der keine Koordinate ist.«

»Das stimmt nicht ganz«, meint Tom. »Es gibt auch Koordinaten in der Zeit.«

»Die heißen aber nicht Koordinaten.«

»Na ja, auch das stimmt nicht ga– «

»Ey, sag mal, willst du mich provozieren oder was?«, unterbricht ihn Tibault. »Alter! Ey, willst du? Willst du mich provoz– «

»Fresse!«

»WAS?«

Krack. Piets Geduldsfaden ist gerissen, jeder von uns hat es gehört. »Ich hab gesagt, du sollst deine verdammte FRESSE halten, du Arschgesicht!«, schreit er mit hochrotem Kopf.

Kein Lüftchen weht. »Meinst du wirklich, ich lass mir was sagen von einem, der zu feige ist, seine krebskranke Mutter zu besuchen?«, fragt Tibault abgebrüht.

Ehe ich es mich versehe, geht Piet auf ihn los.

»Diese SCHEISSE, die du immer laberst …«

Tibault reagiert blitzschnell, wehrt den Schlag ab, doch Piet hat ihn bereits am Nacken gepackt.

»Ich hab gesagt – du sollst Tom in Ruhe lassen – «

»Hey«, sagt Tom. Es ist das zweite und vielleicht letzte Mal, und tragischerweise nimmt niemand Notiz davon.

»AUFHÖREN!«, schreit Jessi und geht mutig dazwischen,

um die Streithähne zu trennen. »Geht's noch? Ist euch denn nichts zu peinlich? Die Leute schauen uns schon alle an!«

Immer noch Gemenge, Hände überall. Jessi versucht mit aller Kraft, die beiden auseinanderzuhalten. Tatsächlich schaut keiner der Passanten uns an, was wohl der Gleichgültigkeit der Großstadt geschuldet ist; dennoch nicke ich Jessi vehement zu.

»Ach, ihr könnt mich alle mal. Macht doch, was ihr wollt«, sagt Tibault. Er reißt sich von Piet los und stapft wie ein trotziges Kind von dannen.

Eine lange Weile spricht niemand.

Schließlich wendet Tom sich mir zu, seine braunen Augen wie immer die Ruhe selbst, und sagt: »Es ist eine Zeitkoordinate, Sean. Wir müssen herausfinden, was an diesem Datum, zu dieser Uhrzeit geschehen ist – und wo. Das könnte unser nächster Hinweis sein.«

Ich nicke, immer noch sprachlos von dem, was passiert ist.

Tom dreht sich zur Seite. Seine Lippen zittern, und seine Augen sehen ein bisschen traurig aus, geradezu sehnsüchtig, wenn sie in die Ferne schauen. Er selbst dazu in einem neuen übergroßen, hängenden Langarmshirt. Tom hat es selbst in Paris geschafft, ein Oberteil zu finden, das ebenso hässlich ist wie das, was er sonst trägt. Eine warme Brise zieht vorüber. Ich sehe ihn an und frage mich, was ihm im Leben alles verwehrt geblieben sein mag.

Eine Hand berührt mich am Rücken. Es ist Piets. »Mach dir keine Sorgen«, sagt er. »Den kriegen wir früher wieder zu sehen, als uns lieb ist.«

Piet soll recht behalten. Doch beide wissen wir, dass dies erst der Anfang war.

Als wir eine Stunde später wieder vereint bei Kaffee und Dessert sitzen, ertönt plötzlich ein lauter Klingelton. Semra, die wie immer still und schweigsam vor sich hin gegessen hat, setzt ihre Tasse ab und zieht etwas aus ihrem Rucksack. Ich bin überrascht; so ein altes Handy habe ich schon lange nicht mehr gesehen, es wirft einen zurück in eine Zeit, als diese Geräte noch umso cooler waren, je kleiner sie waren. Eine Zeit, die im Nachhinein viel einfacher erscheint, weil man selbst jünger und die Welt noch besser war und der Tod nicht so präsent und die Träume alle noch vor einem. Semras Handy, ein Alcatel, ist grau-silbern und hat eine kleine Antenne. Ich hatte auch mal so eins.

»Krankes Teil«, macht sich Tibault lustig. Sein Ausbruch von vorhin scheint zumindest für ihn bereits vergessen zu sein.

»Shhh!«

Semra hält sich ein Ohr zu. »Ja?«

Sie schweigt, und wir tun es ihr gleich. Tom und ich schauen uns besorgt an. Semra hat in der ganzen Zeit, in der wir sie kennen, noch nie einen Anruf erhalten.

»Wer sind Sie?«

Die Anspannung übertritt die Hörbarkeitsschwelle.

»Ja, in Ordnung. Ich gebe Sie weiter.« Semra blickt auf und sieht Piet ausdruckslos an. »Es ist für dich, Piet.«

»Scheiße, nein!«, stößt Piet verärgert aus. «Verflucht, warum hast du abgenommen? Ich hab doch gesagt, wir sollen die Handys ausschalten, seht ihr, niemand hat's kapiert damals, und das haben wir jetzt davon!«

»Sag bloß nicht, wo wir sind«, flüstert Tibault. »Ist es die Klinik?«

»Also, der Mann da hat gesagt, dass er dein Vater ist, Piet.«

»Oh shit!«, sagt Piet mit gepresster Stimme. »Ich geh da nicht ran. Ich geh nicht zurück – «

»Und wenn es was mit deiner Mutter ist?«, fragt Tom ruhig.

Piet steht auf. »Dann will ich es nicht wissen.«

»Ach komm!«

»Ernsthaft, was wisst ihr schon?«, entnervt dreht er sich um. Die Tür des Lokals knallt unter dem missbilligenden Blick des Kellners zu.

»Hallo? Haaallooo!«, dröhnt eine blecherne männliche Stimme aus dem Handy. Semra hält es unschlüssig von sich weg, als wisse sie nicht, was sie damit anfangen soll.

»Gib schon her«, sage ich und nehme ihr das Handy ab.

»Hallo? Christophe hier.«

»Wer?«

»Christophe«, wiederhole ich klar und deutlich, obwohl es ihn nichts angeht. »Sean Christophe. Ein Freund von Piet.«

Pause.

»Herr Christophe«, sagt die männliche Stimme schließlich, »hier spricht Schell. Piets Vater.«

Ich schlucke. »Hören Sie, Herr Schell«, beginne ich zögerlich. »Ich kann mir denken, weswegen Sie anrufen. Es geht ihm gut. Piet, meine ich. Er kann nur gerade nicht – äh – ans Telefon gehen.«

»Der faule Hund«, faucht die Stimme mich an. »Holen Sie ihn ans Handy. Ich weiß, dass er durchgebrannt ist mit – nun ja, was soll man sagen? Ich möchte Sie nicht beleidigen, aber, man sagt ja immer, jeder findet seinesgleichen, oder?«

Arschloch.

»Wo ist er? Beziehungsweise, wo sind Sie?«

»Kann ich Ihnen nicht sagen«, erwidere ich kühl. Ich spüre die Blicke der anderen auf meiner Haut. »Was wollen Sie von ihm?«

Die Stimme schnaubt. »Tss! Was ich wohl will. Mein Sohn soll zur nächsten Polizeistation und dann zurück in die Klinik. Was fällt ihm ein, sich einfach davonzumachen! Seine Mutter hat Krebs, das hat er Ihnen bestimmt nicht erzählt, oder? Was schämen sollte er sich!«

Ich seufze. »Hören Sie, ich möchte mich nicht einmischen,

aber … geben Sie ihm Zeit. Ich meine, wir haben alle eine Erkrankung, die wir mit uns herumschleppen, und …«

»Erkrankung! Dass ich nicht lache!« Die Stimme tobt jetzt vor Wut. »Haben Sie mal eine krebskranke Frau gesehen, Herr Christophe? Ja, haben Sie? Sollten Sie vielleicht, dann wissen Sie, was eine Erkrankung ist. Was mein Sohn hat, diese Hirngespinste – der soll sich zusammenreißen, der faule Hund! Klar, ist ja einfach zu sagen, ich bin psychisch krank, seht mich an, ich möchte nicht arbeiten, möchte lieber Urlaub in einem Sanatorium – ja, aber auf wessen Kosten, frage ich sie? Auf Kosten der ehrlichen Steuerza– «

»Wiederhören, Herr Schell«, sage ich und drücke gezielt auf den Auflegebutton.

Kennt ihr das, wenn Dinge eine ganze Weile vor sich hin laufen und man bekommt es nicht mit, und plötzlich trifft einen die Erkenntnis wie ein Ziegelstein von oben? Am späten Nachmittag werde ich mir bewusst, dass meine Stimmung sich zusehends verschlechtert. Auf dem Weg zum Montmartre, wo wir nach einer kurzen Frischepause im Hotel den Rest des Abends verbringen wollen, beginnt mich plötzlich alles zu nerven. Der Lärm, der Smog, die vielen Motorräder, die teuren Preise, alles. Die elende Hitze und die brüllend heiße Sonne, die einem den Schädel bis auf die Unterhaut verbrennt. Ich schwöre, hier holt man sich noch einen verdammten Hautkrebs, ehe man lächeln und »Krebsfrüherkennung« in die Röntgenkamera sagen konnte. Nur der Zeitungsstand, bei dem ich heute Nachmittag noch einmal stehengeblieben bin, erscheint mir wie ein Lichtblick. Der Mann hinter dem Tresen heißt Guillaume, seine Eltern kamen aus dem Senegal nach Frankreich. Nachdem wir heute Morgen erstmals ein paar Worte gewechselt haben, muss er sich mein Gesicht gemerkt haben, denn jedes Mal, wenn wir die Straße zur Métrostation hinunterlaufen, lächelt er und winkt.

Piet steckt sich eine Zigarette an, und der Wind trägt den Rauch in mein Gesicht.

»Mach den Scheißrauch weg!«, schnauze ich ihn an.

Piet blickt mich verdutzt an. »Hat dich doch sonst nicht gestört.«

»Doch, hat es. Ich war bisher bloß zu verdammt höflich, es dir zu sagen.«

Piet sieht genervt aus, doch er sagt nichts. Für den Rest unseres überirdischen Fußmarsches hält er die Zigarette in der anderen Hand, so dass der Wind den Rauch nicht zu mir bläst. Wortlos gehen wir die Métrotreppen hinunter, und dann endlose Gänge mit der immer gleichen überdimensionalen Werbung an den Wänden entlang.

Unsere Métro verpassen wir um Haaresbreite. Die fünfminütige Wartezeit bis zur nächsten wird zur Zerreißprobe für meine Nerven. Ich weiß zwar, dass mit mir gerade was nicht stimmt, doch bin unfähig, zu handeln. Was Teil des Problems ist, darauf wette ich. Aber hier und jetzt stehe ich auf Messers Schneide.

Stehe auf Messers Schneide, und als ich auf dieses laut knutschende Liebespärchen neben uns aufmerksam werde, kippt sie endgültig, meine Stimmung. Ich trete viel zu nah an die Gleiskante heran. Irgendjemand ruft mir zu, ich solle das lassen. Aber in diesem Augenblick ist es mir egal. Ich bin nicht hier, auf einem Métrogleis in Paris. Ich bin wieder auf der blutrünstigen Spielwiese meiner Gedanken. Da, wo man nach hundert Schüssen in den Kopf immer noch lebt. Leider.

Ob die Gleise Strom führen? Mich in der Métro umzubringen ist mir noch nie in den Sinn gekommen, muss ich gestehen. Bisher hatte ich immer andere Bilder im Kopf.

In meinem Augenwinkel ist unterdessen ein Obdachloser aufgestanden, der auf dem Gleis neben der Wasserrinne, im Schutz eines Stromkastens, einen vergilbten Schlafsack sein Eigen nennt. Er schaut mich an.

»Komm von der Kante weg«, sagt der Mann auf Französisch. Ich zögere, drehe mich dann um und trete ihm einen Schritt entgegen. Der Mann hat schulterlange, ungekämmte graue Haare, schlechte Haut, zerrissene Klamotten; unordentliche Bartstoppeln bevölkern sein Gesicht wie Mohnblumen einen brachliegenden Bauplatz.

»Komm mal her«, sagt der Obdachlose. »Lass uns reden. Wenn ich was habe, dann ist es Zeit.«

»Was?«, frage ich genervt.

»Ey Sean. Sprich doch nicht mit dem Penner da«, sagt Tibault.

»Es heißt Obdachloser«, korrigiere ich ihn, ohne meinen Blick abzuwenden. »Und warum nicht? Warum soll ich nicht mit ihm reden?«

Der Mann mustert mich eine Weile stumm. Er riecht nach Fäkalien. Seine Augen sehen traurig aus, finde ich. Sie wollen nicht so recht in das Gesicht drum herum passen – in dieses verwitterte, vernarbte, sonnengehärtete.

Ironischerweise ist er es dann, der zu mir sagt, dass ich traurig aussehe, und mich fragt nach dem Warum.

Und da sage ich es ihm. Es bricht einfach aus mir heraus. Die Millionen Pistolenschüsse, die ich mir in Gedanken schon selbst verpasst habe, prasseln alle noch einmal auf mich ein. Diesmal wird es keine Überlebenden geben. Ich habe oft dieses Bild im Kopf, sage ich, von dem Schuss, der mein Leben beendet. Ein Knall, ein Kopf, der zur Seite fällt. Ein sauberes Eintrittsloch, ein sauberes Austrittsloch, daraus hervortretend eine homogene rote Flüssigkeit, eine sich gleichmäßig ausweitende Lache.

Aber das ist eine Lüge, schreit er mir entgegen, und dann packt er mich plötzlich am T-Shirt und drückt mich gegen den Automaten. Ein Pistolenschuss ist nicht sauber. Gewalt ist nie sauber. Sie ist roh, sie ist schmutzig, sie riecht nach verbrannten Haaren und faulem Fleisch, sie atmet Verwesung und bricht modriges Blut. Gewalt ist ein gesprengter Schädelknochen und ein herausquellendes Gehirn. Gewalt ist niemals sauber.

Er sieht mich eindringlich an. »Du kannst von Gewalt denken, was du willst«, sagt er. »Aber denk niemals, dass sie sauber ist.«

Schließlich lockert er seinen Griff. Ich fahre mir mit der Hand über die Kehle und schlucke erst mal.

»Ich war Polizist«, sagt der Mann dann noch, beinahe nachdenklich. »Polizist.«

Filmriss. Realität kippt unter dem Boden weg.

»Danke«, sage ich und weiß nicht mehr, wofür.

Die Gruppe bugsiert mich von ihm weg. Die Menschen starren uns verstört an. Der Obdachlose, der sich wieder auf den Boden gesetzt hat, wird misstrauisch beäugt. Man hält jetzt noch mehr Abstand zu ihm.

»Sean«, sagt Semra unvermittelt. Eine Aura von gehetztem Wild umgibt sie. »Ich hab gewusst, dass so was passiert. Weil, heut ist Freitag der Dreizehnte, ich hab's doch gesagt.« Sie dreht sich wieder weg und sieht nervös auf das andere Gleis hinüber.

»Ach, so 'n Stuss«, sagt Piet lässig.

»Also ich finde nicht, dass das Stuss ist«, sagt Tom.

»Whatever«, sage ich und werfe Tom einen verächtlichen Blick zu. Seine Augen, die wie Quellen tiefer Weisheit unter seinen dichten Brauen hervorlugen, begegnen mir ruhig und beständig wie immer. Ich stoße einen Seufzer aus. Tom wäre wahrhaft der Letzte in der Gruppe gewesen, dem ich Aberglauben zugetraut hätte. Andererseits, wie genau kenne ich hier überhaupt irgendjemanden?

»Whatever«, wiederhole ich überflüssigerweise. »Lasst uns gehen.«

»Hast Glück, da kommt die Métro«, sagt Tibault hämisch. »Oder schon vergessen, wo wir hinwollten?«

Tatsächlich hatte ich es vergessen. Auf einmal durchfährt es meinen Kopf wie ein Blitz. Die Medikamente. Bestimmt geht es mir so, weil ich bereits auf Entzug bin.

Die Métro hält an. Die Türen springen auf, wir steigen ein. Und dabei ist heute erst der zweite Tag ohne.

Bestimmt wird es die nächsten Tage nicht besser werden, sondern schlimmer.

Der Piepton ertönt. Ich bin Sean Christophe, null Jahre alt, wurde heute im Feuer geboren. In jedem verstrichenen Augenblick werde ich wiedergeboren, ohne Anästhetikum operiert, ohne Medikamente. Verwundbar, ich fühle mich verwundbar.

Die klinikweißen Türen ziehen sich zu, sperren uns ein, jetzt ist es zu spät, die Freiheit zu suchen. Wir sind jetzt nur noch Beiwerk in einem menschengemachten, maschinengesteuerten Konstrukt, das die ewig gleichen Linien in Raum und Zeit bestreitet.

Die Wagen setzen sich in Bewegung. In einer Kurve werden wir gegen die Türen gepresst.

Viel schlimmer. Es wird viel schlimmer werden.

»Alles in Ordnung?« Ich blicke auf, sehe Jessis besorgtes Gesicht neben mir.

Liftgefühl. Oh Gott, mir wird *schlecht* –

Nein.

Ich versuche, mich auf die Métroansagen zu konzentrieren, die immer doppelt und in unterschiedlicher Intonation aufgesagt werden.

»Na ja«, sage ich. »Nicht wirklich.« Jessi gibt mir eine spontane Umarmung, doch die Mühe ist umsonst. Alles ist falsch und seltsam, so wie der schräge Esoteriker in Berlin. Hier und heute fühlt sich alles so falsch an wie er.

Wieder kann ich den Moment, an dem es mir besser geht, nicht definieren. Wohl aber den, an dem ich mir dessen schlagartig bewusst werde. Ich sitze, nein ich schwebe, auf dem Dach einer unendlich süßen Sahnetorte.

Und als wir so dasitzen, den gewaltigen Zuckerguss von Sacré-Cœur im Rücken, scheinen das Leben und die Zukunft und das Dessert, das den Namen Paris trägt, in ganz simpler Weise zu unseren Füßen zu liegen. Eigentlich, denke ich, steht doch nur das Jetzt fest. Erinnerungen und Zukunft sind flüchtige Verbindungen, ungewiss. Ich könnte nur in einem einzigen Moment existieren und es nie bemerken. Oder ich könnte leben, sterben und wiedergeboren werden und jedes Mal eine neue Identität haben und mich nie an die vorige erinnern. Unbeweisbar, unwiderlegbar. (In der Mathematik sehen wir so was nicht gerne.) Und Zukunft ist anyway vielleicht nur ein Konstrukt, das man benutzt, um für ein unlösbares Problem eine Lösung zu haben. So wie eine imaginäre Zahl.

Aber jetzt, genau jetzt, können der Augenblick und die Welt so schön sein. Und ich kann das wahrnehmen, ganz deutlich spüren, wenn diese Schwermut, tödliche Schwester des Wermuts, des giftigen, aus meinem Herzen und meinen Gliedern verronnen ist. So wie gerade jetzt, in den dunklen Stunden, die doch bisweilen ein helles Lächeln auf ihren Lippen tragen können. Nachts, wenn der alte Tag gerade schwindet und der neue noch in den Geburtswehen steckt, spiegelt das gewaltige irdische Firmament aus Licht und Stein den Nachthimmel in ihm gleichkommender Schönheit wie auch Unerreichbarkeit. Und manchmal spiegelt der Nachthimmel diese seine eigene Spiegelung in die Lichter und Augen der Menschen zurück, und umgekehrt – ein unendlicher Droste-Effekt, der die Stadt über sich selbst zu den Sternen erhebt. In all dieser Schönheit verpasse ich, wie ein weiteres Mal das Herz dieses Mitternachtssommers schlägt. Als ich das nächste Mal auf meine Handyuhr sehe, haben wir bereits den vierzehnten Juli.

GEFÜHL, DAS. SUBSTANTIV. *Und genau das stört mich eben so, an der menschlichen Natur – sobald man aus einem Gefühl raus ist, beginnt man schon zu vergessen, wie es sich angefühlt hat. Ich kann ja verstehen, dass das Leben weitergehen muss und es Sinn macht, evolutionär und so. Ätzend ist es trotzdem. Und manchmal ist das meine größte Angst: später nicht mehr zu wissen, wie ich mich früher gefühlt habe. Ich kann mich oft heute schon nicht mehr erinnern, wie ich gestern empfunden habe, wie soll ich da als Siebzigjähriger noch nachvollziehen können, wie es war, jung zu sein?*

17. Kapitel

QUERSCHLÄGER

In der Ferne zeichnen sich die Streifen deutlich ab. Sie verharren nur für die Dauer eines Lidschlags vor dem Hintergrund reinsten Blaus, bevor sie im Angesicht der vier Winde in alle Himmelsrichtungen zerstieben. Doch die Nation hat gesehen, was nicht zu übersehen war: ein roter Streifen zur falschen Zeit am falschen Ort. Die sozialen Medien überschlagen sich, man redet auf den Straßen; Touristen, die das Ganze zu spät bemerkt haben, sehen verdutzt nach oben und suchen den Himmel nach einer falschen Flagge ab, die längst nicht mehr zu sehen ist.

Es wird ein heißer Tag werden, und mit jedem Schritt, den ich gehe, tut sich vor mir der glühende Asphalt auf. Einzelnen Gebäuden blättert der Putz von der Wand. Man kann der Farbe geradezu dabei zusehen, wie sie herunterbröckelt, wie die verblichenen Streifen da oben schulterzuckend die Waffen strecken und den Staub ihrer zerbrochenen Träume verstohlen in unsere feuchte Augenwinkel kehren, in der Hoffnung, sie mögen dort nicht anfangen zu brennen.

An heißen Tagen schält sich die Essenz der Menschheit heraus.

Frankreichs Nationalfeiertag hatte schon seltsam begonnen.
»Sean«, sagt Semra im Gang, kurz nachdem ich aufgestanden bin. Ihre Augen sehen müde und gerötet aus; Kommissar Rex, den sie wie immer in der Hand hält, ist das Ohrenpaar abgefallen. »Das Handy klingelt wieder.«
»Ist nicht zu überhören«, sage ich. »Gib her …«
Und in diesem Augenblick, während ich das Handy greife, merke ich, dass dies nur der folgerichtige Schlusspunkt eines vor Langem begonnenen Prozesses ist. Dass ich seit geraumer Zeit dieses Gefühl der Verantwortung mit mir herumtrage – gegenüber Semra, gewiss, aber auch gegenüber dem Rest der Gruppe, die alle nur hier sind, weil ich sie hierhergeschleppt habe. Und dass, obgleich es von außen betrachtet wie eine Last anmuten könnte, sich dieses Gefühl der Verantwortung richtig gut anfühlt, befreiend.
»Hallo?«
Aber kann ich dieser Verantwortung gerecht werden? Ich bin nicht Kommissar Rex. Ich bin nicht mal ein gewöhnlicher Schäferhund. Ich beiße nicht, ich belle meistens nicht mal.
»Hier Schell«, sagt die altbekannte Stimme.
»Hallo.«
»Wenn Sie mir nicht auf der Stelle sagen, wo sich mein Sohn befindet, dann – «
»Herr Schell, bitte hören Sie zu. Piet möchte im Augenblick nicht mit Ihnen sprechen. Ich kann nichts für Sie tun – «
»Sie sagen mir nicht, was mein Sohn möchte oder nicht!«, empört sich der Mann am anderen Ende der Leitung. »Was glauben Sie eigentlich, wer Sie sind? Sie sind doch überhaupt nicht zurechnungsfähig – Menschen wie Sie – ach, was rede ich da, von wegen ›Menschen‹ – hören Sie, Sie sind nicht ganz

richtig im Kopf und tun dann so, als könnten Sie nichts dafür – «

»JETZT HÖREN SIE MIR MAL ZU!«, belle ich dann doch, außer mir vor Wut. »Sind Sie wirklich so eingebildet, dass Sie nicht glauben können, dass eine Erkrankung existiert, bloß weil Sie sie nicht sehen können? Leute wie Sie machen mich krank! Kein Wunder, dass Piet nicht zu Ihnen zurückwill!« Ich atme tief durch. »Ich schäme mich dafür, dass der Vater meines Kumpels so ein mieses Arschloch ist.«

»Oh! Das verbitte ich mir! Was ERLAUBEN – «

Ich drücke auf den Auflegeknopf. »Nicht rangehen«, weise ich Semra gähnend an, als ich ihr das Handy zurückgebe.

Den Vormittag verbringen wir alle im gleichen Zimmer, wo wir das Gleiche tun, nämlich den 22. Juni 1968 im Internet studieren – wie er war, wie er nicht war, wie er gewesen sein könnte. Besonderes Augenmerk auf Paris und Umgebung und die angegebene Uhrzeit. Würde währenddessen ein Pontius Pilatus der Verhaltensbiologie ins Zimmer kommen und uns sehen, so würde er sagen: Ecce simiae, seht, ein sozialer Verbund von Affen. Aber das Bild, schießt es mir plötzlich durch den Kopf, trügt. Denn eigentlich bin ich die einzige Person, der diese Suche, diese Tätigkeit, etwas bedeutet. Die Bewegungen aller anderen nur leere, nichtssagende Spiegelungen der meinen. Ecce simia!

All unsere Spuren, so heiß sie uns zunächst erschienen, verlaufen im Sande.

Ich verlasse die Gruppe um die Mittagszeit herum, um mich aufzumachen zur ehemaligen Adresse meines Halbbruders.

Meine Eltern habe ich seit Wochen nicht mehr angerufen. Sie mich auch nicht. Vielleicht ist die Polizei mir bereits auf den Fersen, oder vielleicht hat die Klinikleitung ihnen empfohlen, jegliche Kontaktaufnahme zu unterlassen, oder vielleicht ist es ihnen auch ganz egal, wo ihr Sohn steckt, jedenfalls spielt es auch keine Rolle, sage ich mir und marschiere tapfer weiter, brav geradeaus.

Guillaume grüßt mich bereits von Weitem. Ich bleibe kurz stehen, um mir wieder eine Zeitung zu kaufen. Vor mir ist jemand am Tresen, ich muss kurz warten.

Der Pariser Zeitungsstand: Spiegel der Gesellschaft. Wer die Meinung hat, denke ich mir, hat die Macht. Macht aber nichts, jedenfalls mir nicht, denn ich habe gerade andere Probleme. Dann bin ich auch schon an der Reihe.

Die Straße heißt Rue des Épinettes und liegt etwas ab vom Schuss im gleichnamigen Quartier des Épinettes, das wiederum im 17. Arrondissement liegt. Hier kann man bereits deutlich die Nähe des Périphérique spüren. Von der typischen Architektur des allmächtigen Haussmannischen Reichs sind wir meilenweit entfernt. Ich durchquere die Straße Richtung Norden, den Blick auf die Fassaden der linken Seite gerichtet, wo die ungeraden Zahlen hausen. Das Ziel ist die Nummer 59 (Primzahl, ansonsten langweilig).

Fast da. Einundfünfzig, dreiundfünfzig …

Fünfundfünfzig, siebenundfünfzig –

– und die Gebäude hören auf.

Ich bleibe stehen, sehe mich um, sehe auf die Karte. Frage jemanden auf der Straße.

Die Lüge fällt mir wie eine Binde von den Augen. Es gibt keine Rue des Épinettes Nummer 59, hat nie eine gegeben. Es gibt keine Nachbarn, Nachmieter oder Nachlässe. Keinen, der sich an das Lachen meines Halbbruders erinnert oder an das auffällig große Muttermal unter seinem linken Auge, an dem mein Blick als kleiner Junge haften blieb. Denn mein Halbbruder hat mir eine erfundene Adresse gegeben.

Das grelle Sonnenlicht wirft Schatten so hart wie die Wahrheit, die ich jetzt verdauen muss. Mein Bruder wollte nie, dass ich ihn finde. Stuttgart 2005 war eine Lüge. Er wusste, dass ich ihn eines Tages suchen würde. Und hat seine Vorkehrungen getroffen, vor Ewigkeiten schon. Diese Ablehnung, dieses *Persönliche*, das mir von allen Häuserwänden entgegenschreit, es ist wie ein Schlag in die Magengrube. Ein flaues Gefühl breitet sich in mir aus, irgendwo tief in meinem Innern ist mal wieder etwas unwiderruflich zerbrochen, um ein Haar wird mir übel.

Ich steige in einen Bus ein, einen Bus mit Nationalflagge, irgendeinen – wohin er fährt, ist mir egal, Hauptsache weg von hier. Doch auch diese meine Hoffnung wird heute enttäuscht, der Bus bleibt im Pariser Verkehr stecken. Draußen kann man dem Beton beim Schmelzen zusehen, Bäche von Schweiß rinnen mir die Haut hinunter. Die Atemluft besteht zu 78 Prozent aus Feuer, und meine Welt steht am Rande einer Panik. Irgendwann steige ich aus, taumele in das erstbeste geöffnete Geschäft, einen Elektronikmarkt. Frischer Wind flackert auf in meinen Segeln. Doch es ist nur der betörende Atem der Sirenen; nichts ahnend gehe ich vor einem CD-Regal in die Hocke, irgendwo zwischen C und D, und als ich mich wieder aufrichte, flimmert es vor meinen Augen – Slenderman lässt grüßen. Hilflos taumele ich weiter, lasse mich auf dem Boden nieder vor irgendwelchen Platten, Alternative Rock, Wasser, ich brauche Wasser. Mit zitternden Händen krame ich in meinem Rucksack nach einem Bonbon, das die zweite Halbzeit meines missglückten Exkurses einläuten soll, aber ich finde keins. Ein Mann beschwert sich, denn er müsse genau dahin, wo ich gerade sitze, bitte stehen Sie auf, schnell, ich habe wenig Zeit und brauche noch die neue Platte von irgendjemandem, aber tut mir leid, Monsieur, ich kann grad nicht aufstehen. Er holt dann das Ladenpersonal, und das ist meine Rettung, denn die bringen mir ein Glas Wasser, ich rappele mich am Regal auf, dabei fallen ein paar Platten auf den Boden, und der Mann fragt, geht's besser, und sein Tonfall ist zu hundert Prozent schlechtes Gewissen, und das Personal setzt mich auf einen Stuhl, und über alledem ist tatsächlich die Panik an mir vorübergezogen. Nach ein paar Minuten kann ich den Markt wieder verlassen.

Meine Augen brauchen eine Weile, um sich anzupassen, als ich vom gleißend hellen Sonnenlicht ins Halbdunkel der Métrotunnel trete. Blind wie ein Maulwurf in den eigenen Gängen nehme ich die Dinge um mich herum bestenfalls peripher wahr: zwei anscheinend wildfremde Menschen, die sich gegenseitig anschreien. Ein kahl rasierter Mann, der einer Gruppe Mädels demonstrativ vor die Füße spuckt. Ein Olympique-Marseille-Fan zweifelhaften Charakters, der lautstark eine junge Frau im PSG-Trikot anpöbelt. All das erlebe ich auf meiner Rückkehr zum Hotel und messe ihm nicht die geringste Bedeutung bei. Die schlimmsten Feuer sind die, die man noch nicht sehen kann.

Die Enttäuschung muss mir ins Gesicht geschrieben stehen, denn als ich durch die Tür trete, fragt Tom, ob alles in Ordnung sei. Ich sage nichts. Tom sieht ebenfalls fertig aus, doch ich spreche ihn nicht darauf an. Ich sehe ihn ins Zimmer gehen und fast den ganzen Tag nicht mehr herauskommen.

Auch sonst stehen die Dinge unter negativen Vorzeichen. Tibault hat sich offenbar mit Jessi gestritten. Er lacht die ganze Zeit ungehemmt und springt auf die geringste, unbeabsichtigte Provokation an. Es ist glasklar, dass ihm die Medikamente fehlen, und ich frage mich, wie lange das alles noch gut gehen wird. Auch ich bin reizbar. Als Piet sich am Fenster eine Zigarette anstecken will, verliere ich für einen Moment die Beherrschung und schlage sie ihm aus der Hand. Piet stößt mich verärgert gegen die Wand.

Für einen Augenblick droht die Situation zu kippen. Es ist dem Zufall zu verdanken, dass in dem Augenblick gerade Jessi aus dem Bad kommt und zwischen uns geht. Ich fliehe wieder an die frische Luft, um mich abzureagieren, aber das ist bei dieser Hitze ein hoffnungsloses Unterfangen.

Nicht werten, denke ich. Ja, versuch das mal! Nicht werten. Aber wir werden im Leben doch genau auf das Gegenteil getrimmt, nämlich immer und alles zu bewerten. Und das, fällt mir auf, ist eigentlich total unnatürlich. Ich meine, das Universum denkt sich ja auch nicht, diese Sonnenfinsternis war gut, und diese kriegt nur eine 3 minus, und Erdmännchen sind ungenügend oder so. Aber schön dasitzen im akkurat gebleichten Klinikkittel und so einen Stuss von sich geben wie »Nicht werten«! Ich laufe eine gefühlt endlos lange Straße entlang, deren Namen mir direkt nach Lesen des Schildes wieder entfällt. Menschen, Gefühle, Gerüche tauchen auf und verschwinden vor meinen Augen. Ich zittere. Setze mich auf eine Bank. Mein Puls eilt mir voraus. Er schwankt, mal weniger, mal mehr. Er schwankt, aber er geht nicht unter.

Hier hängt nicht nur alles mit allem zusammen, denke ich. Die Straßen, die Viertel, die Gesichter gehen ineinander über. Panta rhei, alles ist im Fluss, im glühend heißen Lavafluss. Das Immergleiche ist das Immerneue. Ich stelle fest, dass ich nicht mehr weiß, wo ich bin. Mein Gehirn permanent geflutet in einem Feuermeer aus Gedanken, in dem ich jede Sekunde aufs Neue untergehe. Ich erstarre, bin wie gelähmt, kann mich nicht entscheiden, wohin, welche Métrolinie, ja, bin nicht einmal in der Lage zu beschließen, überhaupt aufzustehen. Der Himmel über mir bedrohlich weit, die Straße vor mir erstickend voll, vor lauter Entscheidungsbäumen kein Wald. Ich beginne, still in mich hineinzuweinen und weiß nicht, warum. Hier sitze ich und halte vielleicht, nur vielleicht, ein Stück des großen Fadens in der Hand, der alles mit allem verbindet, der die Welt zusammenhält, und bin dabei so desorientiert, dass ich nicht mal mein eigenes Leben, meinen eigenen Verstand zusammenzuhalten vermag. Aber das ist eben nicht die Klinik, hier gibt es keine Sicherheit, keine vorgeschriebene Spur, die man nicht zu verlassen hat. Hier ist alles möglich. Und ich habe es so gewollt.

Irgendwann wird Jessi das Hotel verlassen, um sich einen Kaffee zu holen, und mich auf der Bank finden. Die endlos lange Strecke, die ich hinter mich gebracht habe, wird gerade mal zweihundert Meter lang gewesen sein.

Egal wie weit man es im Leben gebracht hat, man hat doch immer nur eine Schrittlänge Abstand zum Abgrund.

Jessi überredet mich dann, mitzukommen und etwas zu mir zu nehmen. Danach geht es mir wieder besser. Wir kehren ins Hotel zurück, wo die anderen gerade versuchen, Semra aus dem Bad herauszubekommen, in das sie sich laut weinend eingeschlossen hat. Es zerreißt mir fast das Herz, und ich wünschte, ich könnte sie erlösen von den Dämonen, mit denen sie kämpft. Der Haken daran ist, dass wir alle nicht mal unsere eigenen Dämonen in den Griff bekommen. Benzinkanister sind eben von Haus aus keine guten Feuerlöscher.

Bevor wir uns auf den Weg zu den Feierlichkeiten am Eiffelturm machen, versuchen wir noch, irgendwo Chilibonbons aufzutreiben. Toms Vorrat geht bedrohlich zur Neige. Aber in so einer Weltstadt sollte es doch kein Problem sein, auch exotische Dinge zu bekommen, oder? Tibault recherchiert eine Adresse, angeblich einen großen Chililaden, und wir machen uns auf den Weg. Als wir am Boulevard de la Tour-Maubourg ankommen, sind wir überrascht: von Chililaden keine Spur. Stattdessen stehen wir vor einem großen Gebäude, an dem eine große Flagge hängt: die chilenische Botschaft, ›L'Ambassade du Chili‹.

»Pfeife«, sagt Piet, worauf Tibault anfängt, hemmungslos zu lachen.

Nachdem wir uns in eine rammelvolle Métro gequetscht haben und ich es wundersamerweise ohne Panikattacke überstanden habe und wir Tibault gerade noch so davon abhalten konnten, mit jemandem, der ihm angeblich auf den Fuß getreten ist, eine Prügelei anzufangen, erreichen wir schließlich den Champ de Mars. Wir reihen uns ein zur Sicherheitskontrolle, wie gewohnt alles weiträumig abgesperrt, denn im 21. Jahrhundert kann man eben nichts erleben, ohne an Männern mit Maschinengewehren und solchen mit Handschuhen und wenig Zimperlichkeit vorbeizugehen.

Zunächst verdecken die Bäume unsere Sicht auf die Hauptattraktion; das große Konzert läuft bereits, und die Menschen sitzen oder stehen dicht gedrängt auf Sand und Rasen. Angeführt von Tom bahnen wir uns eine Schneise und arbeiten uns Stück für Stück nach vorne. Bis unsere Karawane stehen bleibt.

»Wow«, sagt Jessi.

Mir verschlägt es ganz und gar die Sprache. Es ist ein Moment, den ich nie in Worte fassen können werde und in dem jegliche Beklommenheit wie von Zauberhand von mir abfällt. Den funkelnden Eiffelturm zu sehen, so groß gegen den kristallblauen, klaren Abendhimmel, der sich mit dem Sonnenuntergang in einen endlosen Gradienten aller Farben verliert, und dann noch diese sphärischen Klänge. *Sous le dôme épais ... où le blanc jasmin ...* Ein Moment, so schön, dass er wehtut. Meine Augen sind feucht. Ich denke auf einmal an meinen Halbbruder und ob er vielleicht sogar irgendwo hier sitzt in dieser halben Million. Der Gedanke, dass wir jetzt da zusammensitzen und uns das Konzert anschauen könnten, dass er mich aber nicht bei sich haben wollte, dass er jetzt bestimmt mit irgendwelchen anderen Leuten dasitzt und lacht und auf den schönen Abend anstößt, frisst mich von innen auf, weil ich weiß, dass es an mir irgendwas Falsches, Schlechtes, Unliebenswertes geben muss, und ironischerweise bekommt auch das niemand mit, weil niemand in meine Richtung schaut, klar.

Noch den ganzen Abend treibt mich das um.

Später sehen wir dann noch das Feuerwerk. Die Sterne blitzen auf und verpuffen, und ich wünsche mir insgeheim, dass dieses Ereignis vielleicht der Startschuss für einen Neuanfang in meinem Leben ist. Dass alle meine Probleme mit diesem einen Feuerwerk in Rauch aufgehen und sich im immateriellen Nichts der Himmel verflüchtigen mögen, heute, an einem 14. Juli 2018.

Aber natürlich ist das ein Irrglaube. Zu denken, dass sich mit einem bestimmten Datum oder Feuerwerk all der Feinstaub aus unseren abgenutzten Getrieben löst.

DUNKELHEIT, DIE. SUBSTANTIV. *Hier gibt es sie nicht, die*
pure, reine Dunkelheit. Dieser absoluten Dunkelheit bin ich tatsäch-
lich nur einmal begegnet, als ich, unterwegs zu dir, des Nachts mit
der Straßenbahn zu weit gefahren, im Nirgendwo gestrandet bin und
nichts mehr zurückfuhr. Und was für eine Begegnung das war. Mit
der absoluten Dunkelheit bricht der letzte Anteil Zivilisation weg,
die letzte Barriere, die uns vom Kosmos trennt. Und plötzlich fühlen
wir uns unsicher. Vielleicht, weil in dieser absoluten Finsternis, dieser
ohrenbetäubenden Stille, die nagenden Stimmen unseres Gewissens mit
tausendfachen Ohren in unser Innerstes hineinhorchen. Und nach jeder
durchwachten Nacht steigt das Morgenlicht wie ein nüchterner Rächer
empor, der in fahlem Grau die Reue in die Augen der Menschen treibt.
Du klappst das Buch zu, legst die Decke über mich, während ich mir
zum hundertsten Mal die Nase putze. Und in meinem Fieberwahn weiß
ich nicht mehr, was von alledem Realität ist und was nur Fiktion.

18. Kapitel

TRAUM AUS STAUB,
MEER AUS FLAMMEN

Tag vier unseres Paris-Aufenthalts. Je länger wir hier sind, desto mehr fühle ich, dass die Stadt eine Macht über uns ausübt.
Wie sie uns alle verändert, unmerklich zwar und doch für den
geübten Blick klar ersichtlich.

An diesem Ort fühle ich mich der eigentlichen Essenz des
Lebens näher, *roher*, als je zuvor. Es ist vielleicht der einzige Ort
auf der Welt, dem ich zutraue, vollkommen in sich stimmig zu
sein. Und dennoch liegt auch hier einiges im Argen.

Aber heute ist endlich der große Tag, an dem das WM-Finale
zwischen Frankreich und Kroatien steigt – und wir in der Fanzone vorne mit dabei. Ich wache schon am frühen Morgen auf,
das Unterhemd völlig nass geschwitzt, und bin aufgeregt. Auf-

geregt und auch ein bisschen nervös. Ich werde mir im Verlaufe des Tages noch Chilibonbons bei Tom abholen, um für etwaige Panikattacken gewappnet zu sein. Jetzt aber trete ich erst mal in die Gemeinschaftstoilette und reibe mir länger als gewöhnlich die Müdigkeit aus den Augen, weil ich nicht glauben kann, was ich da sehe. Doch das Bild verschwimmt nicht. In der Kloschüssel vor mir liegt ein Handy. Und zwar nicht irgendein Handy, sondern das kleine, graue von Semra.

Eine Weile stehe ich da wie angewurzelt. Rausfischen will ich es nicht gerade, aber darauf pinkeln auch nicht, obwohl es bestimmt schon hinüber ist. Also gehe ich wieder raus, klopfe an der Tür des Mädelszimmers und teile Semra meine Entdeckung mit.

Zu meiner Überraschung ist Semra ziemlich ungerührt. »Ich weiß«, sagt sie. »Ich musste es halt wegwerfen.«

»*Ins Klo?*«

Ihr Gesichtsausdruck wie gewohnt neutral. Mit einer zarten Spur Genervtheit.

»Es hat einfach nicht aufgehört zu klingeln.«

Gestern ist kein Anruf mehr gekommen, fällt mir auf.

»Das war bestimmt Piets Vater.«

»Weißt du, das ging einfach nicht mehr. Es hat dauernd nur geklingelt. Wie früher in Bosnien, da hat's auch oft geklingelt.«

»Was hat geklingelt?«

Semra sieht jetzt leicht frustriert aus. »Alles. Also an der Tür, wenn sie kamen. Oder bei meinem Opa hat das Telefon immer geklingelt, da ist niemand mehr rangegangen, nachdem er tot war. Ich will so etwas nicht mehr.«

Ich schlucke.

»Soll ich es rausholen?« frage ich schließlich, insgeheim hoffend, dass sie Nein sagt.

»Nee, brauchst du nicht. Ich will das Handy nicht mehr. Danke, Sean«, sagt sie, fügt dann noch was auf Bosnisch hinzu, wohl mehr für sie selbst gemeint als für mich, und macht dann Anstalten, die Tür vor meiner Nase zu schließen.

»Warte – Semra?«

Sie öffnet nochmal einen Spalt. »Ja?«

»Also, wir werden nachher für ein paar Stunden weg sein, zum Fußballschauen. Das – das interessiert dich doch nicht, oder?«

Sie schüttelt den Kopf.

»Gut, wir haben nämlich ein Ticket zu wenig. Aber geh doch du auch ein wenig raus.« Ich setze ein hoffentlich ermutigendes Lächeln auf. »Ich – ich weiß nicht, schau dir ein bisschen Paris an. Ist 'ne tolle Stadt. Immer nur im Zimmer zu sitzen ist doch langweilig.«

Semra sagt nichts. Nach einer Weile dann, »Vielleicht, Sean.«

Als Tom, Piet, Jessi, Tibault und ich uns unter der brütenden Mittagssonne auf dem Weg zur Fanzone machen, beginnt Piet fast ununterbrochen davon zu reden, dass die vielen Blau-Weiß-Rots, die wir hier sehen, etwas Geheimes symbolisieren. Als ich genauer nachfrage, redet er irgendwas Verworrenes von der Bedeutung der einzelnen Farben und von Ideendiebstahl und geheimen Absprachen unter den Menschen.

Na ja. Für mich bedeuten die Farben jedenfalls nur, dass wir uns am Tag eines Frankreichspiels in Frankreich befinden. Meiner Meinung nach eindeutig seine Psychose, die da aus ihm spricht. Überhaupt geraten fast alle von uns dieser Tage immer näher an unsere Limits. Der Entzug, die Hitze, der Stress – kein Wunder. Jessi zum Beispiel schweigt inzwischen meistens; Semra redet dafür umso mehr, aber nur mit sich selbst. Und dann sind da noch kleine Dinge. Konflikte, die vielleicht ein wenig schneller aufflammen als sonst. Kommentare, einen Quantensprung bissiger als zuvor. Unser Zusammensein ein Dynamiteinander, permanent kurz vor der Zündung.

Und es ist auch wieder einer dieser Tage, an denen man meinen könnte, nicht Maultaschen oder Spätzle wären der erfolgreichste Export des Ländle, sondern der schwäbische Wutbürger. Denn ich sehe ihn, hier, mitten in Paris steht er auf der Straße, genauer gesagt an Guillaumes Zeitungsstand, und spricht natürlich Französisch, es handelt sich schließlich um die internationale Sammelausgabe.

Und während ich mal wieder in der Schlange stehe, um meine Zeitung zu kaufen, fällt ihm das Corpus Delicti auch noch aus der Hand – auf den Boden, direkt vor die Füße einer vielleicht aus dem Maghreb stammenden Kopftuch tragenden Frau, die sich ebenfalls gerade umsieht. Und natürlich ist es ein dunkelrechtes Blatt, und natürlich sieht die Frau nach unten, und der alte Mann sieht nach unten, und auf dem Cover natürlich gerade irgendeine Hetze gegen das Kopftuch. Beide sehen kurz auf, ihre Blicke treffen sich, und für einen Augenblick denke ich, jetzt geht's gleich los.

Dann aber hebt die Maghrebinerin die Zeitschrift auf, lächelt gütig und drückt sie dem Mann in die Hände. Der Alte ist sichtlich peinlich berührt, wirkt beklommen, nickt kurz. Guckt drein wie ein Schuljunge, dem gerade vor versammelter Mannschaft das Pornoheft aus der Tasche gefallen ist, sagt nichts, legt sie Guillaume, der wie immer kein Wässerchen trüben kann, auf den Tresen, bezahlt, geht. Dann ist noch die Frau dran und danach ich. In wenigen Stunden werden wir alle vier Mbappé die Daumen drücken, denn dafür ist er gut, zum Toreschießen, da sind wir uns alle einig, und der Unterschied zwischen uns besteht nur darin, dass der Typ mit der Zeitschrift den Mbappé bestimmt nicht als Nachbarn haben will.

»Ich reservier dir die morgige Ausgabe!«, ruft Guillaume mir fröhlich hinterher.

An der Station Opéra sind gleich zweimal hintereinander die Wagen der Métrolinie 8 so voll, dass wir keine Chance sehen, hineinzukommen. Beim dritten Versuch schaffen wir es, uns mit aller Gewalt gerade noch so hineinzuquetschen, dass die nur Millimeter hinter uns zugehenden Métrotüren uns kein Körperteil abschneiden, oder mein PSG-T-Shirt zerreißen.

Das Warnsignal ertönt an jeder Station mindestens dreimal, bis auch tatsächlich alle Türen schließen können. Und Stationen gibt es viele. Zu viele. Die Fenster sind offen, doch die Wagen alt, und es zirkuliert keine Luft. Der vermischte Achselschweiß mehrerer Menschen hängt mir in der Nase. Ein paar Hardcorefans mit nackten Oberkörpern und Fanschals hüpfen auf und ab, singen lauthals und klopfen mit aller Wucht rhythmisch gegen die Scheiben. Jessi bekommt es mit der Angst zu tun. Ich versuche sie zu beruhigen und dabei zu ignorieren, dass ich genauso viel Angst habe.

Irgendwann zündet einer von ihnen zu allem Überfluss einen Bengalo an. Ich bekomme den Rauch ins Gesicht, und dann bin ich mir plötzlich sicher, das war's jetzt. Dass wir ersticken, wenn hier ein Unfall passiert, ging mir schon anfangs durch den Kopf, doch jetzt ist kein Unfall mehr nötig. Der Rauch raubt uns die letzte Atemluft. Jessi fängt an zu schreien. Mein Kopf sagt mir, dass ich die Ruhe bewahren sollte, aber meine verzweifelte Kehle tut es ihr gleich. Bei der nächsten Station kämpfen wir uns aus dem Wagen. Die Métro aus der Hölle braust ohne uns weiter.

»Und jetzt?«

»Zu Fuß«, ordne ich erschöpft an. Wir haben es gerade mal bis Invalides geschafft.

Wo der Einlass zur Fanzone überhaupt sein soll, weiß niemand so genau. Im Dunstkreis des Eiffelturms stapfen wir durch die Straßen. Unsere sengenden Sohlen wirbeln Staub auf. Die unbarmherzigen Strahlen der Mittagssonne greifen nach uns. Die Plätze sind groß, die Abstände weit, die Absperrungen erbarmungslos und undurchlässig auf den kaugummilanggestreckten Boulevards rund um unser Zielobjekt. Nach zwanzigminütigem Fußmarsch erreichen wir schließlich einen Einlasspunkt. Eine Menschenmenge hat sich davor versammelt; alle schreien durcheinander, grimmige CRS-Spezialeinheiten bewachen die Tore, als würde hinter ihnen Gold die Straßen bepflastern. Ich zeige meine gestern noch schnell im Hotel ausgedruckten Tickets vor, werde an einen anderen Einlass verwiesen, selbstverständlich wieder einen Wüstentagesmarsch entfernt. Die Fanzone sei voll, ist zu vernehmen, die maximale Kapazität von 90 000 Farad schon erreicht, der Widerstand groß, die Spannung steigend, alles kondensiert und mein Auge tränt, und das Wasser und der Dampf sind eins, vielleicht. Fluctuat nec mergitur, sagen sie. Es schwankt, aber es geht nicht unter. Mehr wie: Es schwankt und es kommt nicht herein, aktuell. Denn die Masse ist ein unvorstellbar mächtiger Strom. Die Masse vereint Teilchen und Wellen, ist beides zugleich und doch nichts davon, ist die Stringtheorie unseres Schicksals und scheint doch keinen Naturgesetzen, keiner Logik zu folgen.

Auch am zweiten Eingang kommen wir nicht rein. Voll, voll, voll. Alles abgesperrt. Die Fans murren, randalieren, einer der nackten Oberkörper aus der Métro, ich erkenne ihn an seinen hässlichen Tattoos wieder, versucht, mit einem schwer eingedeckten Polizistenoberkörper zu verhandeln, so ein Schwachsinn. Ich halte meine Tickets jedem unter die Nase, der halbwegs offiziell aussieht und uns dann doch ablehnt. Im Laufe der Zeit probieren wir es an allen Eingängen, unsere Schuhe voller Löcher, unsere Herzen voller Frust.

Dazwischen: die Straßen am Rande eines Feuerballs. Risse, immer wieder, so bröckelig wie das Bild, das schief gewordene, das mein Leben darstellt. Am Ende ist alles umsonst. Am Ende sind *wir* am Ende mit unseren Kräften, unserer Geduld, unserer Fähigkeit, korzurekt formu Sätze lieren. Am Ende bleibt uns nur noch, die Tickets in Wut zu zerreißen und zuzusehen, wie sie vor uns zu Staub zerfallen. Zu Staub, der schon morgen in Flammen aufgeht.

Am Neubeginn nach dem Ende haben wir uns in ein x-beliebiges überfülltes Café gequetscht, um hinten von der allerletzten Reihe aus doch noch irgendwie das Spiel zu sehen. Ich bin eine Weile sehr verärgert und daher nicht zu gebrauchen. Jessi bekommt noch vor der Halbzeit Angst vor all den Menschen und stürmt aus dem Café. Ich gehe ihr nach und kann sie nach zehn Minuten davon überzeugen, zurückzukommen. In diesen zehn Minuten habe ich ganze zwei Tore verpasst. Nach dem Abpfiff kann ich mich kaum noch an das eigentliche Spiel erinnern. Alles, was ich weiß, ist, dass wir irgendwann in ohrenbetäubender Kulisse sitzen. Nach ein paar Momenten setzen sich die Silben in meinen Ohren zu Wörtern zusammen. CHAMPIONS DU MONDE, CHAMPIONS DU MONDE!

Die nachfolgenden Stunden verbringen wir in Trance. Es besteht kein Zweifel, dass wir uns in der Hauptstadt des Weltmeisters befinden. Überall auf den Straßen Hupkonzerte, beflaggte Autos, Fangesänge, feiernde Menschen auf den Plätzen. Vergessen der Schweiß der Straßen, der in Bächen von dannen rinnt, vergessen die gespaltenen Pflastersteine, auf denen eine bessere Welt entstehen sollte. Wie auf Wolken taumeln wir durch die verschwommenen Landschaften, die sich vor uns aufbauen und hinter uns ins Reich der Träume übergehen.

Nach Stunden der Ausgelassenheit ist die üppige Bild- und Tonübertragung der Realität am Ende. Zurück in unserem Hotel, wo wir im Foyer noch ein bisschen abhängen wollen, stürzen wir sehr bald auf den unsanften Boden der Tatsachen zurück.

»Schlechte Nachrichten«, verkündet Piet. Er war gerade oben, steht jetzt auf dem Treppenabsatz, kommt dann verhalten auf uns zu. Sein nervöser Blick streift mich kurz, bevor er die gesamte Gruppe adressiert.

»Semra ist verschwunden. Ich wollte kurz schauen, wie's ihr geht. Als ich los bin, hat sie noch gemeint, sie würde sich heute Mittag wieder die Champs-Élysées anschauen. Tja, sie ist aber nicht zurückgekehrt.«

Wir sind allesamt schlagartig nüchtern.

»Wie lang ist das her? Dass du sie gesehen hast?«

Piet bläst die Backen auf und pustet die Luft raus. »Keine Ahnung, so um die sieben, acht Stunden vielleicht?«

»Verdammt. Semra würde nie so lang draußen bleiben.«

»Außer, es ist ihr was passiert.«

»Das ist es ja! Und jetzt?«

»Onkel Ti weiß die Lösung!«, sagt Tibault aufgeregt. »Ihr müsst sie anrufen, ich schwör's. Wenn das nicht die Lösung ist, esse ich diese Zeitung. Das verspreche ich – h-hoch und heilig. Ja.« Er torkelt auf den Couchtisch zu und zeigt mit dem Finger auf eine aktuelle Ausgabe von Le Monde.

»Hast du was genommen?«

»Tut das was zur Sach-?«

»Es geht nicht«, unterbreche ich. »Semra hat ihr Handy heute Morgen ins Klo geworfen.«

»*Bitte was?*«

»Ja, wirklich.«

»Shit.« Tibault reißt tatsächlich ein Stück von Le Monde ab und schiebt es sich unzeremoniell in den Mund.

»Also Leute, wir dürfen jetzt nicht die Nerven verlieren«, sagt ausgerechnet Jessi, die selbst am aufgewühltesten von uns allen aussieht.

Tibault zeigt kauend mit dem Daumen auf die Rezeption. »Der Hoteltyp da hat sie auch nicht gesehen?«

»Der Hoteltyp da versteht Deutsch«, flötet der Rezeptionist. »Und – nein. Euer Kollege hat bereits telefonisch gefragt.«

»Tschuldigung, wir sind alle bisschen nervös gerade«, sagt Jessi leise.

Tom streicht sich über das glatt rasierte Kinn. »Wie sollen wir nun – «

»Das ist nuuuur eure Schuld«, fällt Tibault ihm lallend ins Wort. »Die ist doch nicht zurechnungsfähig, die hätte man ins Zimmer sperren sollen! Ja-ha! Ist alles die Schuld von dir, Piet – und Sean!«

»Halt die Fresse, du Arsch!«

»Das bringt uns jetzt nicht weiter«, wirft Tom ein. »Also: Was machen wir jetzt?«

»Sollen wir sie suchen gehen?«, fragt Jessi zögerlich. »Vielleicht finden wir sie ...«

»In freaking PARIS, ja?«

Jessi antwortet nichts. Sie hat sowieso fast gar nichts mehr gesagt seit dem Spiel heute Nachmittag. Wenig später verschwindet sie in ihr Zimmer.

Vielleicht finden wir sie. Was es auch ist, immer wieder kommt man auf diese Ungewissheit zurück. Dieses Vielleicht, das uns alle auf dem Gewissen hat.

»Den Fernseher«, stammele ich schließlich. Mein Magen fühlt sich so schwer an wie eine Singularität; Tibault hat nicht ganz unrecht, schließlich war ich es, der Semra dazu ermutigt hat, alleine rauszugehen. Weil ich sie beschäftigen wollte. Letztendlich, weil wir kein Fanzone-Ticket für sie hatten. Weil wir sie irgendwie loswerden mussten, um unseren Spaß zu haben.

Ich verdammtes, egoistisches Arschloch. »Geht nach oben. Schalt den Fernseher ein, Tom.«

Über den winzigen Fernsehbildschirm in Toms Zimmer flimmern Szenen, die uns Angst machen. Zehntausende sind auf den Champs-Élysées und feiern. Ein Meer von Flaggen und Flammen und bengalischen Feuern, und die Dämme werden nicht halten; es wird überschwappen, direkt von der Mattscheibe herein über uns.

»Es wäre Wahnsinn, jetzt hinzugehen«, sagt Tom ruhig, ohne die Augen vom Fernseher zu nehmen. »Selbst wenn Semra dort sein sollte, wie willst du sie finden?«

»Ich werde aber gehen«, sage ich, und spätestens da steht mein Entschluss unwiderruflich fest.

Tibault, immer noch schwankend, wendet sich von uns ab. »Is' ja 'n Ding«, gluckst er. »Aber – heeeey. Ich mach da nich' mit.«

»Hat ja auch keiner von dir verlangt!«

»Ach und du, ja, genau duu ... »Er dreht sich um und mustert mich. Angriffslustiges Funkeln in seinen Augen. »So'n Pisser wie du hat hier eh nix verloren.« Glucksen. »Ich komm nicht mit – «

»Schon gut, ich geh allein«, sage ich. »Ich muss.« Denn das ist die volle Wahrheit, wenn mich auch, noch während ich mir diese Wahrheit vergegenwärtige, bereits ein ungutes Gefühl beschleicht.

Die Métrostationen auf den Champs sind allesamt gesperrt. Ich steige von der Linie 7 in Stalingrad in die 2 um und nehme sie bis zur Station Ternes. Das letzte Stück von der Avenue des Ternes bis zum Beginn der Champs-Élysées lege ich zu Fuß zurück.

Es schlägt Punkt 21 Uhr, als meine Sohlen auf die Place de L'Étoile aufschlagen. Pflaster, von dem ich leise ahne, dass es kein glückliches für mich ist. Und die einzige Art, die hier im Einsatz sein wird, diejenige, die man auf zerrissene Haut klebt.

GESCHICHTE, DIE. SUBSTANTIV. *Wer ist mein Bruder? Und*
was ist seine Geschichte?
Omnis cellula e cellula, und alles folgt aus allem. Deine Geschichte, die
Geschichte meiner Eltern, meine Geschichte, alles zerbrechliche Steine,
die aufeinander aufbauen. Und das fehlende Puzzleteil, das Loch, die
Instabilität im Herzen unserer Familie – der Stein, der vielleicht alles
zusammengehalten hätte: unauffindbar.

19. *Kapitel*
DIE SECHSTE REPUBLIK

Noch während ich nach Semra Ausschau halte, wird mir klar,
wie hoffnungslos das Unterfangen ist. Freilich, noch ist alles
gut. Die Menschen feiern und singen. Auf den Champs ergeben
sich erste Lücken, viele scheinen bereits nach Hause gegangen
zu sein. Ich trinke die Atmosphäre aus vollen Zügen, während
ich unter den Verbliebenen immer noch fieberhaft das aus-
druckslose Gesicht von Semra zu erspähen suche.

Doch die Gesichter fluten zu Hunderten an mir vorbei –
jung, alt, aufgeregt, enttäuscht, faltig, überschminkt, ruppig,
gepflegt, sonnenbrillenbehangen, fröhlich, tätowiert, müde,
aggressiv. Einmal meine ich sogar, im Augenwinkel etwas Me-
tallisches schimmern zu sehen, ein Kostüm vielleicht, roboter-
ähnlich, doch als ich noch mal hinsehe, ist da nur ein Mädchen,
das mich erschrocken anstarrt. Mein Verstand, stelle ich fest,
entgleitet mir. Plötzlich steh ich wieder im Lift. Alles auf Anfang. Scheiße, denke ich noch. Merke, wie der Schwindel von
mir Besitz ergreift, wie ich durch die Gegend taumele und es
nicht schaffe, mich auf Semra zu fokussieren. Bevor dann ganz
andere Probleme in mein Sichtfeld vordringen.

Denn dann passiert etwas ganz Seltsames. Ich spüre den

Augenblick, an dem Geschichte geschrieben wird. Ich sehe ihn sich deutlich vor mir entfalten, den Moment, an dem die Stimmung kippt, an dem friedliche Feiern in Krawalle umschlagen. An dem das Schicksal einmal mehr zupackt und seinen unergründlichen Lauf nimmt. Ehrfürchtig beobachte ich, wie sich die aufgestaute Frustration einer ganzen Generation vor meinen Augen entlädt. Und ich schwöre euch, das kann man ganz genau schmecken, so was. Wenn eine Situation endgültig ins Negative kippt, wenn die Minuszahl, die unter unser aller Haut sitzt, einmal zu oft mit sich selbst potenziert wird.

Aus dem Nichts, Gänsehaut. Und plötzlich werde ich geflutet von der Erkenntnis, dass ich schon wieder mittendrin bin in so einer Situation. Geflutet vom Rauch, vom Schweiß.

Hamburg.

Ich kann das Feuer nicht sehen, doch sein Ruß, sein zerstörerischer Atem sengt bereits meine Haut. Die stumpfeste Klinge könnte die Luft zwischen uns in unendlich viele Teile zerschneiden, so gespannt ist sie. Der kleinste Funke alles zur Explosion bringen.

Die Masse fängt an zu rennen und ich mit ihr. Gehe in ihr auf, verschmelze mit ihr. Feuerwerkskörper explodieren in der Mitte des Platzes. Von allen Seiten wird der Triumphbogen von Einsatzfahrzeugen der CRS eingenommen. Unsere Schreie werden im Feuer geboren und ersticken im Rauschen der Wasserwerfer, die uns unbarmherzig die Fluchtwege abschneiden. Mein Herz könnte rasen, es könnte stillstehen, wahrnehmen würde ich es nicht. Die Panik ist nicht länger in mir drin, sie ist überall. Kreuz und quer zerstieben sie in alle Richtungen, die Söhne und Töchter Frankreichs, gejagt von ihresgleichen. Drüben von der anderen Seite der Champs dringen Schreie zu uns vor. Drüben brennt es, Gott sei Dank drüben, Gott sei Dank passieren solche Dinge immer woanders.

Vor mir ändern die Menschen abrupt die Richtung. Warum, weiß niemand. Vielleicht wurde da ein Knallkörper hingeworfen, oder da ist Polizei, oder da ist gar nichts – man muss der Masse, mit der man nun untrennbar verbunden ist, einfach blindlings vertrauen, diesem sich ständig zersetzenden und neu auferstehenden Monstrum, das eine unberechenbare und unzerstörbare Eigendynamik hat. Zwischen seinen Wogen werde ich ungestüm hin und her geworfen wie ein kenterndes Fischerboot auf hoher See, um dann plötzlich wieder neben mir zu stehen.

Hamburg.

Der Schweiß rinnt mir herunter. Ich bleibe wie gelähmt stehen. Etwas stößt gegen mich, etwas fällt mir aus der Hosentasche, ich sehe, wie es mir herausfällt, doch ich kann nichts tun. Etwas liegt auf dem Boden, etwas zerbricht, es stirbt unter den Tritten der Masse, die über mich hinwegdonnert, mein Handy. Auch dieser Faden abgerissen, etwas ist verloren. Die Luft auf meiner Zunge schmeckt bitter, nach Blut und Gewalt und Schlägen. Ich bleibe stehen, und das ist mein Fehler. Allein auf weiter Flur bin ich leichte Beute.

Sie lassen nicht lange auf sich warten. Mit Helmen und Schildern und Schlagstöcken dringen sie vor. Die Masse kehrt zurück, schwappt über mich, wird gebunden und vernichtet, und dabei werde ich gerettet, der Geißelung entrissen – fast.

Aber die Geschichte ist voll von Fasts.

Der Junge rennt auf mich zu. Wird zu Boden gerissen. Junge, einer, Polizisten: zwei.

Und ich zögere kein bisschen, bevor ich mich auf sie stürze. Kleidung auf Uniform, Schweiß reibt auf Schweiß. Ich habe kaum Kraft, doch mit mir haben sie nicht gerechnet; sie lassen kurz ab. Und das reicht. Der Junge reißt sich los. Ich schreie, doch kein Ton kommt heraus. Habe mich gerade aufgerappelt, als der erste Schlag kommt. Und dann sehe ich es. Das Muttermal. Unter einem der beiden Visiere auffunkelnd wie ein bedrohliches Omen aus der Finsternis, das Gesicht – vielleicht – meines Bruders.

Für den Bruchteil einer Sekunde inmitten des Getümmels auf diesem Flecken des mit dreißig Sekundenkilometern durch die Leere schießenden Planeten Erde treffen sich, während um uns die rohen Elemente aufeinanderpeitschen, unsere Blicke. Meine Augen in den seinen, einen Lidschlag lang. Und ich erkenne in diesem einen Augenblick, dass uns nicht nur nichts verbindet im Leben, sondern dass uns nie etwas verbunden hat.

Tränen in meinen Augen. Eine Stimme, die bricht.

»THIERRY!«

Doch er reagiert nicht. Drischt weiter auf mich ein, einfach immer, immer weiter.

Irgendwann dann ein Dauerdröhnen.

Erde, Hände, Stille. Aufstand. Aufstehen. Menschen, die sich Schals über die Nase ziehen. Dass das Wort Revolution etwas Anrüchiges haben soll, verstehe ich nicht. Revolutionen sind wie Fieberanfälle, oft nicht schön anzusehen, doch sie geschehen aus gutem Grund. Und ich, ich bin sozusagen ein Agnostiker der Revolution. Dennoch wird mir in diesem Augenblick bewusst, worum es im Leben geht, was fehlt. Und so klettere ich die liegen gebliebenen Barrikaden vergangener Jahrhunderte empor, trinke mir aus einer Flasche reinen Sauerstoffs den Mut an, den ein Revolutionär braucht, und spreche dann aus, was ich denke.

Jeder, denke ich, verdient es, geliebt zu werden. Niemand verdient es, ohne Liebe aufzuwachsen. Ohne Wärme, ohne Geborgenheit. Man sollte im Grunde genommen daraus ein Menschenrecht machen, das Menschenrecht auf Liebe. Gegenstand dieser immerwährenden Revolution, die vielleicht nicht nie, sondern in jeder Nanosekunde stattfindet, so wie sich in jeder

Nanosekunde Zellen erneuern und Moleküle trennen und zusammenfinden. In der aktuellen Nanosekunde bin ich dabei, auf einen Balkon zu klettern, und eine chemische Reaktion weiter rufe ich die Republik der Liebe aus.

Menschen, die rennen.

Das ist für lange Zeit das Letzte, was ich sehe. Wenig später erwischt es mich mitten im Gesicht. Ein Feuerball ergießt sich über meine Augen. Ich brenne, schreie, huste. Nur noch schwarze Höhlen, wo einst Augen waren. Draußen brennen die Elysischen Felder. Mit gebeugtem Kopf renne ich schreiend gegen eine Wand.

VERTRAUEN, DAS. SUBSTANTIV. *Du hast schreckliche Dinge erlebt, aber du hast nie dein Vertrauen verloren. Dafür bewundere ich dich. Vertrauen, hast du einmal gesagt, ist das einzige Gegengift gegen den Zerfall. Gegen diese Unwirklichkeit, die Gewissheit, dass wir uns im Niedergang befinden, in eine selbstgeschaffene Unsicherheit geboren wurden – dieses Gefühl, das in allem mitschwingt. Mir fällt es nicht so leicht wie dir. Aber dann sehe ich mich um, unsere Generation, und plötzlich habe ich Vertrauen in uns.* 'Cause yeah, everybody here's got somebody to lean on.

20. Kapitel
SCHERBENLESE

Urin. Stark sogar. Die Welt um mich herum nimmt langsam Formen an. Hell ist es. Meine Augen brennen, ich kann sie kaum öffnen. Alles ist verschwommen. Die Welt, gleichzeitig geflutet und in Flammen.

Ich bin in Paris!

Na klar, daher auch der Uringeruch. Das Parfüm von Paris sozusagen. Ich versuche, mich aufzustützen. Aber wo genau bin ich eigentlich? Meine Hände sind rau, aufgeschürft. Ich befühle meine Arme, winsele schmerzhaft auf. Das müssen massive Blutergüsse sein. Meine linke Schulter lässt sich fast nicht bewegen. Das T-Shirt zerrissen, die Lippen gespalten. Die Geruchsnerven wie weggeätzt. Ich schmecke Schweiß und getrocknetes Blut. Oberhalb der Augen kann jede Sekunde alles explodieren. Geplatzter Schädel auf meinen Schultern. Ich lehne mich nach hinten, schlage mir den Hinterkopf an einer Wand an. Stöhne. Nehme meinen Kopf in beide Hände, um zu verhindern, dass alles, was da nur noch an ausgerupften Nervenfäden zusammenzuhalten scheint, in Millionen irreparabler Bruchstücke zerbirst.

Da ist noch eine andere Duftnote, die sich in meine Nase mischt. Irgendwas Fauliges. Oder ist es Alkohol? Ich versuche, wieder die Augen zu öffnen, doch es gelingt mir nicht. Eine Kruste hält die Lider zusammen.

Aaah.

Tränen, die hinauswollen, aber in mir gefangen sind. Ich rolle mich auf dem Boden zusammen und heule still in mich hinein. Ich bin de facto blind. Blind und alleine in irgendeiner Scheißstraße in Paris.

»Alles in Ordnung?«

Die Frage kommt auf Französisch. Männliche Stimme. Ich kann nicht anders, als weiterzuschluchzen.

»Hé.« Eine Hand an meiner Schulter. Fest, aber nicht grob. »Was ist los?«

Da ist sie wieder, diese Alkoholfahne. Ich rappele mich etwas auf.

»Na also«, sagt die Stimme. »Was fehlt dir?«

»Meine Augen«, stöhne ich. »Ich kann sie nicht öffnen.«

»Tränengas?«, fragt die Stimme. Ich nicke. Meine Kehle fühlt sich trocken an.

»Hier, nimm das. Wasser.« Eine Flasche wird mir in die Hand gedrückt. Ich zögere.

Jähes Lachen. »Na mach schon. Spül dir die Augen aus und dann auf mit ihnen, mein Junge. Nur Mut.«

Das Wasser kommt von oben, wäscht mir nicht nur die Kruste und den Schmerz, sondern auch die Erinnerungsbarrieren von den Augen. Polizei. Die Wasserwerfer. Das Tränengas. *Mein Bruder.*

»Merci.« Ich zögere erneut, dann trinke ich einen Schluck. Linse unter der schmerzhaften Kruste hervor. Mein Gesprächspartner ist ein Obdachloser, umgeben von Schlafsack und Plastiktüten, einem leeren Hut und ebenso leeren Flaschen und einer ziemlich mitgenommenen Gitarre.

»Du lebst hier?«

Der Mann grinst ein zahnloses Lachen. »Seit über zehn Jahren«, sagt er und kratzt sich dann den Bart. »Erst war die Arbeit weg und dann der ganze Rest.«

Dass ein ganzes Leben in so einen kurzen Satz passt.

»Du bist nicht von hier«, stellt er fest. Sein Blick fällt auf mein zerrissenes T-Shirt. »Fußball, ja?«

»Ich hab jemanden gesucht.« Und dabei weiß ich selbst nicht genau, wen ich damit meine. Die eine, denke ich, habe ich gesucht. Den anderen gefunden.

»So, so, gesucht. Wen haste denn gesucht?«

»Meinen ... meinen Bruder.«

Er sieht mich an. Seine drahtigen Augenbrauen sind bleich, einem anderen Jahrtausend entwachsen.

»Und?«

»Und was?«

»Na, ob du ihn gefunden hast. Deinen Bruder.«

Ich zögere. »Nicht wirklich.«

Er trinkt einen Schluck aus seiner Flasche und schmunzelt. »Ist keine Antwort, oder?«

»Nein.«

»Also?«

»Ich hab ihn schon gefunden. Aber ... irgendwie auch nicht.«

»Hm«, sagt der Mann. Eine Weile herrscht Schweigen.

»Achtundneunzig«, meint er schließlich. »Achtundneunzig hättest du sehen sollen. Das war 'ne großartige Atmosphäre. Das heute, tss! Das kannst du vergessen. Kein Zusammenhalt mehr, nix.«

Mein Blick schweift ab. Auf dem Gehweg sind Straßenarbeiter damit beschäftigt, die Spuren des gestrigen Tages, so gut es geht, vom Antlitz der Stadt zu tilgen. Weiter hinten stolziert eine Nonnenschar über den Zebrastreifen; ihre Köpfe nicken dabei wie Hühner. Man hätte es sich denken können. Paris hat keine Zeit für so was. Paris schaut heute bereits nach übermorgen, es vergisst schnell und verwischt noch schneller. Ich schaue in die Gesichter der Arbeiter, und es sind, denke ich abrupt, doch genau dieselben Menschen, die gestern Abend hier alles vergossen haben, Blut vielleicht, Schweiß bestimmt.

»Ja, da haben Sie vielleicht recht.«

»Du wirst mich doch wohl jetzt nicht siezen«, sagt der Mann. »Vanessa und ich möchten nicht gesiezt werden. Ist doch alles Schwachsinn. Dieser Abstand. Alles menschengemacht. Merk dir das.«

»Vanessa?«

Er nimmt seine Gitarre in die Hand, streicht liebevoll über das Korpus, von dem an mehreren Stellen der Lack abblättert. »Sie ist hübsch, oder?«

»Sie hat schon mal bessere Tage gesehen.«

»Du bist ehrlich. Junge, du gefällst mir. Du bist nicht wie die anderen.« Zahnloses Grinsen. »Und nun geh.«

»Wohin?«

»Wohin du musst.« Er sieht mich nachdenklich an. »Du bist jung. Junge Leute müssen doch immer irgendwohin.«

Ich gebe ihm die Flasche zurück. »Danke«, sage ich. »Danke für alles.«

In diesem Augenblick höre ich etwas Lautes und sehe gen Himmel. Gegen die Helligkeit muss ich meine lädierten Augen stark zukneifen. Dennoch sehe ich die drei Streifen deutlich. Blau, Weiß, Rot. Alles, wie es sein soll.

Der Mann ist davon sichtlich unbeeindruckt. Er sieht nicht nach oben, stimmt stattdessen ein paar Akkorde an, die fürchterlich schief klingen, bevor er die Gitarre wieder zur Seite legt.

Unter großen Schmerzen schaffe ich es, aufzustehen. Meine Knie sind aufgeschürft. Blaue Flecken überall. Doch sie sind nicht alles, was wehtut. Ich hebe wortlos die Gitarre auf, lege mir den Gurt um, stimme die Saiten nach Gehör und drücke sie ihm dann wieder in die Hand. Das wenige Kleingeld, das sich in meiner Hosentasche befindet, lege ich dem Mann in den Hut.

»Ich würd nicht Richtung Champs gehen«, ruft der Mann mir nach. »Dort ist alles dicht.«

Ich nicke ihm zu und folge seinem Rat. Später werde ich erfahren, dass auf den Champs-Élysées der Mannschaftsbus der Bleus in so einer Geschwindigkeit durch die Menge gefahren ist, dass die meisten der zehntausenden seit Stunden in der herunterknallenden Sonne ausharrenden Fans ihn überhaupt nicht zu Gesicht bekommen haben. Dass die Bleus nach dem Empfang bei Macron nicht mal den Anstand hatten, sich kurz auf dem Balkon des Élysée zu zeigen. Dass mein neuer Kumpel recht hatte und achtundneunzig eben tatsächlich alles besser war, näher.

Als ich an Guillaumes Zeitungskiosk vorbeikomme, werfe ich mechanisch einen Blick hinein. Guillaume ist nicht da, seine Stelle hat eine finster dreinguckende Frau mit langen, matten Haaren übernommen, die, dem Zustand ihrer runzeligen Haut nach zu urteilen, in ihrem Leben zu viel in der Sonne gesessen hat.

Das gefällt mir nicht, und ich verlangsame meinen Schritt. »Wo ist Guillaume?«

Die Frau schaut mich gelangweilt an. Mein zerrissenes T-Shirt ignoriert sie großzügig. »Heute verhindert.«

»Er – er ist doch nicht etwa ...« Ich schlucke, aber der Gedanke drängt sich unbarmherzig auf meine Zunge. »Ich meine ... er ist doch nicht etwa verhaftet worden?«

Die Furchen auf dem Gesicht der Kioskfrau vertiefen sich. »Nein, wieso?«

»Na ja, ich meine ... gestern, auf den Champs ...«

Kehliges Lachen. »Auf den Champs. Na, Sie haben Ideen.« Sie beugt sich über den Tresen. »Der Mann hat zwei kleine Kinder zu Hause, was soll er denn auf den Champs?«

Ja, was soll er da, denke ich. »Haben Sie L'Équipe?« wechsele ich das Thema.

»Ausverkauft«, sagt sie. »Das heißt, warten Sie. Guillaume hat ein paar reserviert ...« Sie bückt sich und kramt unter dem Tresen herum. »Madeleine, Gislène ... der alte Dobain, nein ... Lefèvre, Marie-Claire – na das sind Sie ja wohl nicht«, sie lacht, ohne aufzusehen, in sich hinein, »... ah, Christophe. Sind Sie Christophe? Sean Christophe?«

Ein Auto mit einer gigantischen vom Fenster wehenden französischen Flagge fährt vorbei. »Nee«, sage ich, nicke kurz zum Abschied und entferne mich mit hochrotem Kopf.

Als ich ins Hotel zurückkehre, passt mich Piet an der Tür unseres Zimmers ab.

»Mensch, wo bist du gewesen? Wir haben dich – oh mein Gott!« sagt er. »Wie siehst du denn aus? Was ist passiert?«

»Bin in die Ausschreitungen geraten. Und ... ich hab Semra nicht gefunden«, bringe ich erschöpft heraus.

Piet sieht auch ziemlich fertig aus. Sein Gesicht hellt sich allerdings ein wenig auf. »Verdammt«, sagt er. »Aber mach dir keinen Kopf, Semra ist wieder da. Sie ist gestern Abend zurückgekommen, kurz nachdem du los bist. Wir haben versucht, dich anzurufen, aber sind nicht durchgekommen. Da war wohl kein Netz bei euch. Mensch, bist du sicher, dass bei dir alles in Ordnung ist? Ich mein – das Shirt – deine Stirn ...«

»Platzwunde«, sage ich lakonisch.

Wie auf Kommando tritt Semra aus ihrem Zimmer. Ihre Augen sind ausdruckslos, als sie mich ansieht. »Hallo, Sean«, sagt sie. »Ich war gestern noch im Louvre. Weißt du, du hättest mich nicht suchen brauchen«, fügt sie beinahe vorwurfsvoll hinzu.

Ich hab nicht mal mehr die Energie, mich darüber aufzuregen. »Großartig«, sage ich und mache mich daran, ins Bad zu gehen.

»Ähm ... wart mal kurz.« Piet kratzt sich am Hinterkopf. »Da ... da ist etwas, was du wissen solltest«, druckst er herum.

»Was?«

Piet schluckt. »Als du weg warst, haben Tom und ich uns den Aufkleber noch mal angeschaut.«

»Den Aufkleber?«

»Den aus dem Bus in Berlin«, sagt Piet. Er zieht verlegen das zerknüllte Stück Papier aus seiner Hosentasche und reicht es mir. »Halte mal die Rückseite ins Licht.«

Ich entfalte den ramponierten Aufkleber und halte ihn in Richtung Deckenleuchte. »Ich seh nichts.«

»Du musst den richtigen Winkel finden.« Piet schaltet seine Handytaschenlampe ein und leuchtet den Zettel an. »Noch ein bisschen schräger vielleicht – «

»Warte! Ich seh was.«

Es ist eine Art Wasserzeichen, das in die aufgeraute Rückseite der Klebefolie eingelassen ist, und mühsam versuche ich es zu entziffern. Irgendwann meine ich, die Schrift lesen zu können. Es sind drei Wörter, allerdings auf Französisch.

Similaire. Loyauté. Demain.

»Similaire?« flüstere ich. Meine Stimme ist heiser. »Nicht pareil? Aber das – das bedeutet ...«

Piet steckt sein Handy wieder ein und nickt betreten. »Ja. Ich hab bereits nachgeschaut. Es ist nicht Paris, sondern ein Ort in den Niederlanden. Wir haben einen Fehler gemacht, Sean.«

Einen Fehler. Wie wenn jemand 'ne Schallplatte in falscher Geschwindigkeit abspielt und alles verlangsamt oder fiepsig klingt. So hätte es geklungen, wenn ich hingehört hätte.

Hast du aber nicht, Sean. Den Kaffee, ihren Blick, den Missklang. Alles ignoriert. Ich atme tief ein.

»Das bedeutet ... die Adresse in Paris, das Datum an der Wand ... das hat alles nichts zu bedeuten gehabt? So rein gar nichts?«

»Ja.«

Es ist schwer zu beschreiben, was in dem Moment in mir vorgeht. Ich realisiere plötzlich, dass ich mir in den letzten Wochen ein Haus gebaut habe, ein Haus, in dem meine psychische Erkrankung Zuflucht gesucht hat. Ein Haus, das zum Einsturz verurteilt war, weil seine Mauern aus Luft zementiert und seine Fugen mit verzweifelter Naivität versiegelt waren.

Am Anfang schuf Sean Himmel und Erde. Und Sean sprach: Es werde ein Haus. Und es ward ein Haus. Und Sean sah, dass es ein gutes Haus war.

Und am siebten Tag sah Sean, dass es ein Kartenhaus war. Ein gewaltiges Lügenkonstrukt aus Dummheit und Selbstbetrug, das ihm eine Welt wurde, die nun über seinem Kopf und unter seinen Füßen zusammenbricht. Jetzt geht es nicht mehr weiter. Und dieser Satz ist Unsinn, denn irgendwie, denke ich, geht es im Leben *doch* immer weiter.

»Okay«, sage ich schließlich und ringe mich sogar zu einem Lächeln durch. »Dank dir, Piet. Sag mal …«

»Ja?«

»Hast du das ernst gemeint, damals in der Klinik? Dass du keine Angst vor dem Tod hast?«

Piet sieht mich ratlos an. »Ich weiß nicht. Ich geb hier auch nur mein Bestes, weißt du.«

Dann nickt er mir mit einem milden Lächeln zu und geht ins Zimmer. Das Feuer, das den ganzen Sommer in seinen Augen war, ist endgültig erloschen, und das ist seltsam beruhigend.

Und Sean sieht, dass es gut war. Dass Sean dieses Kartenhaus sehenden Auges gebaut hat, dass er es gebraucht hat, das Haus und diese Reise, und all diejenigen, die in ihm gewohnt haben, die hat er vielleicht am meisten von allen gebraucht. Und dass es jetzt an der Zeit ist, weiterzugehen.

Ich wende mich wieder dem Bad zu, doch eine Hand hält mich zurück. Ich habe Tom nicht kommen sehen.

»Sean«, sagt Tom in seiner tiefen Stimme, während er mir ruhig in die Augen sieht. »Da ist noch was. Wir reisen ab. Schon morgen.«

Ich atme ein. Nichts kann mich mehr überraschen. »Okay.« Tom hebt die Augenbrauen; er ist derjenige, der hier überrascht ist. »Siehst du es dann auch so? Der Bogen ist einfach überspannt. Wir brauchen dringend Medikamente. Jessica spricht kaum mehr. Tibault ist so reizbar, dass man von einem Wunder sprechen kann, dass es noch nicht ernsthaft geknallt hat. Semra führt immer öfter Selbstgespräche – Piet, nun ja, er macht sich große Sorgen wegen der Medikamente, und er hat es sich doch anders überlegt, er will jetzt doch zurück in die Klinik und dann seine Mutter besuchen – «

»Ich versteh's«, unterbreche ich ihn. »Ich versteh's.«

Tom schluckt. Er traut dem Frieden anscheinend nicht.

»Hab ich mir gedacht«, sagt er dennoch.

Und wenn es unendliche Möglichkeiten in einer unendlichen Anzahl Universen gäbe, Tom wäre doch in jedem einzelnen Universum Tom.

»Sag mal – wie geht es eigentlich *dir*, Tom? Du … du sprichst nie darüber.« Ich sehe ihn an. »Du bist der Einzige von uns, dem es trotz allem … einigermaßen gut zu gehen scheint.«

Tom schweigt eine ganze Weile. »Vielleicht«, sagt er schließlich, »bin ich einfach nur besser darin, es zu verbergen.« Er hebt seinen linken Arm, zieht den Ärmel seines altmodischen Langarmshirts zurück, und darunter ist seine blasse Haut übersät mit Narben, vielen dünnen, parallel verlaufenden Narben, manche älter, einige ganz frisch und mit einer Blutkruste bedeckt.

»Oh mein Gott, aber – «

»Schon gut.« sagt Tom. »Du bist der Erste, der gefragt hat. Also, kommst du mit?«

Sie haben das Recht, zu schweigen. Alles was Sie sagen, kann und wird vor Gericht gegen Sie verwendet werden.

»Nein, Tom. Ich kann nicht.« Unendlich müde und gleichzeitig klarer im Kopf denn je. »Ich muss hier noch zu Ende bringen, was ich begonnen habe.«

Tom nickt. »Hab ich mir fast gedacht«, sagt er, und beinahe wundert es mich, dass er sich es diesmal nur ›fast‹ gedacht hat. Er besitzt viel zu viel Taktgefühl, um mich zu fragen, was es ist, das ich zu Ende bringen muss. Er lächelt nur, klopft mir auf die Schulter, und dann ist er auch schon weg. Ich falte den Aufkleber säuberlich zusammen und bestatte ihn im Mülleimer. Schleppe mich ins Bad, schließe die Tür hinter mir und stütze mich mit beiden Händen aufs Waschbecken auf. Ich muss dringend duschen. Das Gesicht, das aus dem Spiegel zurückblickt, ist nicht dasselbe, das vor vier Tagen nach Paris gekommen ist. Und es wird nicht dasselbe sein, das Paris wieder verlässt. Ich studiere mich im Spiegel. Befühle die Platzwunde an meiner Stirn. Meine Augen sind nach wie vor gerötet und geschwollen. Niemand, denke ich, kann die Zukunft vorhersehen, so wie niemand die nächsten unbekannten Ziffern von Pi vorhersagen kann. Niemand kann wissen, was diesem meinem Gesicht noch alles widerfahren wird. Ob es überhaupt noch existiert in zehn Jahren oder fünf. Denn ich werde älter. Es gab mal eine Zeit, in der ich mich umsehen konnte, und egal wer, aber wirklich egal wer, war älter als ich. Schon komisch, aber irgendwie stellt man sich dann vor, dass das ewig so bleibt. Beziehungsweise, man macht sich einfach keine Gedanken darüber. Aber das bleibt nicht ewig so. Und beunruhigenderweise konnte ich mir mich noch nie als alte Person vorstellen. Da war so eine unbestimmte Vorahnung, jung zu sterben. Und scheiße, hat mir das Angst gemacht!

Aber jetzt sehe ich mich an und denke, ich bin zwar kein unbeschriebenes Blatt, aber doch auch keines, das man zerknüllen und wegwerfen muss. Vielleicht, denke ich, sind gebrochene Biographien eher die Norm als die Ausnahme. Ich habe Falten und Knicke und Flecken und Eselsohren und eingerissene Ränder, aber auf meiner Haut kann eine Geschichte entstehen, irgendeine; jede Geschichte der Welt kann und wird darauf entstehen.

Hamburg ist Geschichte. Paris ist Geschichte.

Und meine Geschichte, die beginnt jetzt.

WÜRDE, DIE. SUBSTANTIV. *Die Würde des Menschen ist un-*
antastbar, steht im Grundgesetz. Siehst du, und in meinem steht dazu:
Das »Würde« des Menschen ist unantastbar.
Wenn wir aufhören zu träumen, hören wir auf zu leben.

21. Kapitel
DER LETZTE BEWEIS

Sie wirft mir einen skeptischen Blick zu, und ich tue es ihr
gleich. Meine Stirn legt sich in Runzeln. Mich kannst du nicht
beeindrucken, denke ich.

Sie verändert ihren Ausdruck nicht, lächelt mich immer
noch skeptisch an. Woran sie wohl gerade denkt? Vielleicht daran, wo ihre Augenbrauen abgeblieben sind?

Ich lasse mich widerstandslos von einer Gruppe passiv-
aggressiver italienischer Besucher mit dem Ellbogen aus der
ersten Reihe bugsieren. Ich hab schließlich genug gesehen.
Hinter mir noch eine gefühlte Million Touristen, die die Mona
Lisa alle noch anlächeln muss in der nächsten Stunde. Hoffentlich wird sie gut bezahlt dafür. Mich jedenfalls hat sie erstaunlich wenig berührt. Fern und kalt kam sie mir daher, das
genaue Gegenteil des Eiffelturms, der größer und wärmer erscheint, als man ihn von Fotos kennt. Ich betrachte den Raum
noch mal aus einer Ecke, bevor ich ihn verlassen werde. Ich hab
mal gelesen, dass das Lächeln der Mona Lisa besser sichtbar ist,
wenn man leicht an ihr vorbeisieht. So wie man nachts Sterne
am besten sieht, wenn man an ihnen vorbeischaut. Ob das mit
anderen Dingen im Leben auch so ist?

Aber das eigentliche Kunstobjekt hier sind die vielen Menschen, die sich dicht an dicht aneinanderdrängen und sich darum schlagen, in der ersten Reihe ein Foto knipsen zu dürfen.

Das ist doch das Eigentliche, finde ich. Wie die Köpfe der Menschen ticken. Wofür ihre Herzen schlagen. Ich hole meine Kamera heraus und knipse statt der Mona Lisa die fotografierende Menge. Anscheinend übersehe ich dabei eine Absperrung, denn sogleich kommen zwei in Anzüge gekleidete Herren vom Louvre auf mich zu und eskortieren mich aus dem Saal. Die Leute sehen mich an, manche knipsen nun mich, und ich komme mir dabei fast vor wie ein Kunstwerk.

Wenn man nachts die langen, leeren, hell erleuchteten Boulevards entlangläuft, wenn die Menschen fort sind und die reine, ungetrübte Qualität des Lokus, des Ortes, übrig bleibt, dann merkt man erst richtig, wie alles mit allem zusammenhängt. Dann merkt man, wie man ständig unsichtbare Schwellen übertritt, die ein Viertel mit einem anderen verbinden. Dann merkt man, wie Paris von seinem Kern aus gewachsen ist und wie das Quartier des Pyramides nach Westen in die Madeleine übergeht, nach Norden zum strahlenden Palais Garnier an der Place de l'Opéra und nach Osten in das sich völlig anders anfühlende Quatre-Septembre. Wie ein und dieselbe Straße ihr Gesicht im Verlauf einiger Hundert Meter ins Gegenteil verkehren kann. Wie sich alles wandelt, die Jahrhunderte und Jahrtausende ineinander übergehen und miteinander versinken und aufeinander aufbauen. Es sind die kleinen Dinge, infinitesimale Stildifferenzen, verschwindend geringe Unterschiede im Flair, die es einen spüren lassen. Doch man spürt es, genauso wie man spürt, dass all diese Unterschiede Teil eines in seiner vordergründigen Imperfektion perfekten Ganzen sind. Darin, beschließe ich, in dieser Unvollkommenheit, die es bis zum Äußersten zelebriert, ist Paris vollkommen. Vielleicht wird mir eines Tages der exakte Beweis dafür gelingen – und wenn es noch 300 Jahre dauern soll, wie beim Fermatschen Satz.

Was Thierry angeht, halte ich es für das Beste, nicht weiter nachzuforschen. Erwartungen, denke ich, sind meistens sowieso nur da, um enttäuscht zu werden. Vielleicht sollte man damit beginnen, erst gar keine zu stellen. Ich will auch gar nicht wissen, ob es denn mein Bruder war, der mich im Namen der Fünften Republik übel zugerichtet hat. Niemals möchte ich so etwas wissen. Es spielt auch wirklich keine Rolle; so oder so sind sie alle meine Brüder und Schwestern, schwarz, weiß, uniformiert, vermummt, wir sind Partikel desselben Staubes. So übe ich mich in den Tugenden, die der körperlichen wie seelischen Wundheilung am zuträglichsten sind: Verzeihen und Vergessen.

Dennoch frage ich mich gelegentlich, was aus der Frau an der Sternschanze geworden ist. Und aus Hektor. Ihr wisst schon, der Typ, der bestimmt überhaupt nicht Hektor heißt. Na ja, jedenfalls denke ich mir, wenn das also Hektor war und Hamburg damit Homers Ilias, dann war das hier – das Ganze, die Klinik, Berlin und Paris, das war dann die Odyssee. Odyssee, Ilias. Mein Rücken meldet sich schon mit dem Ischias. Vielleicht sollte auch ich meine Geschichte aufschreiben, damit sie die Jahrhunderte überdauert. Neulich hatte ich einen kleinen Austausch mit Tom genau darüber.

»Die Geschichte, wenn du die mal aufschreibst, Sean«, hat er gesagt, »die wird dir kein Mensch glauben.«

»Aber sie ist doch wahr«, hab ich entgegnet.

»Das ist es ja«, hat Tom gesagt. »Die Wahrheit ist oft am schwersten zu glauben.«

Ich bewundere ihn nach wie vor, diesen komischen alten Kauz, den das Schicksal mir zum Freund gemacht hat. Aber nun bin ich es, der die Zusammenhänge mit anderen Augen sieht. Und vielleicht bewundere ich ihn da ein bisschen weniger als zuvor. Na ja. Das, schätze ich mal, gehört eben zum Erwachsenwerden dazu.

Heute hatte ich bereits zwei Beinahe-Panikattacken, deren

vollen Ausbruch ich nur unter größten Anstrengungen und durch Einsatz meines vorletzten Chilibonbons abwenden konnte. Heute Morgen hat sich alles scheiße angefühlt, aber das Gefühl ist weggegangen, und das ist das Einzige, was zählt.

Auf einem Markt auf der Île de la Cité kaufe ich im Vorbeigehen einen Apfel. Es ist kurioserweise dieselbe Marke wie in der Klinikküche, die mit der Mona Lisa auf dem Etikett. Ich beiße hinein. Mein Arm tut immer noch weh, wenn ich ihn hebe. Innen ist der Apfel mehlig; im Vorbeigehen schmeiße ich ihn in einen Mülleimer.

Über mir ist der Himmel bewölkt. Dahinter lässt sich stellenweise etwas Blau erahnen. Hinter jeder Wolkendecke scheint eben doch die Sonne. Oft sieht man sie nicht, aber es hilft, das zu wissen.

Und in jedem Augenblick, an jedem Ort des Universums, wird Geschichte geschrieben. Diese Frau da, die gerade die Straße überquert, schreibt Geschichte. Ihre natürlich, aber auch die der Welt, die ihrer Zeit und aller darauffolgenden Augenblicke, aus denen, wie Victor Hugo schon sagte, das Antlitz der Jahrhunderte gezeichnet ist.

Aber am Ende, denke ich, passiert eh immer dasselbe. *They say that the world was built for two.* Aber am Ende, am Ende steht man genauso alleine da wie vorher.

Und dann ist er gekommen, der Moment, an dem ich mich von den anderen verabschieden muss. Es wird kein Abschied für lange sein, das weiß ich. Auch ich werde in den Schoß der Klinik zurückkehren. Vielleicht schon morgen. Die Medikamente rufen schließlich.

Mikko hat versucht, sich umzubringen. Das weiß ich in diesem Augenblick noch nicht, aber als ich zur Klinik zurückkehre, wird das das Erste sein, was ich erfahre. Er hat sich vor einen Zug geworfen. Der Zugführer konnte noch halbwegs rechtzeitig bremsen, weil er kurz davor an einem Rotsignal gehalten hatte. Mikko wird ein paar Monate mit schweren Verletzungen auf der Intensivstation einer Klinik in Stuttgart liegen und dann zurückkommen in unsere Psychiatrie. Da werde ich ihn dann besuchen und fragen, warum er das gemacht hat, und er wird Tränen in den Augen haben und sagen, er wisse es nicht, und ich werde ihm glauben, da ich weiß, dass er es wirklich nicht weiß.

Irgendwann werde ich auch meinen Eltern wieder unter die Augen treten müssen, erst meinem Vater, dann fünfzig Kilometer weiter weg meiner Mutter. Und beide werden mich ansehen, wie sie mich angesehen haben, als sie mich zum Arzt gebracht haben damals: ein Irrtum, ein Fehler der Natur, ein Schandfleck, der nicht zu ihnen gehört. Aber diesmal werde ich sie ansehen und sagen, dass *ich* nicht zu ihnen gehöre, nie zu ihnen gehört habe, denn *sie* sind der wahre Schandfleck, sie und alle anderen, die nicht begriffen haben, dass wir alle eine Familie sind, hier auf diesem großen, kleinen Raumschiff namens Erde.

Es ist Jessi, die mich am überschwänglichsten verabschiedet. Kurz vor dem Gleis am Gare de L'Est umarmt sie mich. Die anderen sind schon durch die Ticketschranke. Ich bin nicht gut bei Abschieden, also nicke ich nur stumm und winke. In der Ferne verschwimmen sie zu einem einzigen gemeinsamen Punkt, meine Freunde und Weggefährten. Auch Jessi tritt irgendwann über diese Schwelle. Von Weitem winkt einer von ihnen noch mal; ich glaube, es ist Tibault. Ich winke zurück. In typischer Sean-Manier sind meine Augen schon wieder feucht, und so trete ich schnell den Rückzug an, bevor mich noch jemand so sieht.

An diesem Punkt muss ich mich zweifelsfrei der Gewissheit stellen, dass vielleicht auch alles hätte anders werden können. Meine Geschichte vielleicht eine ganz andere oder gar keine, hätte ich nur irgendeine Entscheidung anders getroffen. Vielleicht würde ich jetzt nicht hier stehen und Leute vermissen, die noch nicht mal aus meinem Blickfeld verschwunden sind. Vielleicht. Aber vielleicht ist eben kein starkes Wort. Vielleicht ist ein Irrglaube, ein treuloser Geselle, der dich kurz in der Stratosphäre schweben lässt, um dir dann von hinten kalt den Propellerflügel in den Rücken zu rammen. Auf derartige Reisebegleiter kann ich gut und gerne verzichten.

Und dann überlege ich, wir lernen ja echt von klein auf das Falsche darüber, was Helden sind. Die echten Helden sind die, die trotz aller Widrigkeiten, die das Schicksal ihnen an den Kopf wirft, im Leben bestehen. Die alleinerziehende Mutter, die zwei schlecht bezahlte Jobs und ihre Kinder balancieren muss, um über die Runden zu kommen. Der Obdachlose, der Wind und Wetter und der Kälte des Winters trotzt und dennoch für jeden Passanten ein gütiges Lächeln übrig hat. Die neunzigjährige Oma, die Kriege und Schicksalsschläge erleiden und im Laufe der Jahre ihre ganze Familie zu Grabe tragen musste und die trotzdem jeden Morgen mit neuem Lebensmut erwacht. Der junge Familienvater, der bei seiner Flucht auf dem Mittelmeer ein noch größeres Grauen erleben musste als das, aufgrund dessen er und seine Familie ihr Heimatland verlassen hatten. Diesen Leuten würde ich ein Denkmal setzen. Deren Gesichter am Mount Rushmore sehen wollen. Und vielleicht, nur vielleicht, ist in dieser Liste auch Platz für den hoffnungslosen Psychiatriepatienten, dem es gelingt, seine Ängste zu überwinden, um sich den Traum seines Lebens zu erfüllen.

»Wir sind Helden«, sage ich unvermittelt.

»Die Band?«, fragt ein deutschsprachiger Passant und grinst.

In vier Stunden werden sie zurück in der Klinik sein. In vierundzwanzig Stunden ich womöglich auch.

Und so sei es. Es ist der 17. Juli 2018, 19 Uhr, und mir bleibt nur noch eine Sache zu tun, hier, in Paris.

Ein strahlend blauer Himmel begrüßt mich, als ich um kurz vor 20 Uhr die Place de la République erreiche. Die Temperaturen sind etwas gesunken, vereinzelt sind Wölkchen zu sehen, ein milder Abend kündigt sich an. Das Herz klopft mir bis zum Hals, und so beschließe ich, Toms letztes Chilibonbon zu benutzen. Eine leichte Brise umweht meine frisch gewaschenen Haare.

Vielleicht finde ich sie hier, die letzte Zahl. Vielleicht auch nicht, es spielt keine Rolle. Das Notizbuch, das Lexikon, ist voll. Vorhin bin ich mit meinen Aufzeichnungen auf der Seite angekommen, an der das Rätsel begann. Das ist in Ordnung, andere Notizbücher warten in der Welt auf mich, jede Menge. Abendluft flutet meine Haut. Bald werden die Gebäudefassaden hell und darüber der noch nicht ganz dunkle, tiefblau erstrahlende Abendhimmel zu sehen sein, und etwas Erhabeneres wird man sich kaum vorstellen können. Auf der Place de la République warten indes Dutzende Personen auf irgendjemanden. Eine von ihnen wartet vielleicht auf mich. Oder auch nicht, es spielt, wie gesagt, keine Rolle.

Als ich sie erblicke, stockt mir kurz der Atem.

Dann tue ich das einzig Richtige und gehe auf sie zu, und in diesem Augenblick spaltet sich mein Universum entzwei, und ich sehe zwei Zeitlinien, die sich nebeneinander abspielen, auseinanderdriften und sich im Ergebnis doch wieder vereinen.

»Hallo«, sage ich atemlos. »Wie – wie hast du mich gefunden?«

Sie lächelt. Einzelne Strähnen ihres wie immer perfekt hochgesteckten rotbraunen Haares wehen in der kühlenden Brise, die über den Platz und in die Stadt zieht und jede Straße, jede Gasse ausfüllt, um den Menschen den Anbruch einer neuen Zeit anzukündigen.

»Du hast mir doch davon erzählt. Es war der einzige Zeitpunkt, von dem ich wusste, wo du sein wirst.« Ein freches

Grinsen. »Ich nehme die Dinge lieber selbst in die Hand, als sie dem Zufall zu überlassen, weißt du.«

Sie streckt mir ihre Hand entgegen, und ich ergreife sie.

Aber vielleicht war alles auch ganz anders. Ich stelle mir gerne vor, dass alles ganz anders war.

»Entschuldigung«, sage ich. »Bist du diejenige, die auf mich gewartet hat?«

Ihre verträumten Augen brauchen eine Sekunde, ehe sie sich auf mich fokussieren. Dann lächelt sie. »Auf dich habe ich mein ganzes Leben lang gewartet«, erwidert sie sanft.

Sie grinst. Streckt mir ihre Hand entgegen und ich ergreife sie.

Sie heißt Olga. Die Stunden tanzen um uns herum, und Paris wacht über uns wie eine gutmütige Glucke. Die ganze Nacht.

EPILOG

Alles hängt mit allem zusammen.

Und alles ist Vergangenheit. Wir sind die Vergangenheit zukünftiger Generationen, waren es von Anbeginn und werden es auch immer sein. Schon bald wird man über unser Jahrhundert in der Vergangenheit schreiben, und verdammt, ich bin nicht ready dafür.

Heute aber schreiben wir den 14. August. In genau drei Jahren werden Olga und ich heiraten, und noch ein Jahr später werden wir eine Tochter haben, die Virginie heißen wird. Wir werden ferne Länder bereisen, Freude haben, Fehler machen, uns scheiden lassen. Wir werden uns neu verlieben, neue Länder bereisen, neue Fehler machen und am Ende unseres Lebens irgendwie schon einen Fuß vor den anderen gesetzt haben.

Aber das alles weiß ich zu diesem Zeitpunkt noch nicht.

Ebenso wenig, wie dass ich in einigen Minuten eine heftige Panikattacke bekommen werde.

Und das ist auch gut so.